当代世界华文作家小说库
DANGDAISHIJIE HUAWENZUOJIAXIAOSHUOKU

路过纽约

LUGUONIUYUE

在美国寻找自我的中国留学生的故事

（美国）牧荒◎著

中国华侨出版社

图书在版编目(CIP)数据

路过纽约/牧荒著.—北京:中国华侨出版社,2010.10

ISBN 978 - 7 - 5113 - 0770 - 5

Ⅰ.①路… Ⅱ.①牧… Ⅲ.①长篇小说—中国—当代

Ⅳ.①I247.5

中国版本图书馆 CIP 数据核字(2010)第 200246 号

● 路过纽约

著　者/牧　荒

出 版 人/方　鸣

责任编辑/崔卓力

形象包装/道一设计

版式制作/华　静·晓　月

责任校对/钱志刚

经　销/全国新华书店

开　本/787×960 毫米　1/16 开　印张/20.5　字数/247 千

印　刷/北京溢漾印刷有限公司

版　次/2011 年 1 月第 1 版　　2011 年 1 月第 1 次印刷

书　号/ISBN 978 - 7 - 5113 - 0770 - 5

定　价/38.00 元

中国华侨出版社　　北京市朝阳区静安里 26 号　　邮编:100028

法律顾问:陈鹰律师事务所　　编辑部:(010)64443056　　64443979

发 行 部:(010)64443051　　传　真:(010)64439708

网　　址:www.oveaschin.com　　E - mail:oveaschin@sina.com

一

　　她敲门时你没听到，你听到的是"砰"的一声枪响，你看到小头连人带椅向后翻倒，办公室里早乱了，女人尖叫着往外逃，男人跟着女人跑，有人被椅子绊了摔在地上，嘴里还在哭喊着往外爬，你站在那里，脑子像给一声枪响炸开了，眼前白晃晃的一片，先是什么也看不见，然后能看到了，看到的却是雪白的墙上溅满了鲜血和脑浆，空气里是令人作呕的血腥味……

　　你又在想小头自杀的事了，这一向你已没想过这事，今天怎么它又来了。你向小头猛扑过去，仿佛豹子见了血，你跪下一条腿把小头的脑袋抱在怀里，他已断气了，嘴大张着，瞪着无神的眼睛。你用手捂住他的后脑勺，那里炸开了一个大洞，血和脑浆还在往外冒涌，滚烫的怎么捂也捂不住，你想喊人也喊不出来，不停地反胃要吐，你看到……

　　这时我听到了敲门声，谁来找我？我用手拍了拍脑门，向门口走去，脑袋里一张弓绷得紧紧地要断弦。

　　我把门打开了。一个年轻女人站在门口。又是来找史密斯的。经常有年轻女人来找他，晚上散步从他窗前走过，不时还

1

可听到男女交欢的声音。他住在我隔壁，找他的女人走错了门，敲门会敲到我这里来。我搬进这间公寓不到三个月，已有好几个女人敲错了门，都是年轻漂亮，但没一张面孔是相同的。我告诉她，史密斯住在隔壁，就把门关上了。

小头死了，他的死成了轰动一时的新闻。都说他是偷了东西后自杀的，可像他那样的人为什么会去偷东西？为什么还会自杀？不管是熟悉他的还是不认得他的人，不管是喜欢他的还是讨厌他的人，都想不通。这个世界上如果有谁知道这个秘密，那就只有一个人，而那人，就是你。

你看到三眼豹像烟一样从小头的天灵盖上冒出，三眼豹向你眨了个鬼眼，又烟一样的消失了。他的死与三眼豹有关。

我又听到敲门声，便又走过去开门。

可小头遭遇三眼豹是因为你吗？为何他遭遇三眼豹后就走上了那么一条路？你一想到小头之死，就会问自己这些问题。你会从各个不同角度思考，角度变了，答案跟着变，可就是找不到那个角度和答案，可让你把这一切丢开哪怕是一分一妙。你一次又一次回到小头自杀的场景中，一次又一次看到那令人恐怖的血腥场面，又一次又一次问自己相同的问题，重复那些在脑子里过了一遍又一遍的解释，你被恶梦死死缠住了，控制不了自己，脑子里一时绞成一团，一时绷紧得要炸，一连好几个月，分不清白天黑夜，整个人都要崩溃了……可是，自从你换了环境，离开政府部门来学校教书后，每天忙于应付眼前，脑子空不下来，恶梦倒没来打扰过，可你心里清楚，它还没离开，还在那里，如一团隐藏着恶魔的乌云悬浮在你脑海里，时远时近，时隐时现，仿佛在暗中窥视，在伺机而动，起风就会更狂暴地猛扑过来。这不，今天有点空，等人等得无聊，你就又看到三眼豹了，可也说不定硬就是它呀，看到的或许只是它的幻影……

打开门，还是那找史密斯的年轻女人。这种时候我最怕人来打扰了，就一手扶着门框，一手捏着房门把手，想应付她走了就赶紧关门，可是，门却关不了，因为她是来找我的。

哦，原来你就是萧雄，我说。这才注意到她是个中国姑娘，目光清亮，一头披肩长发，一眼看去就人见人爱，可装束打扮和美国女大学生没什么两样。那天下午，我是在公寓里等萧雄。我并不认识他，只因童教授邀我去他家参加春节派对，我又没车，童教授就让萧雄顺便接我去。我听说萧雄在我任教的奥尔本尼大学的社会学系读博士，听名字我还以为是个男的。

她说，她不是萧雄，她是林杉，而我没弄错，萧雄是个男的。她开始解释为什么是她来了，而萧雄没来，话头扯到萧雄前妻身上去了。她说话时，我的目光钉子一样盯在她光洁的额头上。

你不是不懂礼貌，实在是脑子还在小头和三眼豹那里，在另一世界里挣扎，你要费好大劲才能把注意力拉回眼前，即使这样，她在说什么你听了也是白听，你的脑子转不动。

显然，她让我盯得有点不好意思，就掩饰什么似的抬手掠了掠额前的头发，脸一红，微微一笑。她的微笑很迷人，有点害羞，还有点想讨人喜欢，但她抬手的动作里有一点舞台表演的味道，或者说有一丝富于美感的做作，我也笑了。我的脑子里拉开了一张弓，绷得紧紧的，弓上却又什么也没有。

你一低头，看到胸口上一头蜘蛛，就是它，它又飞回来了。它肯定是三眼豹，长了一个豹子头还想骗你？只是这个豹子头和你熟悉的不一样，只有小指头那样大，额头上那第三只眼更是只有针头大小，可它精光闪闪的藏不住。别小看那第三只眼，它神通广大，可以看到别人看不到的奇异景象，被它盯住了，你就逃不了啦。下午你在房间里等萧雄时，它就来了，从空中飘来，暗淡的灰色身影，飘到你胸口，六只长满绒毛的细爪隔着衣服在你胸口上抓挠。你等人等得心烦，不想惊动小家伙，就仔细察看起来，看它飞到你胸前捣什么鬼。精光一闪，你忽地看到，那蜘蛛长的竟是一个豹子头，心里一惊，想都没去想，就用指头对着豹子头蜘蛛轻轻一弹，它飞起来，像一只小小的长着透明翅膀的灰蝴蝶飘向空中，越飘越远，不见了踪影。自从小头出事后，你就再也不愿见到三眼豹，可心里又有很多疑问，想当面问一问它，你的心绪就是这样混乱。可是，你想都没想就一指头把豹子头蜘蛛弹飞了，看来你心底里还是更不愿见它。你是心里害怕，可你又怕什么？有什么好怕的？这豹子头蜘蛛什么时候飞回来的？

乞力马扎罗的三眼豹竟变成一头蜘蛛来纠缠你，还赶都赶不走，嘿嘿，你在心里冷笑两声，它这样搞就让你看不起了。

我侧身请林杉进屋，她说，不啦，手中的小包向我随手就是一甩，那包"砰"地一下打在我胸口上。打着豹子头蜘蛛啦。我慌忙把捧在胸口的手提包拿开一看，胸口什么都没有，豹子头蜘蛛没影了，只觉得手中那鹿皮包十分柔和，一头温顺的小动物，刚刚挨了一击的胸口也是一片温暖，有什么东西在我胸膛里融化，脑袋瓜里忽地就松弛了。她眨眨眼，对我抿嘴一笑，一句话也没说，昂头就向车子走去。

我捧着她的小皮包，呆头呆脑跟着她上了车。

一路上，她话说个不停，还喜欢咯咯地笑。她说话的声音很好听，如同清泉在鹅卵石上流动，可她的车却开得没道理，车开着开着，就径直向路边的栏杆、山坡什么的冲去。当然，车外下着雪，半下午天就暗了，公路上来来往往的车还不少，路况这么糟，开车容易打滑，但我看她还是太好说话了，心不在开车上，要不就是存心想把车开到河里去。

她说她真想回北京看看。原来是北京来的。我说她看起来不像北方人，她说她父母是南方人，语气中流露出骄傲来。我在心里说，好处都让你一人占啦。

她问我以前在哪里工作，我说在政府部门，她问我怎么又回到学校教书？我假装没听到她的问题，不说话。停了一会儿，她主动告诉我她是学声乐的，中央音乐学院毕业，现在学音乐教育。

"难怪！"我说。

"怎么啦？"她吃了一惊，脸微微一红，有点不好意思了，要我解释"难怪"的含义。

难怪么，含义就是烦人。

刚刚你与小头和三眼豹搏杀，绞尽了脑汁，停下后脑子空了，疲倦得不行，就想安静点，好养个精神，可偏偏碰到个讨人喜欢的女人，生怕你和她在一起不自在，你的话越少，她的话倒越多，弄得你心静不下来，烦躁。可心里烦是烦，话却不能那么说，毕竟，人家是女孩子，人年轻，长得又漂亮，还是条热心肠呢。

我说，一看就和别的女人不一样，气质就不一样。

话是好话，也是讨人喜欢的。她听了高兴，笑着说了声谢谢。姑娘是个聪明人，大概看出了我这人内心狡猾，就说了句路况不好什么的，不再多话，假装把注意力都放到开车上去了。

二

在车上时我想着晚间要躲着她点，可到了童教授家却发现没必要，一进门她就被问候、笑脸和拥抱包围了。先以为她和童教授家的客人们熟（主要是一些中年华人夫妇），看来又不像，边上听着，似乎她最近在一个奥尔本尼地区华人联谊晚会上演唱了一首歌，这些人就都成了她的歌迷，再见面就把她当明星捧。在奥尔本尼地区，我是个新人，华人中除了她和童教授夫妇，还谁都不认识，林杉忙于应付，顾不上我，我正好落个清静。吃饭时和童教授聊了几句，饭后是卡拉 OK、跳舞什么的。我这人落伍，艺术偏好有点老化，喜欢古典音乐，有时去百老汇听听歌剧，但欣赏不了流行音乐，尤其不喜欢卡拉OK，更受不了在别人哇哇大唱卡拉 OK 时跳舞，吃饭时我看中了一个放了台灯的角落，等到卡拉 OK 音乐一响，我就坐到角落的阴影中去了。

我的角落里有个茶几，茶几上有几本杂志，我随手拿起来翻，翻着翻着眼皮沉重起来。

我到了纽约百老汇的一家歌舞剧院，和妻子蓝蓝一起看新上演的歌剧。百老汇上演新歌剧，蓝蓝是一定要去听的，还要拖着我，她说听歌剧是上流社会的爱好和品位。我对上流社会的爱好和品位毫无兴趣，可随蓝蓝听了几次歌剧，虽说不上入迷，但还是屁股坐下后听得进去。蓝蓝不一样，她对上流社会的一切都有股不知哪来的热情，可她的热情主要倾注在进歌剧院之前的打扮，歌剧院大门的进出以及把屁股在椅子上安顿好这样的行为上，至于听，她倒不上心，大多数时候是歌剧院场内灯光一暗，音乐一响，她的头就开始往前栽，不一会儿就栽成一株河边的垂柳。我提醒过她，她说她太累太累。那是大实话，她在公司里的责任重，工作忙，工作日一天睡不了几小时。那周末就别来歌剧院听歌剧呀，在家里大床上睡个懒觉多舒服。她不，她宁可去歌剧院栽成一株河边的垂柳。今天她又是这样，如一株垂柳伫立在我身边，而我站在河堤上。今天她很安静，清风吹来，只有几只蜜蜂在飘飞的柳絮间忙碌，河堤不远处是一片青草地，草地那边是小树林，林边有几头小鹿……她是谁？在草地上徘徊，身穿落地白色长裙，一头飘逸的披肩黑发，眼睛像黑星星般闪耀。蝴蝶夫人开始唱歌，她的声音优美动听，在清风里，在柔和的阳光中飘荡。忽然，洪水来了，裹着泥沙杂物，浊浪翻滚，奔腾咆哮，一下冲垮了堤坝，柳树也连根拔起，和浪卷走，身边还有人落水了，怪叫着大喊救命。

　　我吓醒过来。睁开眼睛一看，洪水不见了，柳树蓝蓝也不见了，眼前只是一个大客厅，灯光下人影憧憧。我看到林杉正在把话筒交给另一个女人，原来是她在唱歌。那冲垮堤坝，奔腾咆哮的洪水大概是掌声吧，那喊救命的人肯定是扎在人堆里的那个秃顶，人到了中年，别个的掌声都停了，他还在那里尖声怪叫。

　　我看到林杉穿过人群，竟是向我走来。

　　"我唱得还可以吗？"她问我，目光中流露出孩子气的期盼。

"哎哟,"我略一停顿,说:"唱得太好了!"

"是吗,还行啊。"她笑了,笑容很灿烂。

"那还用说。《蝴蝶夫人》的歌剧我听过好几次,百老汇的都没你唱得好!"

"《蝴蝶夫人》?我刚刚唱的不是《蝴蝶夫人》里的歌啊!"

"你刚刚唱的不是《蝴蝶夫人》?"

"不是的,我唱的是《红豆词》啊。"

"哎哟哟,《红豆词》。"

"你刚刚没听我唱呀?"

"哎哟哟,对不起,我刚刚……"

她的脸忽地红了,受了好大委屈似的,不听我的解释,一跺脚,转身走了。

我的瞌睡跑了。坐在角落的灯影里,再也没谁来搭理我,我看到林杉端着个酒杯,在人群里有说有笑的,她把我忘了,我们是陌生人,这样很好。可眼前的一切又热闹又俗气,真后悔不该来。

她喝多了,不能让她开车,车你来开。出门时,童教授夫妇对我说。可她说她没醉,没喝多少,不用我开车。我倒看不出她喝了多少,只是童教授夫妇一再叮嘱,也就满口答应我来开车,好让他们放心,心里想的却是她要开她开就是了。刚走下台阶,屁股后大门一关,她忽地一滑,幸好我手快,从身后猛地一把抓住了她手臂。她倒入我怀里。我抱住她,好不容易才站稳脚跟。她从我怀里挣扎着站起,一手把我推开。一阵寒风向我袭来,我闻到了葡萄酒味,那是她嘴里的,还有淡淡的香水味,那大概是从她头发上散发出来的吧。她摊着两只空手问我:我的皮包呢?我说:我刚刚看到你拿在手上。她转身要进屋去找,说是钥匙在包里。看来她是醉了,我想。我拖住她说：到地下找，回屋去找什么。可地上也没有，一抬头，小皮包在眼前晃动。她跌跤时手一扬，手中的鹿皮包飞到门前小树上一根光秃秃的树枝上去了。

她再要开车，我就说什么也不让了。来的时候她车就开得冒失，这一喝了酒，又是晚上，又是下雪天，她还不开着车子真往树上撞，往河里冲？她表白说她平时也不怎么喝酒。可说这道理对我没用。

我来开车也不是没问题。我这人天生就没方向感，来时又没看路，开车回去原指望她指路，可她一上车身子就歪了，一头扎在胸前，脸还用手捂着，哪里做得了靠？我心里烦躁，这怎么办才好哇。

我在那片住宅区弯七拐八的小路上转。她说她难受，看样子要吐。我把车停到路边，走下车给她开了车门。她下车时我想扶她一把，她摆摆手，勉强笑着说没事。她用手扶着头站了一会儿，摇摇晃晃向路边不远处一小片树林走去。

风雪覆盖了道路和房屋，路上只有我们俩，路边房子里人们已经安睡。

四周静悄悄的，雪还在无声无息地下，雪花飘在脸上，一粘上去就化了，清凉的寒意直沁到心里去。咔嚓一声，哪儿一枝树枝折断了，积雪哗啦啦掉下来，吓了我一跳。抬眼看去，林杉从一棵大树后走出来，走近身，空气中一股沤酸了的酒味，她吐了？

"都到哪儿了？"

"我也搞不清楚，车开着开着就到了这里。"

"那就随便开吧。"她手一挥说。她倒挺萧洒，我忍不住直摇头。

带着林杉回到我房里时，都快三点了。也不是在住宅区的小路上转了那么久，说起来，没费太多工夫我就从住宅区转了

路过

出来，找到了通往高速公路的大路，很快又上了那条来时走过的高速公路。只是我前面说了，我这人从来分不清东南西北，该往南走的，我却往北走了。

我开着车也不知走了多久，越开心里越慌，找到一个出口下来，进了路旁一家酒店。酒店里只剩下一个女招待以及两三个酒鬼。那女招待听我问奥尔本尼往哪个方向走，竟说她从没听说过奥尔本尼。听到她的回答，我都傻了眼。还是一个喝得眼睛都睁不开了的老头给我指了方向，他见我半信半疑的样子，竟抓着我臂膀，挣扎着要上我的车给我带路，那我哪能干？别说这是个醉的，我的车上还倒着一个呢。

我终于把车子开到离自己宿舍不远的路边。我不知林杉住在哪里，一路上她又一直醉得人事不省，我决定把她带回我的住宿地再说。

我摇摇她，她嘴里咕噜着，醒不来。我把她搀出车门，她浑身发软，从我的手臂里往下坠。碰到这种人算我倒霉，我一使劲，把她抱起来，外面雪是停了，但冰天冻地的，总得让她先进房啊。

从我停车的路边到我宿舍门口隔着个小地坪，有二十来米远，本来有条小路穿过地坪，可大雪把路和地坪都封了，找不到路。我只好抱着林杉，管不了脚下是路不是路，踏着尺来深的积雪，穿过地坪往宿舍走。可刚走几步就走不动了，人喘不过气来，胳膊特别累。倒不是她人有多重，只是她人事不省，头枕在我手臂上，手臂往下奔拉，整个人屁股向下如一滩软泥往下坠，地上的积雪又深，我的腿要提起老高才迈得开步子，稍一性急，步子迈大了点，脚下就又滑又绊，站不稳脚跟。

我定了定神，心想把她抱高一点，身子往后仰，才好脚蹭着往前走。刚把她抱起时还担心惊醒她，此时顾不了那么多，就把她身子向上使劲一颠，好把她抱高。

没想到这一颠颠重了，把她颠醒了。

她翻着眼皮，黑眼珠白眼珠一转一转的，她还不明白怎么会在我怀里抱着呢。可雪地有反光照着，什么都是一清二楚。忽地她笑了，笑得还是那样迷人，有点害羞，又有点想讨人喜欢，说："你还没向我求婚呢。"

求婚？我？

我吃了一惊，心里一慌神，她的身体就脱手掉了。我顺势去抢，下意识要救人，手追得快，脚却陷在深雪里动不利索，下面一滑，一个前扑，双手没抢着人倒让人给砸了，她连带着我一起重重摔在雪地上。

三

忽地就醒了，我翻身坐起，一脚差点踢翻一张茶几。谁把茶几放在沙发边？我有点恼火地想。伸手把茶几上翻倒的一面立镜扶起，一看，立镜的玻璃里嵌着我和蓝蓝的一张合影。记得立镜以前是放在卧室的书桌上的，怎么到了这里？揉揉眼睛一眼瞟去，就看到茶几上有张小纸条，拿起来一看，纸条上写着几个字：

"昨晚实在有点不好意思，多谢了！杉"

我把纸条捏在手心里，心想，立镜肯定是她拿来压纸条的。

我往自己的卧室走去，猜测她可能早走了。推开门，床上的被子叠得整整齐齐，她果然走了。一看墙上的挂钟，都下午一点了，想起下午还要讲课，得赶紧走，随手便将林杉留下的纸条扔到了纸篓里。

下午给学生上课时耳边老响起林杉说的那句话："你还没向我求婚呢"，还想起当时我吓了一跳把她给摔了，杂念一起人就走神，心也像是喝了酒一样，迷里迷糊就跟着去。

我从雪地上爬起来，觉得两只胳膊都摔断了。我人往前栽

12

时，双手插在林杉身下护着她，结果连她带我，两人的重量一起压在两只手臂上。

我将胳膊从她身下抽出，摸摸手腕和肘关节，还好，没什么异样，只是两手前臂的骨头挺在雪下的石头上，摔得生痛，要不是给厚厚的积雪阻了一下，说不定两只胳膊都要报废。

林杉身子陷在积雪里，一动不动，我以为她摔死了，心里发慌弯下腰一看，哪里是什么摔死了，她是醉得根本就没醒来，先头那句"你还没向我求婚呢"，是醉里说的梦话。

我直起腰，两手往腰间一叉，火来了。

"谁说没求婚！还没和你见面我就求过了！"我向躺在雪地上人事不知的林杉吼道。

我在路上折腾了半夜，又摔了一跤，难免心里上火，但一个清醒的人是不能对一个醉鬼发火的，发了也不起多少作用。

我弯下腰，想再把林杉抱起来，抱了几抱没抱动，手臂乏了，使不上劲。雪已停了，寒风在雪地上空吹着，外面气温很低，我冻得不行，心里一泄气，真想把她扔在雪地里不管拉倒，可是，若真让她躺在雪地里冻上一宿，明天早上就是不死，救过来也落不了好去。我没办法了，只好双手搂着她的胳肢窝，在雪地上把她往宿舍方向拖。

我拖着林杉在雪地上走了好几步，刚觉得这样还是省点劲，脚下一滑，一屁股又跌坐在地上。我坐在那里，好一会儿没挪动，屁股跌痛了，心里直冒火。就着雪光一看，林杉躺在我两腿间的雪地上，两只靴子脱落了，一只脚丫袜子还套在上面，另一只脚丫却光着，在雪地上拖出两道浅沟来。看着她那样子，我心里又好气又好笑，心想，她也真能醉，都这样了还醒不来。

我爬起来，蹲下身搂好她，咬了咬牙腰一挺，挣扎着又把她抱了起来，我喘着粗气，高一脚低一脚，踏着雪往前走。

没走几步，手臂中的林杉忽然轻多了。原来，是她用两只胳膊勾住了我的脖子。

不知什么时候她醒了，目光一闪一闪静静地看着我，脸色显得很苍白。我站住了，恶狠狠地拿眼瞪她，心想，她再要大惊小怪，就真把她扔了。她脸上却浮起一丝笑意，什么也没说，闭上眼睛叹了口气，顺势把脸埋在我胸前。

我喘了口粗气，抱着她又走。幸亏她搂着我，不然，要把她从雪地里抱回屋还真不容易，还有十几米的雪地呢。

等到我抱着她走到房门口，腾出一只手，好不容易从怀里把钥匙掏出来，开了门；等到我把她抱进门，又腾出手来在墙上摸索着把客厅里的灯一打开，她"嗖"地一下就从我怀里溜脱，站在地上了。

她头微微低着，用手遮住眼睛好适应屋里的灯光，她稍微站了一下，什么也没说，也不回头看我一眼，就迈着小碎步向厕所走去。

我站在门口喘气，心想她的靴子掉在雪地上了，得捡回来。

我去了室外，在雪地上找到林杉的两只靴子和一只袜子，又在门外屋檐下站了一会儿。寒风呜呜地吹，吹到我脸上身上，也不觉得冷。大概是刚刚抱着林杉走过雪地时用了气力的缘故，心在胸膛里咚咚地跳得很有劲，心情却如这眼前深夜中的雪景，宁静得出奇。

雪花削薄的夜空飘得很远很远。

我回到房里，进了我的卧室。床头柜上的小灯亮着。林杉侧身躺在床上。她面朝墙壁，胸前抱着一个枕头，和衣躺着。她只脱了大衣，大衣就搭在床挡头。她脱了那只袜子，裤脚下露出半截光光的小腿和脚丫来。一只脚丫平放着，一只脚丫脚趾尖向下，脚跟朝天地踮在那里，柔和的灯光打在上面，看起来很逗。我想起就那么一会儿前，她还一只脚丫套着袜子，另一只脚丫光着，在雪地上拖出了两道浅沟，不觉好笑。

看不清她的脸，不知她是否已经睡着了，床上有被子也不盖。我走到床前，拉开床上的被子，盖在她身上。她躺在那里一动不动，像一个玩累了的顽皮孩子，沉入在梦乡中。

我站在床前看她，一个陌生女人，躺在我的床上。她的年轻，她的女性美，在若明若暗的灯光中，若隐若现。她说，你还没向我求婚呢，她是说梦话，还是心有所指？我心中有些冲动。

发呆一样站了一会儿，我从柜子里拖出另一床被子，熄了灯，走出房间，去客厅的长沙发上睡了。

接下来几天我都有点忙，除了上课，我与波尔教授会面了好几次，讨论两人准备合作的一篇论文。论文初稿来自我几年前的博士论文，论文中讨论的有关问题，近几年来在经济学界是个热门，波尔教授情绪很高。

波尔教授是经济系的系主任，在经济学界颇有点小名气。他是个印度裔美国人，矮矮胖胖的，脸很黑，眼睛很大，喜欢笑，一笑就翘下巴，那下巴圆乎乎的，每天青亮亮的刮得精光。

"别把精力放在教课上，"见过几次面后，那天他对我说，"那是奴隶做的事。"

我与奥尔本尼大学经济系签订的合同就是教课，一学期三门课，来前我一直担心教课任务太重，没时间和精力搞研究，没想到波尔教授开口就要我别把精力放在教课上，还说那是奴隶做的事，我听了自然开心。

"我教你怎么应付学生，"他说，"第一，要把所有的学生看成傻子，在任何问题上，你永远是对的，而他们呢？"

"永远是错的。"我趁机表现出一点机灵来。

"对对对，"波尔教授满意地点头，接着说，"第二，在适当的时候，要用脚狠狠踢他们的屁股。"

波尔教授一锉牙，大眼一瞪，做了个十分凶狠的表情。

我笑了。心想踢屁股是怎么个踢法，这招以后有空要向波尔教授好好请教请教。难怪我当学生时吃尽了教授们的苦，原来他们是有诀窍的。现在轮到我当教授了，得学着点儿，当学生时吃过的亏，可不能白吃。

波尔教授要我把主要精力放在学术研究上，他语气十分干脆地说：　"搞研究，发表论文，就是做生意，而做生意你就……"

我听得一愣，忍不住"哎"了一声。波尔一个大教授，怎么把学术研究跟做生意扯到一起，真没想到。我见波尔教授停住了不说看着我，就说："学术研究还是要追求真理。"

"追求真理，当然都是追求真理，嘿嘿，但论文嘛只有发表了，才是真论文，也才有用。不能关着门搞自己的，只问自己喜不喜欢呀，也不管别人关不关心，那样人家睬都不睬你，做了也是白做。你得首先问一问学术界目前的热点是什么，市场需要什么，一句话说穿了，说到底，搞研究就是做生意。"

"可是，乞力马扎罗的豹子是不捉兔子的。"我语气生硬起来，我最听不得的就是把搞学术研究和做生意硬扯到一起，做生意我就不来奥尔本尼了。

"乞力马扎罗的豹子?"这回轮到波尔教授一愣了，接着他恍然大悟似的爆发一阵大笑："哈哈哈！豹子不捉兔子，有意思有意思，豹子捉的是马鹿对不？要干就干大的，我向来就是这样。你很对我的口味！很对我的口味！哈哈哈！"

你本想跟波尔教授解释，乞力马扎罗的豹子是连马鹿都不捉的。它上了乞力马扎罗的高峰，那里天寒地冻，哪有什么马鹿？乞力马扎罗的豹子长了三只眼，追求的是天地之间的真理。可是，小头就是见了乞力马扎罗的三眼豹后，先是偷东西，然后一枪把自己给崩了。豹子上乞力马扎罗，到底要干什么？和他说得鬼清楚。

我还没来得及开口，波尔教授就哈哈大笑拍着我的肩膀和我告别，还连声说我们可以长期合作。我没做声。这个人竟然把学术研究当生意来做！

晚上接到了林杉的电话。她先是为那天晚上的事表示谢意，说很不好意思。又问我她主动给我打电话我是不是会看不起她。我说怎么会呢。她说她给我留下电话号码后一直在等我的电话，见我不打，她就厚脸皮了。我感到奇怪，说没见她留的电话呀。她问我见没见她留的纸条，用立镜压着的，放在茶几上，嘻嘻。我说看到了她留的纸条，也读了留在纸上的话，但没看到上面有电话号码。她就说纸条的一面写的是话，另一面留的是电话号码，说着就在电话里嗔怪我做事太粗心，害得她没面子。我心想，那纸条又不是没空白，你也没个提醒，一面留话一面留电话号码是个什么心思？她说，明天是周末，她想去郊外看雪景，问我愿去不愿去。我说看雪景我就不去了，天气太冷，这奥尔本尼的雪也下得太大了，路边的雪堆起来像战壕一样高，走在街上马路对面的人都看不到。她说没想到你还怕冷，说着说着就把电话挂了。

可第二天半上午，她还是开车来了，进门就红了脸说自己没出息，心里说不要来的还是来了。

我以为她有什么特定的风景区要去，但她没有，说也想像我一样，到郊外去迷一迷路，车子开到哪里就是哪里。

她这点倒颇合我心意，我也没事，要看雪景就去看吧。

四

还是开着她的那辆车，在撒了盐雪水化成了泥浆的郊区公路上转，一转就转了个多小时，于是就到了吃午饭的时候，我想请她去餐馆吃中饭，她却说不饿，还突发奇想要去湖边看人钓鱼。好在我也不饿，又有的是时间，也不管冰天冻地的湖边是不是有人钓鱼，跟她去就是。

就这样，我们一路开着车，说说笑笑，把车开到了奥尔本尼北面十几英里处的小城特洛伊的一个湖边。

那湖是个风景区，湖边有一栋连着一栋的私人住宅，没有住宅的地方是长满树木的山坡，要下湖，只能从住宅间穿过去。

隔远看去，湖面白茫茫的一片，湖心人影晃动，还真有人在冰上钓鱼，或在干着什么。我俩都兴奋起来，在路边找到一小块平地，把车停在那里，便穿过两栋住宅间的空地，向湖中走去。经过岸边住宅时，一栋房子的门打开了，一个白人妇女走出来，眼盯着我们从门前走过，我和林杉都和那妇女打招呼，她也不应声，只是用很不友好的目光盯着我们看。我们都没在意，就这样走了过去。

到了湖中，才看清楚有好几拨人在那儿钓鱼。有人还开了车去，那车比平常所见的小车体积要小多了，是敞篷的，像是专门为在结了冰的湖面上载人所用。有人还在湖上搭了帐篷，我特地走进一个帐篷里去看了看，那帐篷不仅可以钓鱼时遮风避寒，还可以在里面生火做饭，到了晚上，累了可以在里面的气垫地铺上睡觉。

钓鱼的人中有一对白人老头，见我和林杉走过去，其中一个微笑着不做声，一个很和善地与我们打招呼。没说话的老头给我和林杉一人端来一杯在冰上烧好的热咖啡；好说话的老头见林杉好奇，就牵着她的手，笑呵呵地教她用什么东西怎样在冰上打一个圆圆的洞，怎样放钓鱼的小木架，还告诉她，要不时用长把钢勺将冰洞上的冰舀掉，不然，不多久那洞上的水面又会重新结冰。

我们和那好说话的老头聊天时，一旁没说话的老头钓上来一条鱼，那鱼瘦条型，足有两尺多长，扔在冰上鱼嘴一张一合，活蹦乱跳。那鱼的鱼头不大，呈长方形，整个鱼头几乎就是一张带刺的大嘴，身上长着黄色的闪光的细鳞，林杉见了，像个孩子一样惊喜地叫起来。那好说话的和没说话的老头见林杉对鱼那么激动，就都开口说天太冷，他俩都不想剖鱼，便把他们钓上来的三条一般大小的鱼，都送给了林杉和我，然后拿着渔具走了。

我和林杉得了这意外之财，高兴得不得了，也实在有点想那两个老头不通。

你说也是，这两个老头，身裹大衣，头戴绒帽，脚上拖着笨重的大毛皮靴，说不定一大早就跑到这冰天冻地的湖面上来了，忍着风寒，饿着肚子，好不容易钓起来这么几条大鱼，自己也不要，随便就送给了两个过路人，那他们是来钓鱼还是来干什么的？

路过纽约

林杉笑嘻嘻地说，还是美国佬大方，我们老中就舍不得。

我说，那还用说。咱们中国人和美国人就是不一样。同是钓鱼，还同是爱好，美国人爱好的是钓鱼的过程，就看有无乐趣，好不好玩；而我们中国人呢，一门心思都在吃上，爱好的是能钓多少鱼回家吃，咱嘴馋，比人家实惠。波尔教授也是个实惠的，他听我说乞力马扎罗的豹子不捉兔子，就说豹子捉马鹿。他是个大实惠家，心贪着呢。他不知道乞力马扎罗的雪山顶上看起来也和这湖面一样，空荡荡白茫茫的一片，什么也没有，这湖底有鱼，雪山顶上呢，雪山顶上呢，天空中只有星星和月亮……

林杉碰了我一下说：你说什么呀！我冻得快不行了，走吧。她嚷着小跑起来，不时回头招呼我追上去。我手中提着一塑料袋三条共八、九磅重的鱼，故意在湖冰上拖着脚走。谁都听不懂我说什么，连波尔教授都听不懂，还说她？谁也听都不想听。

走到岸边，走到来时经过的那栋住宅前，一辆卡车从公路急速转进住宅前的地坪，急刹车，车轮摩擦雪地发出刺耳的声音，从驾驶室跳下一条白人大汉。

"谁让你从我地坪里过的！"那人对我吼道。

"你的地坪？"我还没回过神来。

"操你！我这就告诉你这地坪是谁的！"看来那人在外面喝了酒，一脸紫红，到家了口中还骂骂咧咧，他歪着脖子向房子猛冲过去。

天底下的酒鬼怎么都让我撞着了。我自顾自往前走，可没走两步，那人提着一把长枪又从房门里冲了出来。一拉枪栓，"咔嚓"一声响，那人端着枪对我吼道：

"老子送你的终！老子送你的终！"

我吃惊地看着他。双筒猎枪黑洞洞的枪管正对着我胸膛。

20

我忽地想起，先头在湖上与那钓鱼的老头聊天时，那好说话的老头问我，你们从哪儿下湖的。我指给他看了，他问我房里有人出来吗？我告诉他一个女的出来了。老头又问，她让你们过去？林杉在边上插嘴道，有什么不让的呢，边上有这么多户人家，她不让，别人也会让啊。我当时注意到，听林杉那么说，那好说话的老头和另一老头对了对眼光，不再做声了，我看在眼里，也没怎么往心里去。看来，这湖边的土地都是私人的，没经主人同意可不能随便通过。

　　"你枪对着我干嘛？别枪管晃来晃去的，走火了会打死人的！"我说，对酒鬼你得提醒他点。

　　"老子就是要送你的终！老子就是要送你的终！"那人大吼大叫，嗓音粗哑，目光凶狠，隔老远嘴里的酒气都喷到我脸上来了。那么高大的一个汉子，一点都不稳重，端着枪，弓着腰，在离我几米远的地方又蹦又跳。我往边上溜，他端枪蹿过来，堵住我的路，不放我过去。

　　这时我才明白，这家伙是真要杀人啦。

　　我想起刚来美国时发生的一件事，一个日本留学生，拜访同学时走错了门，就给房主一枪打了，丢了性命。电视里还看到他父母来美国收尸时悲伤流泪的镜头，当时的美国总统都道歉了，也没听说杀人者有什么事，似乎根据美国的什么法律，这种情形下杀人，杀了也就杀了。后来我在美国多年，也不是没被人欺负过，但要么是自己的热脸挨了人家的冷屁股，要么是撞在社会的软墙壁上了，遇到这种蛮横不讲理的家伙，倒是头一遭。

　　你这人怎么不讲理呢，就算这土地是你的，我没经你同意从你家土地上走过就算我的错，可为了这点小事你就要人家的命？就你家的土地宝贝，人家的命就不值钱？可跟醉鬼有什么道理好讲，讲得鬼清？他手中有枪，以为别人就怕他凶巴巴的。可小头也有枪，他一枪把自己崩了，他就死在你怀里，血和脑浆一把把从你的指缝往下掉。一股浓烈的血腥味从你喉咙里直往头顶上涌，你想起了三眼豹，不要以为长了三只眼睛的豹子上了乞力马扎罗就不是豹子了，它纵身一跃，一掌要他的脑袋开花！

那人吓得倒退两步，手中的枪垂下来，眼光躲闪着往我身后瞅。

我听到了身后的脚步声。救命的三眼豹来了。回头一看，来的不是三眼豹，是林杉。她显然看出了事态凶险，径直朝我走来，却眼不看我，脸带微笑看着那人。

"从别人土地上经过，总得打个招呼。"那人放低了声音。

"哦，我跟那女的说了，我们从这里经过时，一个女的从那房子里出来。"林杉机灵地接口道。

"你问了她？"那人口中嘟噜，眼睛不离林杉。

"当然问了，是她让我们过去的！"林杉抓住我的一只手，"她没说这土地是你的，不是她的，实在是对不起，我们也没弄清楚。"

"她让你们过去的？怎么可能呢，她刚刚……"那人口气缓和下来，声音里却带着疑惑。

"真的，不信你去问你太太，她是你太太吧，她让我们过去的嘛。"林杉说。她话说得那么肯定，又一直微笑得像个迷人的妖精，不由得人不相信，连我都信了。

可就在这时，房子的门打开了，那先头出来过的女人手把房门，站在门口，从听得清说话声的不远处看我们。

持枪的男人回头去望那站在门口的女人。我想，糟了，刚落下的心一下子又提了上来，林杉握着我的那只手也紧了。门口的女人却"砰"地一声关了门，人又缩了进去。

"既然你们跟她说了，"那人回过头来，口中嚅嚅地想解释什么，"我，我也不是不让你们从这里过，主要是家里有小孩，怕坏人……"

我见林杉还在向那人点头微笑，目光中流露出的同情没完没了，就拉了拉她的手，示意她快走。

"你把地上的鱼捡起来。"她轻声说。不知什么时候我提在手中的鱼给扔在地上了，我弯腰拾鱼时觉得很没男子汉气。

那人提着枪向房子走去，我们也上了车。一上车，林杉一踩油门，车箭一样飙了出去。她把车开得飞快，要我往后看，看那人是不是追出来了。她嘴里骂了句什么，又伸手拍拍我手臂哄我说，犯不着和这种人生气，一大堆白垃圾！她哪里明白，这种人，这种破事，要真能惹我生气倒好，我心中的事要可怕多了，来点什么冲一冲吧。

一声急刹，她把车停到路边，熄了火，双手扶住方向盘直喘气，说："吓死我了，吓死我了，我得停一会儿，我的心都要跳出来了。"都跑出几英里地了，她还欠着身子往后瞧，"你说他真会开枪吗？真会开枪吗？"

"这就难说了，说不定还真会呢，那年，我刚来美国时……"

我正说着，她脸上的表情吸引了我，她像个孩子一样看着我，听我说话，两眼放光，嘴唇微微开启，不知是刚吹了冷风还是受了惊吓，脸色红得像熟透的苹果。

她已经晕了，傻了，我看得出来。一个女人在男人面前晕了傻了时，脸上的表情是最可爱的，也最动人，最诱惑人了。

蓝蓝也曾这般晕过，傻过。就在学校图书馆。也是这般痴痴地看着我。我吻了她，我的头一次。她那么好强的女人，竟然毫无反抗，孩子般顺从和温柔，一脸通红。事后，她说我坏，说没想到我那么大胆，当着那么多人的面，仿佛我们恋爱多时。

23

此时此刻，我也晕了傻了，心里起了冲动，伸手就去搂她，一使劲就把她搂入怀里，不等她来得及反应，嘴唇已贴上去，咬着她的嘴唇就不松口了。她嗓子里发出"嗯嗯"的声音，身子在我怀里稍做挣扎，软了下来。

寒风"呼呼"刮过山林，我看到大片乌云的飘移，乌云向我脑海深处飘移，渐渐远去，隐没，我心中涌出阵阵狂喜，她的嘴唇甜美滚烫，我听到了滴水的声音，那是我胸膛里的坚冰在融化，一滴一滴，我要更大胆些，更放肆些，可是，蓝蓝来了，偏偏是这时候她来了，踩着积雪向我们走来，没有人比我更能看到……

五

你第一次见到三眼豹时人还在国内，那时还年轻，冲得很。

你硕士刚毕业，留在学校的经济研究所搞研究，不久，就在校园里闯出了点名头。说来不大好意思，这闯出的名头并非什么光彩事，如搞研究得了奖写文章出了名之类，而是在大学这块斯文之地，叉了房管科长的脖子，又撕了学校的布告，还一大巴掌拍了后勤处长的桌子。

事情说来是这样的。

当年学校住房紧，留校的青年教师没房子分，就和研究生们一起杂住在集体宿舍里。你和蓝蓝毕业留校后，新婚也分不到房子，还是你同宿舍的室友照顾，他搬出去，腾出了房间给你们居住。在那栋集体宿舍楼里，住了不少你们这样的新婚青年教师，有的还有了孩子，都是占着室友出让的一间宿舍，做饭、读书、写作、睡觉，都在里面。

那天晚上，都过十点了吧。房管科的李科长带了两个工人来敲门，在门外喊查房。那刻你正坐在书桌前读小说。你有个习惯，写研究论文写累了喜欢读几页小说放松放松，记得当时读的是海明威的短篇小说《乞力马扎罗的雪》。

据说，乞力马扎罗是非洲最高的一座山。西高峰常年积雪不化，当地人叫它"神庙"。在西高峰上有一具风干冻僵了的豹子尸体。豹子到这样高寒的地方来寻找什么？没有人做过解释。

确实很可疑。一头豹子，天生就是在草原上跑、在大树上爬的，喝血吃肉，好不快活，跑到乞力马扎罗的山顶上来干什么？那儿除了天空和冰雪，什么都没有，空气稀薄，气温低下，寸草不生，连一片秃鹰的毛都飞不上去，到了那里气都喘不过来，还不活活饿死冻死？在非洲大草原上，各种各样的动物，吃草的吃草，吃肉的吃肉，谁都活得好好的，这头豹子有什么不满足，偏要跑到冰峰雪顶上去，它到底要寻找什么？不由得人家要起疑心。但没有人做过解释。海明威也不解释。他转背去说一个倒霉的作家。那作家拖着一条感染了的发出恶臭气味的腿，人要死了，秃鹰和鬣狗在不远处晃来晃去。作家写了一辈子诗歌和小说，却一直没动笔写他心里想写的作品，他把时间和精力大都耗费在赌博和有钱女人的怀抱里，他要死了，这辈子有他后悔的。

你被小说吸引住了。那作家追悔自己的一生，情绪里流露出玩世不恭的绝望来，你一边读一边猜想，死在乞力马扎罗高峰上的那头豹子的秘密，也许就隐含在作家临死前的回忆和情绪里。蓝蓝脱了衣服，躺在被窝里催你上床。你在书桌边拖着捱着，心里急着想先把小说看完。离结尾就差一点儿了，这节骨眼上李科长来捶你的门，还在门外高喊，你哪来好脾气？妈的，又要你们留校，结了婚连一间房也不分，还要来查房，不是摆明了欺负人吗？

你刚把门打开一条缝，李科长顺势闯了进来。他一进门就像进了自己的屋，先是晃着脑袋四下一看，眼光落到你和蓝蓝的床铺上眼珠子就不转了。你心里本就没好气，见他进门后贼眉贼眼更来火，但还是忍着，想说几句客气话请他出去，没料到这家伙不仅不听你分说，还奔着床铺就冲过去，拦都拦不住，一伸手竟要掀蚊帐，这下把你惹毛了，就一手叉住他的脖子，管他科长不科长，扔到走廊里去再说。

说起这李科长，在你们学校里也是鼎鼎大名的人物呢。他本是学校食堂里煮饭的工人，脸上被一个大蒜头酒糟鼻子占满了，却讨了个俊姑娘做老婆，是他老家农村的。他把俊老婆也弄到学校食堂里打杂，一来二去，他那俊老婆撞进了学校抓后勤的副校长的眼里，被看上了。自从老婆被看上后，李师傅就不管刮风下雨每天晚上踩单车送老婆去副校长家，说是与副校长促膝谈心提高思想觉悟。他就在门外的路边等，等老婆提高了思想觉悟后，再踩单车和老婆一起回家。

不久，学校食堂煮饭的李师傅就成了校房管科的李科长。

你叉的就是这么一个人。

那作家死时也向乞力马扎罗的山巅飞去，豹子去了，死在上面，他活着时也想去，死了更要去，但你看他去晚了，灵魂飞不上去。

到了第二天，宿舍楼里就出了一张大红纸的布告，首要部位是你的大名，说什么你私占集体宿舍，非法同居，抗拒校领导例行公务，罚款若干元，从工资里扣除等等。你二话不说，一把就将大红纸布告撕了。

你这里撕，他那里再贴，你再撕，他再贴，如此往返了三次，于是就有了科长又领着两个工人来敲你的房门，说是后勤处长有请。

你跟着去就是。

一进处长办公室的门，只见办公桌后站着一个肥头大脑的年轻胖子，他一听你是谁，劈头盖脸朝着桌子就是一巴掌：

"你好大的胆子！"

细想是来不及了，你学他的样照准桌面也是一巴掌："什么玩意儿！"

那肥头大脑的年轻胖子竟然就是后勤处长，新提拔的，大学毕业才几年，毕业前是本校团委的学生干部。在处长的大巴掌上再加上一巴掌，那力道有多厚重？办公桌给震垮了。

这下，你的祸闯大了。处罚跟着就要来，而跟着处罚屁股前面后面跑的，是你在校园里的名头，"脾气臭"。

现在想起来，你年轻时是有点脾气臭，惹不得，不大晓得天高地厚。

当时，你正参加了一个与中国经济改革有关的国家重点研究课题。那年头正值八十年代中期，改革开放的浪潮铺天盖地，一浪盖过一浪，正是天不怕地不怕的年轻人大出风头的好日子。

在课题中你参加了理论部分的研究，研究的是"劳动力是不是商品"、"公有制是模糊的还是清晰的"诸如此类的问题。据你所知，凡是琢磨这类问题的搞理论的年轻学人，心里就常有大冲动，老觉得他的思考可以决定中国经济体制改革的方向，至少是与中国的前途、与十几亿中国人民的命运密切相关。

你就属于这号年轻人，很把自己当一回事儿，以为世界和未来都握在自己手心里。要说心里认个什么，也就是认个知识和真理，而对那些当官的，对什么有钱人，心里没多少概念，不放在眼里。你和蓝蓝结婚，住在十平方米的集体宿舍里，吃的是煤油炉子烧的饭菜，偶尔偷着烧一会儿禁用的电炉，也没觉得生活中缺点什么，一天到晚乐呵呵的。可是，科长要来要一要流氓，处长要来显一显威风，这类鸟气你就受不了，要冲它一冲。

处罚还没来，校园里就传得挺吓人，说是校办公室、后勤处、人事处开了三方碰头会。说来有意思，处罚的罪名不是因为叉了科长的脖子，也不是因为拍了处长的桌子，倒是因为撕了大红纸布告。据说，其他事都是小事，而撕了大红纸布告却是大事；又据说，大红纸布告代表的是制度，而什么东西一与制度挂了点边分量就重了，而一个人胆敢和制度对着干，他的问题就很严肃、很严重，不能马虎放过。

你的问题到底有多严重？处罚会是什么？管它呢。爱怎么就怎么吧，你不往心里去。你的巴掌拍完了就算完了。你又像往常一样，窝进宿舍里，一心一意读书、思考、写作去了。

长了三只眼睛的豹子就是这期间来的。

记得那天你特别兴奋，午饭还没吃就坐在书桌前写作，你头脑里有一张快嘴劈里啪啦说个不停，收不住。你不停地写啊写，中饭没吃，晚饭也没吃，蓝蓝过来问候几句，你还烦她。虽然你一向工作努力，但像这么猛的情况还是少见。大概到了后半晚，你头脑里的声音渐渐弱下来，终于没了，你把笔往桌上一扔，不写了。一看桌上，写好的稿子堆了一大摞。你人很累，肚子倒不饿，只是嘴里发苦，脑袋空空的，人晕晕乎乎，又像是特别清醒，特别警觉。你听到一只大老鼠从你宿舍对面的公共厕所的粪坑里爬出来爬出厕所门爬过走廊爬到你宿舍隔壁的门外偷吃扔在走廊里的烂菜叶的声音。你笑了笑。到了后半夜，如果周围的人都睡了，街上见不到人影，窗外听不到人声，就你一个人还醒着，刚刚放下手中的工作，你就能听到这样的声音，你觉得你是不同的，你和这个世界特别亲近。

你走到窗前，推开窗户，晚风从窗外吹入，凉丝丝地吹着你的额头，你眼望夜空，人顿时感到说不出的清爽。

那天夜晚，满天星星，不见月亮，夜空像是海水洗过，蓝得很纯净、很透明。你看着夜空中的星星，很自然地想起那些逝去了的你所崇敬的前辈学者，一时觉得那些星星离你很近，仿佛它们是一些人类历史长河中的思想者，有些你熟悉，有些你不熟悉，正隐身在夜空中，目光亲切地看着你。他们是你一直在寻找，一直想走近的思想者，而那天你笔下有如神助，一定是他们来到了你身边，你的头脑里涌出那么多充满了智慧的声音，平时根本就想不到，没准是他们在对你说话。风轻轻地吹，你看到了他们穿透星空的目光。

你站在窗前，眼望星空，心存感激。头脑里一下子又涌出很多话，想对那些星空中的思想者说说。一些时新的问题，在你脑子里是一大盆糨糊，搅来搅去总弄不明白，就想向他们请教，想亲眼见一见，如果换了他们会是怎样想的。

这时，你看到星星在夜空中动起来。漫天的星星都在动，天空晃起来。星星像水面上的碎金一样摇晃、浮动，荡来荡去，一下子散升，一下子聚拢，星光闪耀着，流窜着，金色的乱箭飞舞，你的眼睛都看花了。忽然，一头豹子，一头金色的豹子，出现在天上，它在天上奔跑，飞一样地奔跑、跳跃，忽地一停，转眼又腾空而起，屁股向上一掀，尾巴一剪，猛地向前一扑，你眼一花，退了一大步，一头豹子从窗外跃进，蹲在你的眼前。

一头豹子，一头活生生的，从没见过的豹子，就蹲在你面前！

缎子一样光滑的金色皮子，上面花斑点点。那花斑是深紫色的，胸脯一片雪白，尾巴上一根杂毛也没有，黑得发亮，头上、颈上还披着雄狮样的金色鬃毛，额头顶门中间比平时见过的豹子多了一只眼。那只眼看起来很怪，像是一片细长的柳叶，绿莹莹的，比另外两只亮晶晶的眼睛还要亮，一盏不熄的飘着火焰的灯。

"我从远方来。"它望着你微笑，说话时眼一眯，神情颇有些顽皮。

你点点头，有点吃惊，倒也不害怕。

"跟我走。"

你又点头。

它飞起来，你也随着飞起来。

去了回不来怎么办？那就见不到蓝蓝了。飞出窗户时你心里犹豫了一下，不过也就是一闪念而已，那一瞬间你就从窗口一头栽下去。那头豹子尾巴一甩，在空中接住你，把你带入又浓又黑的大雾里。

就在你进入黑雾的瞬间，仿佛有一阵清风拂过你的额头，你眼前的一切忽然消失了，消失得那样彻底，看不见任何东西，也听不到任何声音，而一阵强烈的穿透灵魂和肉体的快感同时充满了你的全身。

提起快感，而快感又与肉体联系在一起，就容易让人联想起性高潮。可是，当时你所感觉到的快感，不是人们爱好的也很熟悉的性高潮。性高潮你也很爱好，很入迷。就你的体验，性高潮大致是从人们身体的某一敏感部位发出，有强有弱，有好有差的生理快感。弱的差的，就集中在那么一点，走不了多远，强的好的，就像电流一样袭向全身各处，最高的境界会到达脸部，弄得人晕头晕脑，最棒的却是达到脚板心，骨头都酥了。

你刚结婚就接下了手中的研究课题，开始写书。你的习惯是早上和上午睡觉，下午和晚上读书、思考、写作，一般写到后半夜，有时一写就是一通宵，难免有时会冷落新婚的妻子蓝蓝，可你天生身体强壮，精力旺盛，几乎天天要和蓝蓝欲仙欲醉，你说这些的意思是，性高潮你是非常熟悉的，把情爱暂且放在一边，那不过是一道生物快感电流。

在你进入黑雾中的刹那间（你得承认，你也不大明白你进入的到底是不是雾，反正是纯黑暗的空间，什么也看不到，什么也听不到），当仿佛有一阵清风拂过你的额头时，你所感觉到的快感，不是一道生物电流，倒是有点像人不小心，一失足掉落在海水里，全身的每一根毛发，每一个毛细孔，每一个细胞，每一片神经末梢，每一根骨头缝隙，都在同一瞬间被无孔不入，汹涌而来的海水浸泡了，那海水就是滚烫冰凉的快感。那快感之强烈，仿佛人的肉体平时一直承受着某种生来如此却又察觉不到的压力和张力，可在那一刹那间，那种压力和张力忽地消失逸尽，只剩下穿透灵魂和肉体的快感本身，在那里翻江倒海，为所欲为。就你的体验来说，那快感是没法拿性高潮来比的，两者天差地别，放不到一块去。

你只能把那种快感叫做脱离了肉体束缚的自由灵魂的快感，尽管奇怪的是那快感同时也是肉体的，也许，你只能用幸福来描述那一刻灵魂和肉体能够被人感知的存在状态。

在那一瞬间，虽然你什么也看不到，什么也听不到，但你知道你已到了另外一个世界，一个与你以前所熟悉的世界完全不同的另一世界。当你淹没在快感的海水里，你就觉得你过去所执著的一切，没有什么是舍弃不了的，因为确确实实存在着另外一个极乐世界，你就在那另一世界里，所以你知道，实实在在的知道。可是，就在那同一瞬间，你又意识到你死了，这令你觉得奇怪，如果你明明在另一极乐世界里，怎么会又是死了？

就在你感到奇怪还颇有点惊恐的同时，你看到了一道光，一道彩色的光，那是豹子，你就跟着它去了。

你看到你成了一团火，一团熊熊燃烧的火。在燃烧中，黑暗的光明起来，光明的却暗淡下去，你看到流星划过夜空，看到灯火在冬天的野外闪烁。一切坚硬的、固体的，在火的燃烧里，熔化开来，分解离散，你看到流水奔涌，看到大风鼓荡，而一切柔软的、稀薄的又在火中汇聚凝固，你看到晶莹闪耀的舍利子，看到彩虹的七彩光环。

豹子在你的眼前还原，你也在火的燃烧中还原。于是，你们经过一些奇妙的境地，看到了各种奇妙的景象。

那些景象在你的眼前产生，又在你的眼前变幻和消失，你身处那些境地之中，穿过那些变幻无穷的景象，又觉得那些境地也好，景象也好，不过是你的幻想，是你在一念之间随意想象出来的，似乎是你的意念到了哪儿，它们就在哪儿出现，同时也在哪儿变幻和消失。可是，又总有各种豹子在那些奇妙的景象中出现，你听到那些豹子从遥远的虚空发出啸声，啸声雄浑有力，自由奔放，听来不像是平时能够听到的在森林里拉锯般的豹子的吼叫声。啸声一起，就有新的豹子出现，额头中间都多长了一只精光闪闪的眼睛。带你飞翔的豹子也长啸着与那些豹子唱和，它们摇摇尾巴，两道火光贴身一擦，就过去了。

你感到十分惊奇，便问领你而来的豹子，如果你不是和它在一起，那些都长着三只眼睛的豹子会不会一口将你吞了？豹子微笑着说，不会的，你既然能来这里，也就来去自由。你问，你到了什么地方？豹子说，三眼豹的生命所在。三眼豹？真是个古怪豹名，倒挺顺口的，以后就这样称呼它吧。你听得似懂非懂，也没细问。

忽然，你们就落在地上。脚一沾地，你就有一种很亲切很踏实的感觉，毕竟在地上走惯了，走在大地上，就像走在家乡，随意走去，眼前的景色每处都给你一张熟面孔。三眼豹也顽皮起来，它一会儿一头扎进一丛刺蓬，一会儿纵身蹿上一棵大树，一会儿又在草地上翻筋斗，它还像条癞皮狗一样，扬起一条腿，处处撒尿，糟蹋环境，也不知是什么意思。

接着，路消失了，你们走入一座座陡峭的山岩之中。那些山岩像粗大的劈柴拔地而起，高不见顶，岩面上没土，不生花

路过
红尘

草树木，只有一道道巨大的裂缝，仿佛斧劈后的裂痕，从上撕到下。那山岩又高又陡，爬是爬不上去的，只有飞还差不多。可是不知豹子捣什么鬼，它跟在你后面走，它不飞，你也飞不起来。你便在那一座座山岩下打转，想寻找一条出路。可是走到后来，一座巨大的石壁挡在前面，此路不通了。你看着豹子，它也斜着眼睛看你，脸上的表情一副无辜的样子，像是说，它是没办法，要看就看你的了。你这人激不得，一激就拼了，你心一横，就向那座石壁一头撞去，心想会撞个头破血流的，没想到一头竟撞了个空，一个筋斗栽在一大片空旷的荒地上了。

你从没到过那样荒凉的地方，那里像是荒火烧过，又像是洪水冲过。土地是灰褐色的，上面寸草不生，却生癞子一样板结着一片片的盐碱。远处也是灰蒙蒙的一片，看不清什么。近处倒有几截土墙，也不知是谁先修了房子后来迁走了房子没人照料倒塌了，还是那人就砌了半截土墙想想没意思就懒得干了。土墙附近还有一个小水坑，像是一口浅浅的废井。

你一见这么荒凉的地方，转身就想走。倒不全是刚刚一路上跟着三眼豹看遍了各种奇异景色，还麻着胆子撞开了一面石壁，心眼高了，自以为了不起，见了这破地方看不上眼，而是你隐约觉得，这地方似乎和你有什么干系，说不定简直就是你的归宿，若让三眼豹看穿了，不大有面子。

要走却没地方可去，来的时候撞开的石壁看不到影子了，四周除了盐碱地还是盐碱地，再一看三眼豹，它蹲在那里，眼睛盯着什么，一动不动。你顺着三眼豹的眼光一看，在水坑边似乎有个什么东西，走过去一瞧，原来是一只破草鞋。你弯腰将破草鞋捡了起来，翻着看了看，正准备扔，一眼看到豹子正瞪着三只眼看你，它的神色忽然变得很严肃，还带着点忧伤，就那么一声不响地盯着你看。你意识到了什么，见水坑边还扔着一把断了把的、生了锈的锄头，就走过去捡起锄头，在盐碱地上"吭哧，吭哧"地刨了个小坑（那土实在是太硬，刨都刨不动），你把那只草鞋放下去，用土填了。把破草鞋埋好后，你直起腰来，想把锄头扔了，忽见在埋破草鞋的附近有几棵马尾草和几朵不起眼的蒲公英，便走过去，给那几棵马尾草和蒲公英松了松土，松土时你心里一动，心想这里能长马尾草和蒲公英，说不定也能长其他东西呢，这么一想，你又抢起锄头，在那看不到边的盐碱地上刨起土来，你吭哧吭哧地刨了一会儿，心里又是一动，你这是在干什么？三眼豹呢？

你四周一看，三眼豹不见了，就你一人操着把破锄头站在一片荒凉之中刨土，心里不由得一惊，正想喊三眼豹，忽地眼前景象消失了，你摇摇头，定睛一看，你一屁股坐在桌前，面前的桌面上是一摞那天写下的书稿，再就是一本摊开了的海明威的短篇小说集，摊开的那一页正是：

《乞力马扎罗的雪》

六

你向窗口看去，窗子是打开的，天快亮了，天上只有几颗淡淡的星星。

你用手捂住胸口，心跳得很正常，你还活着，你用手摸额头，额头不冷不热，你可不是做梦，你连忙起身，走到床前，也不管蓝蓝还在熟睡中，把她摇醒了。

她揉着眼睛迷里迷糊地问："几点钟了？"

你把她搂起来，把她靠着床挡板坐好，两手扶着她的双肩说："蓝蓝，你听我说，我刚刚……"

"你吃饭没有？"蓝蓝一清醒，就一欠身子，眼睛往你身后瞅寻找什么。

"先不管它饭不饭，你听我说，我刚刚见了一头豹子，三只眼，我……"

"豹子？三只眼？"

于是你跟蓝蓝讲起你刚刚和三眼豹在一起的神奇经历和体验，没等你说多少，蓝蓝头一偏，决然打断你的话："你在做梦。"

"不是不是，"你连连否定，"我感到了一阵强烈的快感，落到海水里了，不是性高潮，我还到了另外一个世界。"

"看！那钵饭还在桌上，你肯定还没吃！"

"蓝蓝，你别打岔，听我说……"

"把桌上那钵饭拿过来。"

你"啧"了一声，没办法只好把桌上那钵饭拿过来。

"把钵盖揭开。"

你把钵盖揭开了，满满的一钵饭，上面盖的是菜，有肉，有豆腐，有青菜，都是你平时喜欢吃的。

"去把饭热了吃了吧。"

"蓝蓝，你怎么啦，老是饭不饭的，我要对你说的事你简直想都想不到。"

"知道你几餐没吃了？"

"不就是两餐吗，昨天的中饭和晚饭，我写东西停不下来。"

"还就两餐？你五餐没吃了！这钵饭菜是前天中午我给你做的，让你吃你没吃，说要过一会儿，前天下午我正好有课，就把饭菜都放在钵子里，好让你热着吃。晚上我回来见你饭菜动都没动，就说了你两句，你倒好，冲着我大发脾气，还拍桌子，我也火了，人家好心照顾你你却不领情，我一赌气就懒得管了，随你去吧，看你能写到几时。哪想到你坐在那里一写就是两天两夜，不吃不喝不睡觉，你拿镜子看看你那样子，眼睛都眍进去了，写东西也没见这样玩命的。"

"不会吧，两天两夜？我怎么记得就昨天中饭没吃。"

"昨天中饭？两天两夜！两天两夜你没吃没喝，觉也不睡，一直坐在那里埋头写，还能记得什么？谁这么干都受不了。你亏了脑子，身体虚弱了，一些稀奇古怪的幻觉跟着就来了，什么豹子呀老虎呀，一些人还会装神弄鬼，以为自己是天神下凡呢！让我来摸摸你的头，哎哟哟，冰凉的，铁一样。你再这么干下去，还会发疯的！"

听蓝蓝这么一说，你就糊涂了，也很扫兴，忽然感到人真的很累，很虚弱，肚子里也叽里咕噜叫，你提不起劲来和她争辩，也没兴致再往下说，而且，她的话还令你有点拿不准，你所经历和体验的那一切，到底是真的，还是像她说的只是幻觉，或者不过是一场梦？

蓝蓝起床帮你热饭，你像个木头人一样随她摆布。

你昏睡了一天一晚，而后一连好几天也恍恍惚惚打不起精神，脑子里一直转着三眼豹，转着和三眼豹在一起时的那些经历和体验。你脑子里越转，就越没法相信那些体验和经历是梦或是什么幻觉，三眼豹脑门上绿莹莹的眼睛精光闪耀，仿佛就在眼前，比不远处那个大活人大白天站在路边张大嘴巴打哈欠还要活灵活现。

乞力马扎罗的豹子，一具风干的冻尸。它和来找你的豹子是同道，肯定也是头三眼豹，脑门中间多长了一只眼，你能感觉到这一点，你和它们的心相通。但来找你的豹子没死，一些乞力马扎罗的三眼豹都没死，都还自由自在活得好好的，它们在另一世界的天空中飞来飞去。它们各自拥有一片属于自己的天地，拥有一片各具特色的奇妙风光。那些奇妙风光意味着什么？这你得搞清楚。乞力马扎罗的死豹子是一个启示，它跑到冰峰雪顶去寻找什么？没有人解释，因为没有人能够解释。但至少可以说，它不是去捉兔子的，要捉兔子就不上乞力马扎罗了。它是一个反叛者。寻找就是反叛。它反叛了出生地，反叛了它熟悉的朋友和敌人。它是一个冒险者。寻找就是冒险。不管它寻找什么它都可能什么也找不到，何况它冒险上了乞力马扎罗。它死了，孤零零地成了一具风干的冻尸。在乞力马扎罗高寒的山顶上，只有冰雪陪伴它，只有星星、月亮和太阳陪伴它，星光是寒冷的，月光是寒冷的，连山顶上的阳光也是寒冷的。但它至少是一头不同寻常的豹子，它离草原远了，却离天空很近，在天地之间留下一个永恒的问号。那些美妙景色肯定不是权力和金钱。权力有血腥气，金钱有铜臭味，乞力马扎罗的三眼豹是不会跑到冰峰雪顶上去寻找兔子的！你明白了，那些美妙景色是真理之光，是真理之美。

可是，在天空中飞翔的三眼豹为什么来找你，为什么要领着你去另一世界遨游，观赏那些奇异美妙的属于乞力马扎罗三眼豹的风光？一想到这点，你就浑身燥热，不看镜子也知道，肯定是满脸通红，眼睛闪闪发亮，头发受了电击般根根竖立。你觉得你被相中了，被一种神秘的力量相中了。

豹子相中了你！相中你去追求真理！

你坐着躺着站着走着，身子都轻飘飘的，一闭眼就脚不着地，不只是看见豹子额头中间精光闪闪的眼睛，而是又和三眼豹在天上飞。你不出门则罢，出门就撞破鼻子回来，不是撞在树干上就是撞在电线杆上。蓝蓝骂你道：从没见过你眼睛亮得吓死人，怎么又像瞎了一样。你也不生气，嘿嘿笑。你这人本来就很喜欢追求真理。你是随文化大革命一起长大的，从小就有雄心壮志，但不晓得这辈子要干什么，只是和其他年轻人共享一个目标，就是要解放全人类，实现共产主义。等到文化大革命结束了，人类不解放了，共产主义也不实现了，你和大多数年轻人一样，就去各干各的。你对时事政治还是挺感兴趣，但对行政权力没好印象，对金钱也没什么感觉，可一肚子雄心壮志还在，这辈子该干什么呢？有一段时间你很迷惑，比以前更摸不清方向，只好跟着潮流走。有志青年都去奔前途考大学，你也是有志青年，也跟着考大学奔前途，还一考就考进了。进大学不久后，你就迷上了做学问。做学问是长知识，是追求真理，还可以造福人类，不比当官发财干的净是些破事。大学读书期间你很努力，考研究生、留校也很顺利，你的野心是在学术上有所建树，用思想影响世界，嘿嘿。所以，豹子看中了你，真是没看走眼。

可是，你周围那么多有才华的人，经济学界出风头的、跑红的青年才俊多了去了，三眼豹怎么偏偏看中了你？莫不是看错了人吧？

你心里有点发虚，不大有把握。倒不是别的，主要是前段时间刚叉了科长的脖子，拍了处长的桌子，不知三眼豹听说没有，它要听说了你是这么个人事情怕会有变化。所里的头头找你说：校方的处罚要下来了，很严重啊，不过，对你所里还是要保的，学术骨干嘛，但你自己脑子得转弯……妈的！看来得让贤。心里梗得痛啊。让贤又让给谁？那些青年才俊们，是一个比一个聪明，但要他们去追求真理，人家就要回家好好想一想了，想干也不一定干得好。追求真理又不是要点小聪明玩点花样，那是干扎实事，是要冒险要吃苦的。追求真理也没什么风头好出，孤零零一个人谁理你？你在心里跟他们说，一头三眼豹死在乞力马扎罗山顶上了，非洲最高山乞力马扎罗，冰天雪地，西峰顶上就它一头豹子的干尸。那头来找你的三眼豹呢，把你带到那片贫瘠荒凉之地后，一转眼就不见了。看来，在追求真理的人生道路上你是干粗活的，这辈子有你的苦好吃。三眼豹来找了你，说明这是你的命。在其他问题上可以让贤，在追求真理的道路上不让。人家三眼豹也不是随便看中哪一个的。要摆优点你也有。你比一般人能吃苦，两天两夜不吃不喝不睡觉写东西也不是谁都能做到的，蓝蓝和你谈恋爱时就说她看中你的正是这一点。你脾气是不大好，干大事的人哪个没点个性？把脾气用在追求真理的道路上克服困难也未必不是个长处呀。

学校的处罚下来了。也不过是雷声大，雨点小，看来所领导出面起了作用。话虽是这么说，可还是勒令你搬出集体宿舍，不然，扣除全部工资。更让你扫兴的是要写书面检讨。蓝蓝跟你无理取闹，埋怨你她先前想去美国你不肯，这下好了，连个住的地方都没了。

去美国的事情是这样的。蓝蓝一直想去美国读书，还瞒着你参加了出国考试，可你一直不想去。为了去美国读书的事，她差一点不肯嫁给你。

你不想去美国是有道理的，中国正处在社会大变革的历史时期，对年轻人来说，活在这样的时代就是机会，你想做大学问，弄的又是社会科学，当然要留在国内，干不成大事也可看看热闹，去美国有什么意思？你好说歹说把蓝蓝骗到手，娶进了门，用她的话说是生米煮成了熟饭，可她脱光衣服躺在被窝里等你时被人闯进门查了房，吓出了一身冷汗，一间破宿舍还要被赶出去，就发狠说，如果你不出国她就一个人走，要掰，两人就掰。

她没想到的是见过三眼豹后你的心就变了。

那天你和蓝蓝说，处罚的事你也别太往心里去，我们走吧，离中国远远的，去美国。那一向，蓝蓝听你说话就板脸，倒不是由于要被赶出集体宿舍，而是你老提三眼豹，她不耐烦听。可她听你说要去美国，脸上一大片阴云，眨眼间阳光爆发，她惊叫着跳起来，扑向你又搂又抱，又蹦又跳，在你脸上脖子上吻个不停。

你红着脸十分庄重地说：你被三眼豹相中了，要去美国追求真理。你还和她解释道，要追求真理，就得去美国，中国这破地方不行，唐僧取经去的也是西方极乐世界……

她咯咯笑着打断你的话，三眼豹好人啦，别生气她冤枉了它。只要你愿意去美国，别说真理，不管你想追求什么都行。

来年，你就和蓝蓝一起去了美国。

你在心里说，就看你的了，乞力马扎罗的三眼豹复活了。

你没料到的是，不管是乞力马扎罗的三眼豹，还是天上飞翔的三眼豹，归根到底都还是豹子；而只要是豹子，就有凶猛的野性，谁知那畜生什么时候野性爆发，撞着谁，谁就危险了。

七

你看到蓝蓝了，你听到她的鞋子踩在积雪上发出咔嚓咔嚓的响声，那时，你和林杉正热吻着。她来了，来的正是时候。她站在窗外冷眼看你们。看就看吧，你把林杉抱得更紧，你凶狠地吻她。别怕，别怕，那只是幻觉。多年来你一直生活在幻觉和现实两个世界里，早就习惯了。生活在两个不同世界里也没什么好吓人的，真正可怕的是分不清什么是幻觉什么是现实，你就常常这样。可眼前的蓝蓝是个幻影，没有谁比你心里更清楚。你看，这不，她走了，她的身影在车窗外消失。她的吻让你回到现实，回到眼前。

你要活在现实中，要活在眼前，用你的全部身心。不然，你会精神崩溃的，就像小头那样。你在看、在听、在闻，你的手在触摸，你全方位感觉眼前的一切，心无时无刻不在自我的感觉上，你就能活在眼前，就能活在现实世界里。眼前的一切就会是心的一切，幻觉就没机会侵入你的心灵，就主宰不了你。要做到这一点怎么那么难啊。你的眼前是什么呢？就是她，就是这个搂在怀里的迷人的女人，还没闹明白就进入了你的生活。"你还没向我求婚呢！"她一句话，不知是有意还是无

43

意，也不知是梦话还是真话，反正你就心动了，你是自己任它心动。你心动了，就不去想三眼豹的事，不去想小头死得血淋淋的。你抓住她的一句话，就像抓住空中飘过的一根游丝，企图站稳在眼前这块坚实的土地上。她，就是眼前的一切。你们的热吻，就是眼前的一切。

"我们去哪儿呢？"她问我。她用手掠了掠额前的头发，理理胸前的衣服，嘴唇鲜红，眼神中闪亮着迷乱。

"去我的公寓吧。"我说。

"那我去你公寓做晚饭，我会做鱼汤呢。"

我要表现得像个拿得了主意的男人。我说的话，我的眼神和表情，我的行动，都得像个男人样。她可以把头倚在我肩膀上，可以大胆地跟我走。可是，我哪是个拿得了主意的。我是让她牵着鼻子走的，她走到哪我跟到哪。她在厨房的灯光下忙着，我把鱼破了，她说她来做，不用我管了。我站在一边看，有些不习惯，要知道这些年蓝蓝是从不做家务事的。"帮我把围裙系好吧。"她抬起手臂，我站在她身后给她系围裙，她身体后仰，轻轻靠着我。她就是会撒娇，会挑逗，调皮得可爱。我的手笨拙起来，一根缠在她腰上的带子怎么系也系不好。她咯咯地笑，说：你真笨。

活在眼前就是活在生命的真实里，而不是活在生命的虚妄和幻觉中。过去的都让它过去，未来会怎么样，到时候再说吧。"你老在想什么呀？"她问我。我看着她。我老在想什么？她很美，她的眼睛，她的额头，她的嘴唇，她细长的脖子，她的一切的一切……她让我看得不好意思了，眼光躲躲闪闪的。我说：我没想什么。我在剔鱼刺。她问我：鱼汤做的还行吗？我说：哦，很好喝很好喝，很鲜美。她咬了咬嘴唇说：你不说话，我以为你不高兴呢。我说：哪能呢。

她洗碗。水哗啦啦地冲着，碗磕碰碗，叮哩哐啷一片响。

我卷起袖子说：你去洗个澡吧，碗你别管了，我来洗。她说：不了，我洗了碗就走。我说：不！你去洗澡！今晚留下来！我说得凶巴巴的。她垂着手在我身边站了一会儿，听话地洗澡去了。

我从浴室出来时，屋里的灯熄了，雪地的反光从窗外沁入，她盖着被子躺在床上。我掀开被子，在她身边躺下。我要活在眼前，我的动作、我的感觉都要了了分明。我赤裸的身子贴上去就是贴上去，贴着她也是赤裸的身子，大胆而放肆。她的身子热烘烘的像火一样发烫，我闻到了女人肉体的香味，那女人洗浴后充满了诱惑的肉体的香味。我一下子就冲动了，身上肌肉发紧，心怦怦地跳，我要了了分明，摸她就是摸她……

"你有避孕套吗？"她翻过身来问我。

避孕套？没有。要避孕套干什么？

她从床上坐起来，说：没避孕套我是从来不做这种事的。

可是，我和蓝蓝从来也不用避孕套，她也从不怀孕啊。避孕套？真令人扫兴。我忽然觉得索然无味，一种对女人身体的陌生感和恐惧感从黑暗中向我袭来，蓝蓝熟悉的面容也在黑暗中浮现，我内心的欲望"哗"地一声退潮，远了，消失了。那就算了吧。我说。我挺身坐起，掀开被子就要下床，却被她一把拖住了。她要干什么？黑暗中她的眼光一闪一闪，看不清她脸上的表情，她说：没有就没有吧。

两人只好躺下了重来。我要了了分明，我在心里说，进入就是进入。可是，我还没来得及了了分明，甚至没弄清楚进入了还是没进入，就完事了。没有比这更糟糕的了。

两人又都坐起来。

黑暗把一切都隐瞒了，我仍不敢正眼看她。我感到丢脸，心里充满了沮丧和羞愧，还有一腔没来由的愤怒。

她也有些慌乱，一时口中念念叨叨：怎么回事，怎么回事，一时又安慰我说：没关系的，没关系的。

我挺直腰板坐在黑暗中，不想多说什么，也没什么好解释的。蓝蓝啊蓝蓝，你看我连这种事都做不了了。

她嘴里喃喃地说：都怪我不好，都怪我不好。我太主动，太急了，就晓得会让人瞧不起的。我知道你对我没什么兴趣，我看得出来，都是我主动的。我长得不好看，谁也不会喜欢我，谁都看不上我。她低声说着，声音里透出被压抑的委屈和心酸，听来揪人肺腑。

真没想到她会说出这样的话来。我慌了，忙把她搂入怀里，口中连连道歉，说都是我不好，你想哪去了。我说：你这么漂亮一个女人，怎么说自己不好看？我第一眼见到你就觉得你是个人见人爱的女人，谁都会喜欢你的，真的。要不我……我接不下去了，再接下去就要说谎。

她说：你什么都不知道，你根本就不了解我。是啊是啊，我对她是什么都不知道，也根本不了解。

我双手捧着她的脸，吻了吻她的嘴唇说：那就跟我说说你的过去吧。黑暗中她"哼"了一声，摇摇头。我就说：要不，那你就摸一摸我？她扑哧一声笑了。

她哪知道我心里一直有个说不出口的欲望，就想被女人摸一摸，就想体会一下被女人抚摸的感觉。别看我和蓝蓝结婚好几年，她可是从没摸过我，连我的头发都没摸过。记得有次我鼓了很大的勇气要蓝蓝摸一摸我，她却说她没摸我我就一天到晚想要，要摸了的话那还得了？她还活不活？可女人和女人是多么的不同啊，林杉说摸就摸了。当然，我也是心里一动就脱口说了要她摸。

她手上留了细长的指甲，掠过去，像是刀尖从皮肤上轻轻划过，给人一点胆战心惊的感觉。她的手却很软和，摸在我身上怎么说呢，感觉还真是不一样，挺有点那个的。她说："你

46

的皮肤很好摸。"一句话把我惹笑了。她摸着摸着，又是那个乖巧、调皮的女人了，我哪儿敏感，她偏用手指去抚摸哪儿，逗撩哪儿，我很快又兴奋了。这次，我真的要了了分明：坚挺就是坚挺，进入就是进入……

可她却不是个了了分明的女人，做爱时她成了完全不同的女人。

我们一次又一次，换了各种各样的姿势，两人都拼了命，像是要把一生一世的爱，在一个晚上做完，过了今天就没有明天。

可我和她还是不同。我是不出声的，咬牙切齿也不出声。她却一点也不抑制自己，嗓子里不停地发出高亢而颤抖的声音。了了分明我是不行的了，也顾不上了，但还能听到门外有人从雪地上走过，听到走过雪地的人说着笑着，还会担心她在高潮中的叫声会穿透黑夜，穿透墙壁传出去，就像隔壁史密斯和他的情人们。可是，这时候她什么都听不到，也许是什么也不顾了，随着高亢的颤音，她会使劲抱紧我，指甲深深抠入我的肉里。我被掐得生痛，却又奇怪地喜欢她那样，在那一时刻，我感到她全身肌肉绷得紧紧梆梆的，随着一声长长的叹息，才又松弛下来。

一次，她跪着一屁股坐在我身上，下面裹住我上下抽动，来回盘蜗，口中呻吟着、喘息着，头发披散下来，往后一甩一甩。透过室外沁入的暗淡光亮，我忽然发现，她眼睛一直闭着，偶尔才张开一下，亮光一闪，那副架势，那个劲头，那种在做爱中捕捉肉体快感、一点一滴都不肯放过的神情，真是活像了一头可爱而又贪心的母豹。

后来，我们都累了，她躺在我怀里，安静得出了神。

"真有点没想到。"我说，一边回味她做爱时的疯狂。

她抬眼看我。

"做爱时，我一直担心你要把我吃了。"

她扑哧一笑，说："我是想把你吃了。"

"我要么就尽兴，要么就没有。做爱时我只有自己的感觉，这个世界不再存在，甚至，"她停顿了一下，决然地说："连你也不存在！"

我得承认，她的话把我给震住了。一头发情的凶猛的母豹。

她从我怀里挣出来，趴在一边躺着。我又把身子挪过去，用手轻轻抚摸她。她流了汗，皮肤更加湿润、柔软，热乎乎的但不像先头那么滚烫，可她的皮肤才是真的好摸……

我真后悔。她背对着我，没头没脑说了一句。

怎么啦？

她说：我发过誓的，再也不和有女朋友的、离过婚的男人好。可是，你连老婆都有了。我听了一怔。她说：我们不会有结果的。我把手从她身上悄悄拿开，我想起她说的话：你还没向我求婚呢。

"我恨我自己！"黑暗中传来她带哭的声音。

我失望了，失望也不知是对她，还是对自己。

室内静下来，只听到寒风在屋外的夜空中呼啸而过。她蜷曲着躺在我身边，她的睡姿是孤独的，也是自怜的，黑暗中听到窗户在寒风中哆嗦，就很想把她抱拥在怀里，可她的睡姿同时也在拒绝我，这让我有点不好办。记得一个风雨之夜，我从沉睡中惊醒过来，黑暗里听到狂风暴雨一阵紧似一阵吹打窗户，心想蓝蓝怎么了？她醒来了吗？她会希望我在她身边吗？这么一想我就从床上爬起来，走出自己的房间，走进了蓝蓝的卧室。黑暗中隐约看到蓝蓝身子蜷曲着，还在沉睡不醒，我掀开被子，在她身边躺下。我把手探过去，想把她搂在怀里，可我的手刚挨着她的身子，就觉得她肩膀一抖，听到她很不耐烦地说:"睡你的去!"原来她早醒了。当时蓝蓝就像林杉此时一样,双手抱胸身子蜷曲地躺着,这是拒绝的姿态,我明白,我是有经验的。记得听蓝蓝说了那么一句话,我很难受,从她身边爬起来,走出她卧室,就去自己的房间睡我的去了。此刻间,如果我把林杉拥在怀里,她会嫌我惹了她,要我睡我的去吗?我没多大把握,我和她还谈不上有多熟。刚刚她还好好的,怎么突然情绪就变了?说的话也让人摸不着头脑,也不知是不是我触动了她的什么痛处。真是个捉摸不透的女人。黑暗中感觉到她不那么友好的睡姿,我不由得想,也许偷情之人肉体性欲满足后,剩下的就只有情感上的孤独吧?这么想着,就会感到有点无趣。可我又想,我是想得太多了,管她呢!于是,我不管那么多,身子在被窝里挪了挪,贴实她光裸的身子,手臂绕过去搂住她,一手捂在她乳房上,一条腿也插在她两腿之间,架在她一条腿上。我这样搂着她睡,亲热是亲热,也有点担心是否太霸道。可她的身子是顺从的,没有闹别扭的意思。也许她睡着了?我全身贴得紧紧的抱拥着她,睁着眼睛听寒风在窗外呼啸,听她渐趋平和的呼吸声,心想,在这个世界上,在这风雪之夜,我拥有她,她拥有我,实在也就够了啊,不多久就也睡了过去。

第二天早上我醒来时,林杉还在熟睡中。我不想惊动她,悄悄起床后,去厕所洗了个澡,就去楼下厨房做早餐。我在烤炉里放了几块面包,又在锅子里放了油,准备煎几个鸡蛋。锅里油热了,鸡蛋放下去,噼里啪啦一片响。

我的眼睛被人从身后用手蒙住了。

其实,我早听到身后的脚步声,知道林杉来了,但我故意装懵,她果然上了当。我抓住她的手,嘴里嚷着回过头去看她,她却往我身后躲,还"咯咯"地笑起来。她穿了一件我的短袖汗衫,像是套了一件宽袖的短袍,下摆把她的膝盖都遮住了，都不知她是不是穿了内裤，一副滑稽可笑的样子。林杉见我笑着打量她，便嘴里"嘟嘟嘟"地哼起一支曲子，顽皮地笑着，做着鬼脸，又是晃手臂又是扭屁股，围着我跳起迪斯科来。

她又快活了。

可炉子上的鸡蛋却煎糊了。

吃过早餐，我本想让林杉和我去车行转一转，我想买部车。她说她要去一趟学校，让我陪她去，我也就同意了。她的学校也在特洛伊市区内。

她把车开进了特洛伊市内的一个小区。她把车速放慢了，指着窗外要我看外面的别墅和风景，说这是一个有名的富人区，别墅都值几十上百万呢。我说看得出来。一般住宅区的房子，低矮狭小还在其次，主要是缺乏风格，看起来都一样，建筑材料也便宜，显得寒碜。这里的别墅，形状各异，各有各的风格，大多是岩石到顶或红砖到顶的房子。冬天，冰雪覆盖了一切，我想象着到了春天，冰雪化了，花园的花都开了，屋前屋后的树，山上的树林都绿了，地坪里长满了嫩嫩的青草，这里会是怎样的一派景象。

林杉把车停到路边，指着路边隔着草坪的一栋别墅对我说："这栋房子怎么样？"

"房子边那棵大树挺有意思，你看，那么高大的树，树干光秃秃的，树皮都没了，就几条主枝干，形状古里古怪。"

"到了春天，那光秃秃的枝干上会长出许多绿叶来，看起来很美。"

"是吗？我还以为是棵死树呢。"我想象不出那么光秃秃的，奇形怪状的枝干上长出许多绿叶是个什么景象。

"那房子挺古香古色的吧？"

"嗯。"

50

"房子五十多年了，是詹姆士的爸爸留给他的。"

"詹姆士？他爸爸？"

"我们还是走吧，我不想他看到我。"林杉说着把车开动了。

我看着她，只能看到她侧面，她双手握着方向盘，眼睛看着前方，脸上似笑非笑，脸颊上有一片红晕。

"我一到美国，就住进了这座房子，住了半年多，还是我自己搬出去的。"她苦笑了一下接着又说，"我到美国是来结婚的，差一点点，我就嫁给詹姆士了。"

她想把话尽量说得平淡些，说得无所谓些，可她的声音带着些微颤抖，流露出凄然的内心情感来。

我看着她，她不出声，默默地开了一会儿车，突然又自说自话："我不怪他，一点也不怪他。我从来不恨男人，不恨他们，我恨不起来。何况，詹姆士是个大好人，一个真正的大好人。"

我"哦"了一声。

"附近有家咖啡店，我们去坐坐吧。"林杉提议道。

出门前，林杉烧了壶咖啡，我和她都喝了才动身，她可能忘了。我不想喝咖啡，看得出她也不是真想又喝上一杯，她是有什么话想对我说。那就说吧，说给我听听。

昨天夜晚，她没来由地自我责备，说她长得不好看，说没人喜欢她，刚刚她又说什么她不恨男人。我怎么看着她就觉得她漂亮、可爱、迷人呢。她到底经历过些什么，竟会有那些古怪的念头。说吧，说给我听听。你的一切我都能接受，你的痛苦让我来分担好了。可是，如果我把我的世界告诉你，准会吓你一大跳呢，你不敢相信眼前是个什么怪物。她想象不到，遇到她，对我来说是件多么高兴的事儿，跟她在一起，甚至只要想着她，我就不会去想那些虚幻的事，她能使我从幻觉回到眼

51

前，回到现实和人生。对于一个男人来说，还有什么比聆听一个可爱的女人的倾诉更加眼前的呢，何况我们有过怎样一个夜晚啊。

说吧，说吧，慢慢的说，黑咖啡挺香，也挺苦的。

八

　　我是前年暑假期间遇到詹姆士的，林杉说。那时，我大学刚毕业，还没找到工作。那个周末，美国大使馆有个小型晚会，我有个朋友在大使馆做翻译，她邀我去晚会上唱几首歌，我就去了。我就是在那个晚会上认识了詹姆士。他是个律师，随美国一个代表团来中国访问。

　　你知道那天晚上在童教授家，你给我印象最深的是什么？那可不是什么好印象，是我唱歌时你听都没听，睡着了。你真是可以啊，在晚会上睡大觉。詹姆士可会哄女孩子了，他在我唱完歌后就跑过来祝贺我，第一句话就说："我都快成你歌迷了。"说得我心里美滋滋的，马上对他有了好印象。他中文说得不错，只是口音重。他说他从小就喜欢中国，喜欢李小龙，在读中学时和一个中国武馆的大师傅学过好几年功夫，他从那时起就学中文。

　　后来那几天我就成了詹姆士的私人导游。他已去过长城和北京的旅游点，我就带着他把北京的胡同都跑遍了。在一起时我们相处得很愉快、很融洽，有时说中文，有时说英文，走在路上挺像一对的。

詹姆士人很热情、大方，我给他当导游，他却处处呵护我、照顾我，像个大哥哥一样，和我以前交往过的男朋友，那些不懂事的中国大男孩，很不一样。我喜欢他，真的喜欢他。

他告诉我，他还是单身，我记得他说他是单身时看我的眼神，眼睛蓝蓝的闪闪发亮，就像阳光下的海水，又深又远，充满了诱惑。看着那眼神，我像浸泡在温情里。我当时浑身发热，脸上发烧，都不敢看他，就把目光移开了。他大概是误会了我的意思，再也没有提到过这方面的事情。

那几天，他有好几次机会，如果他要我，我不会拒绝他的。我那时刚和谈了几年的男朋友吹了，心里正孤独着。我到男朋友家的一间小屋去，我用钥匙打开门，看到他和一个女的，两人都脱得光光的，正在床上干那种事，把我气死了！但詹姆士好像有什么顾虑，在公共场所，两人在街上走，他会搂着我，会牵着我的手，可两人单独在一起，他反而拘谨起来，不大放得开。我以前的男朋友就不一样，走在街上，他翘着下巴，一个人往前走，也不管我，要我跟着他跑，好像这样才是男子汉气，人蠢呢。可是一进他家的那间小屋，他一句话都不说，就动手脱我的衣服，脱光了我们就干那事。那时我以为谈恋爱就是专门干那事的。

詹姆士走了，我以为这事就过去了。没想到他一到美国就给我来了信。信开始还写得比较含蓄，但通了几封信后，他的语言就热起来，说是在北京和我在一起的那几天，是他这辈子过得最快活的日子，说他每天都想我，无时无刻不在心里和我说话，说他晚上睡不着，恨不得飞到北京去，就为了见我一面。那些信你要读，我说不好，说起来都不好意思。我读那些信时心就怦怦跳，都舍不得放下来。我把他的信给我的几个好朋友看了，她们都说他爱上了我。我就写信给他开玩笑，问他是不是爱上我了。他来信说他见我的第一面就爱上了我，他这辈子心里再也丢不下我了。他告诉我，他是他家乡一所大学校董事会的董事，学校里有音乐教育专业的硕士项目，如果我愿意，他愿意资助我在该校读书，愿意负担我在美国读书期间的全部学习和生活费用，他还说他希望能够天天和我在一起，一辈子在一起。

读了他的信我还能怎么想？我想我是爱上他了。我当然想到美国去读书，但我心里更想的是嫁给他。他的话说得还不明白？只差没明说求婚了。

我把他让我去美国读书的信给我的朋友们看。你猜她们怎么说。她们竟然都劝我不要去美国，说是詹姆士花那么多钱让我去美国读书是假，想让我嫁给他才是真的。但嫁到美国去，嫁给一个美国白人，就见过几次面，互相一点都不了解，两国文化又不一样，语言也不通，只怕长久不了，这一去冒的风险太大。说来难以相信，反正我是没料到，我的几个女同学、好朋友，没一个不是劝我不要去的。但我听她们说话的语气，看她们脸上的表情，总觉得她们说的不是心里话，她们是心里嫉妒我，就只往不利的方面想，要是换了她们自己，她们就不会那么想，也不会想那么多。

就我来说呢，人的情感到了那份上，谁泼凉水都没用，谁的话也都听不进耳朵里去，我把信给几个朋友看，嘴里说想听听她们的看法，其实还是心里高兴，想炫耀一下。为我男朋友的事，我自卑得一点自信心都没了，老觉得自己这也不行那也不行，什么都不行了，比谁都比不过，那时几个朋友都同情我，护着我，安慰我。我有了詹姆士，自信心又回来了，就想让她们也为我高兴一下，还有点想让她们羡慕我呢。我还想把信给那个坏家伙看，真想气一气他。

我把一切都准备好了，就等到美国后结婚。

我是前年元旦过后来美国的，机票也是詹姆士寄到我家去的。在国内时，我心里又快活又充实，一点都没怀疑过这事的真假，也没操心过这事办不办得成，我的一切手续都很顺利，没打一点锛。可人一上飞机，我的心就悬了起来，怎么这么容易就去美国了？就要嫁个美国佬了？这一切都不像是真的。我觉得我也太顺了，就老担心那飞机从天上掉下来，真的，不骗你，飞机从天上掉下来我就去不成美国了，就再也见不着詹姆士了。

飞机要在天空中飞上一二十小时。我老睡不着，刚闭上眼，一下子又惊醒了，睁开眼睛一看，还在天空中飞着呢，像是要在天上飞一辈子似的。

飞机终于着陆了，机场大厅里那么多接机的人，我一眼就看到了詹姆士，他微笑着向我挥手。我走到他跟前，他一下子就抱住了我，抱得紧紧的。他的胸膛那么宽厚，手臂那么有劲，就像他是美国一样。在他怀里，我全身软了，心却安下来。我来到美国了，这辈子我就要嫁给这个美国人了。我真幸运，真幸福，詹姆士，詹姆士，我亲爱的，这一切都是由于你啊！当时我说不出话来，就在心里这样对詹姆士说。

当时我就想哭。林杉说。

九

出机场不久，詹姆士把车开到一家意大利餐馆门前。他领着林杉进了餐馆，在一个靠窗的僻静地方坐下来。

"让我好好看看你。"詹姆士微笑着看着林杉说，"真想你。"

林杉微笑着，目光迎上去，她又看到阳光下那片蔚蓝色的海洋，又感到那海水般的温情。她有点紧张，脸有些红了。

"我好像又回到了北京。"他呵呵地笑着说。听他这么一说，她感到轻松多了。

他开始谈在学习上对她的安排，他说每年的学费要一万多美元，硕士课程大概要三年。不过，她不用担心，他已把这笔钱存在学校账号上了。

"你对我真好。"

"至于你的生活，"他抓住林杉放在桌上的那只手，捏了捏，"当然，你就住在我家，不过有件事，我得事先对你说清楚。"

他要向我求婚了。她心慌起来，脸上发烧，却一眼看到他不知为何皱起了眉头，脸上也严肃起来。他两眼盯着她看，直看得她心里发虚，把头低了下去。

"我是有女朋友的，我们快要结婚了，也许就在下个月吧。"

她愣住了，抬起头来，一脸惊愕地看着他。

"我们在一起好些年了。你这次来，我当然都瞒着她。我对她说，你是新来的中国留学生，要租房子。我们正好需要一个人帮着收拾房间，我们请你来，你帮我们打扫卫生、洗衣服、做饭，住我们的，吃我们的，我们就不用收你的房租了。她听了，还挺乐意的。当然，我每个月会给你一些零用钱，你明白她不用知道的。"

詹姆士谈着他对林杉的安排，说话时神态坦然、自如，语气十分平和冷静，好像从没给林杉写过那些情意缠绵的情书。林杉睁大眼睛听着，听着，身子晃了一下，脸煞地白了。她把手从他手中抽回来，扶住了额头。

"杉，你怎么啦？"

"我头晕，要吐。"

"你是不是病了？"

"可能是晕机吧，刚刚又坐了汽车。"林杉起身要去洗手间。詹姆士走过来搀扶她，她凄然地微笑着，扭了扭身子避开他，急急忙忙向洗手间走去。

过了好一会儿，林杉才从洗手间出来。看来，她又梳洗过了，还化了点淡妆，因而脸色反而显得比先前还好看。她脸上仍然保持着微笑，但脸上的表情却发生了一些变化，显出讨好的意愿和掩饰的痕迹。她看詹姆士的眼神也变了，不像先前那样害羞和含情脉脉，却一时急切，一时躲闪，流露出陌生和胆怯来。

詹姆士关切地问了林杉几句，听她说她没事，就又接着先头的话题往下说，他解释说，他提起他和他女朋友要结婚的事，是希望林杉不能让伊丽莎白知道他和她之间的秘密（他微笑着给林杉丢了个俏皮的眼色），不然，他会有大麻烦。

"伊丽莎白？"

"她是我女朋友。"

"你爱她吗？"

詹姆士怔住了，他竟然没料到林杉会问他这么个问题。但他只是稍一犹豫，就又轻松地笑了，他问林杉："我可不可以不回答这个问题？"

林杉不乐意了，她咬着嘴唇，垂着眼帘，手指在桌面上无意识地划着，不做声。

詹姆士叹了一口气说："特洛伊是我的，我的小城。"

林杉抬起眼睛看他，不明白他怎么突然说出这么一句话。他不看她，眼睛望着空中，目光遥远起来。

"我爷爷在特洛伊长大，我父亲在特洛伊长大，我也在特洛伊长大。"

詹姆士说他出身于一个政治家世家，从小受到民主党信念的熏陶，在一个充满政治气氛的家庭环境中长大。他爷爷当过纽约州特洛伊地区的美国国会的众议员，他父亲当过特洛伊市的市长。

"特洛伊是民主党的，"詹姆士说，"但在我手里丢了，我要把它夺回来。"

林杉越听越不明白，不明白詹姆士说的和她，和她与詹姆士之间的关系有什么关联，但听詹姆士这么说，还是来了兴趣，以为詹姆士要给她讲一个他的故事，可詹姆士却不再往下说，他问她："你知道我将来想干什么？"

她摇了摇头。

"我想当美国总统。"

"美国总统？"

"对，美国总统。"詹姆士说，"我很小的时候就喜欢对着镜子，模仿一个总统那样说话，惹得大人哈哈大笑。"他说着带点自得地呵呵笑起来。

林杉听得手脚冰凉，像是浸在冰水里。

詹姆士又说，他的职业是律师，在律师这个行业，有许多灰色地带。有些事情，你做了，当然是合法的，然而，如果外人知道了事情的内幕，传了出去，对你从政却没什么帮助。伊丽莎白给他当了好几年秘书，他做的事都得通过她的手，因而她了解内情。他想，她是爱他的，为了他的梦、他的事业，他也只能和她在一起。

詹姆士强调说，他不能因为爱情，放弃他的梦，放弃他的政治事业。他又抓住林杉那双冰凉的放在桌上的手，放在嘴边吻了一下，然后双手紧紧地握着，目光热切地看着林杉的眼睛说："你到美国来的第一天，我就对你说了这些，你能理解吗？"

林杉瞪着眼睛，目光里都是疑惑，看样子没怎么理解。

当詹姆士说了那句他有了女朋友要结婚了的话，她就像头上挨了一棒，脑袋里面嗡嗡地响，懵了。她待在洗手间里，脑子里不停地响着同一个声音，"他不是想娶我，他早就有女朋友了，他就要和她结婚了！"她头脑中迅速掠过他写给她的那些情书，却找不到"他要娶她，要和她结婚"的那句话，他只是说他爱她，他希望天天和她在一起。原来他根本没有要娶她那个意思。他想和她结婚只不过是她和她那些朋友们在那里瞎猜想，是她做的白日梦。

我搞错了！

可是，你干嘛要在信上写那些话，引起人家误会，还花那么多钱，把我弄到美国来？她心里乱糟糟的，一片慌乱，既想不通，也不知如何是好。

她不能接受詹姆士不是要娶她的这一现实。几个月来，她白天想的，晚上做的梦，都是詹姆士迷上了她，爱上了她，要娶她做妻子。她到美国来的全部心理准备就是出嫁，就是嫁给詹姆士，她家里把她的嫁妆都准备好了，全都装在她的箱子里。而且，她也不只是因为詹姆士爱她，要娶她，就愿意来美国的。带着詹姆士在北京游玩的那些天，她对他产生了好感，读着他寄来的信，读着信中那些热辣辣的句子，她就丢不开他了，白天晚上心里老想着他，觉得她是爱上了，于是就很幸福。在机场她远远地看见詹姆士，心田里就有一股暖流流过，就像见到了久别的亲人，胸膛里一下子充满了温情。

　　可是，情况忽地一下就变了。那一切不过是她的想象，现实并不是那么回事，他要和他女朋友结婚，日子都定了，就在下个月！她内心的支柱一下子垮了，心中的情感失去了依托，在胸膛内撞来撞去，扔又扔不掉，压又压不住，看来只能藏起来，可是，藏在哪里？又怎么好藏？她又不是一个说变脸就可以变脸，抹面无情的人。她想起在机场时，她把头靠在他宽厚的胸脯上，心里想着如果他吻她，她就什么也不顾了，会当着那么多人的面伸手去搂他的脖子，和他狂热接吻。坐在车上时她也让他一路摸着自己的手，一次他的手摸到她大腿上去了，她还对他说撒娇的话，用媚眼去看他，她真是羞愧，真是丢人呢！

　　我该怎么办？我该怎么办？她没了主意。真想躲在洗手间里不出来了，可那也不是个办法啊，于是她就使劲洗脸，捧着冰凉的冷水，滚烫的热水往脸上泼，还对着镜子慢腾腾地化起妆来，等到化好了妆，她脑子里不嗡嗡叫了，她就出来了。

　　她是在问了"你爱她吗？"那句话后，心情才渐渐平静下来的。

　　她刚从洗手间出来时，詹姆士的每句话听在她耳朵里都像

61

是闷雷一样响，尽管他说话的声音并不大，有时还压得很低，但她问了那句话后，看到詹姆士一怔，不知为何他再说话，他的声音就远了，她那塞满了声音的心也渐渐空下来。她安静地坐在那里，看着他那张脸，就听他一个人说，说着说着他的那张脸就变得陌生起来，她心里也跟着起了变化，忽然觉得她一点也不了解他，甚至听不大明白他在说些什么，不是听不懂他的话，他说的每一句英语，他夹杂在英语中带着浓重口音的中文里的每一个字，她都听懂了，但她还是不大明白他说话的意思，他的意思都是要她去猜的。

她猜他可能不爱他的女朋友，但为了童年的梦想，他不得不和她结婚，他做了什么坏事？她猜他可能爱的是她，但也不一定，见面后他可没提起过；他帮她到美国来就因为他爱她，还是？她的思想在那里停住了，一只蜜蜂飞在一张窗纸前，拼命扇动翅膀使自己停在空中，却不伸出爪子抓破那张薄薄的窗纸。她听到詹姆士在问她的话，却不去回答，由着心里在想的问了一句：

"你让我到美国来，就是花钱让我来读书的？再就是……"

她本来想说"再就是让我给你当仆人，做饭、洗衣服、打扫卫生？"可她话没说完，那只小小的蜜蜂就撞破了那张半透明的窗纸，她觉得自己真是蠢得可以，脸马上变得通红。

詹姆士"嘿嘿"笑起来，一边柔情地看着她，一边用他那双大手轻轻抚摸着掌中林杉的那只小手。

她用眼光瞟着他那双手，她注意到那双手的手掌背上、指节之间，都长满了一堆堆又深又长的黑毛，在北京时她就看到过的，那时她也没觉得怎么的，此时却感到有些异怪，心里还有点怕怕的。

"能到美国来读书，是我的运气，我真心地感谢你。"她说。她说的不是心里话，但她听詹姆士说了半天话，就想显出一个女人对一个男人的宽容和体谅来，可心里却又涌出一阵阵酸楚。她到美国来，完全是冲着嫁给他才来的呀，她一直没对他挑明这点，她该不该告诉他呢？

她心里忽然产生了一个疑问，即使在中国，如果你有了女朋友，但只要还没结婚，就总有办法可以离开，可以想娶谁就娶谁，听说美国是最自由开放的了，怎么却不成？你说的、做的，怎么就和我听到的美国不一样？再就是你一封一封的信写来，一遍又一遍地说你爱我，可我从中国赶来了，你却要去和别人结婚，叫我怎么想得通？她心里冲动，就想说出真心话，可一想到他竟然是这么有理想的一个人，梦都做到美国总统上去了，想到很可能只是由于她自己什么都不懂，像个乡巴佬一样傻里傻气，却在那里瞎猜，才酿成了眼前尴尬的局面，她又没勇气说了。

"我们的秘密就是我们的，不让伊丽莎白知道好吗？"

"你放心好了，我不会对你妻子，哦，你的女朋友说什么的，再说，"林杉停顿了一下，她感到詹姆士的手又在她的手上轻柔地摩挲着，那双大手温暖、干燥，她却有一种毛毛虫在手上爬动的感觉，身上的汗毛根根直立，有细微的汗珠从她手心沁出。她把手从詹姆士手中抽回来，轻声说："我们之间也没什么秘密呀。"说了这句话，她感到了骄傲，像是和谁赌气赌赢了，心里一阵轻松，就抬起头来，对他甜甜地笑了笑。

詹姆士看着林杉，目光在她眼睛里、脸上探寻着，他听到她说了那么句话，看她笑得那么甜，但不大明白她心里是怎么想的。蔚蓝色的海面上起风了，天空中有阴云掠过，詹姆士一向沉静的目光也显得犹疑了。

路过红尘

63

十

四月中旬的一天。一大早詹姆士和伊丽莎白就开车出门
了，他们去长岛举行婚礼。詹姆士的父亲已过世，他母亲退休
后就一直住在长岛。詹姆士邀请林杉同往，但林杉不想去，她
说一去要住几天，耽误的课太多。

林杉一早起来后，就把客厅、几个房间的窗户都打开了，
好给房间透透气。那天天气很好，阳光穿过窗户照进来，把客
厅和向阳的房间照得亮堂堂的，林杉站在窗口，看了一会儿窗
外的景色，闭上眼睛，做起深呼吸来，那模样像是要品赏新鲜
空气中青草的气息和花儿的香味，温暖的春风把她的头发吹得
飘了起来，她想："我今天心情好极了。"她那样想着，心里真
的高兴起来，就想给自己放假，不想去上那劳什子的声乐课。
但得请假啊，那就打个电话装病吧，得捏着嗓子说话，咳咳，
她想着好笑。这几天，詹姆士和伊丽莎白都不在，这么大一栋
房子，就我一个人住，自由自在的，想干什么就干什么，就像
房子是我的一样，那我就成了詹姆士的……

她甩着手，在各房间里穿进穿出。她在工作室的一面墙前
停住了，墙上并排挂着三个镜框，镜框里镶着三张照片，分别

64

是詹姆士的爷爷、詹姆士的爸爸和詹姆士，除了那双眼睛，三个人长得可是一点都不像。每次看到这几张照片，她就想到詹姆士对她说从小就想当美国总统时两眼放光的神态，她对着詹姆士的相片耸了耸鼻子做了个怪相就出来了。

她来到詹姆士和伊丽莎白的卧室。平时，她每天只到这房间里来一次，把房间收拾好后这天内就不再进来，可这天早上她已收拾过房间了，还是忍不住又走进了这间卧室。

她走到那落地长镜前看了看镜中的自己。我看挺漂亮的嘛。伊丽莎白呢？詹姆士到底喜欢她什么？看中了她哪一点？

来美国的第一天，林杉跟在詹姆士身后走进詹姆士家的客厅时，伊丽莎白正坐在客厅的沙发上，给自己一双脚的十个脚趾上色。她弯着腰，一只手扳着脚掌，另一只手拈着一支细长的涂脚趾的毛笔，脸凑在脚掌前，正很认真地打量着涂了七只半的猩红的脚趾。

她听到脚步声，侧着脸一看，先看到提着一个皮箱的詹姆士，正准备说什么，又一眼看到他身后挎着一个小包的林杉，一下子就怔住了。

她就那样一只手扳着脚掌，另一只手拈着毛笔，半张着嘴，用一种像是受了惊吓的目光，疑惑地从林杉的脸看到林杉的脚，又从林杉的脚看到林杉的脸。

林杉也仔细端详着沙发上的伊丽莎白。她看到的是一个长相普通的金发女人，大大的嘴巴，大大的蓝眼睛，脸盘骨架都很大，看不出高矮来，但明显地很胖，又以那样一种古怪的姿势堆在沙发上，堆了一大堆，就显得颇有点滑稽，但那直直看人的眼神和脸上不加修饰的表情，又显出几分傻气中的可爱来。

林杉注意到伊丽莎白的嘴唇和脚趾涂得同样猩红，分不出彼此，不禁微微一笑。

路过纽约

65

"伊丽莎白，她是林杉。"詹姆士说。但伊丽莎白似乎没听到詹姆士的话，她的一只涂了一半脚趾的光脚丫从凳子上一滑，凳子翻倒了，她"啊"了一声站起来，目光飞快地在詹姆士脸上一溜，脸上似笑非笑，接着眉头一皱，像是突然遭了电击，脸上掠过一阵痛苦的惊挛，她抬手捂住头，眼白朝上翻了几翻，直直地就向后面倒去，她的身子先是"嘭"地一声碰着沙发，然后重重跌倒在地板上。

詹姆士扔了手中的皮箱，三脚两脚蹿过去，单脚跪在地上，把伊丽莎白的头抱起来，抱在自己怀里。

"伊丽莎白，伊丽莎白，你怎么啦！"

詹姆士焦急地喊，一边摇着伊丽莎白的头，伊丽莎白闭着眼睛，任詹姆士怎么摇她的头，就是不醒。

这事来得太突然，林杉站在一边，不知发生了什么，吓得都傻了。

"冷水！冷水！快！快！快去拿冷水来。"

林杉围着客厅转，不知哪里有冷水。

"厨房！厨房！"

林杉跑到厨房里，看到水池和水龙头，把水打开了，却没有盛水的东西，厨房里收拾得干干净净，桌上什么都没有，只好打开柜子找装水的东西，把所有的柜子都打开了，才挑了一只可以装很多水的大碗，盛了一大碗水，小心翼翼地端着，就往客厅里跑，水一路泼过去。

詹姆士在客厅里抱着昏迷不醒的伊丽莎白，急得什么似的，见林杉去了半天，才端了这么一大碗水，跌跌撞撞地跑了过来，便伸手去接。没想到林杉误会了他的意思，她走到跟前，慌慌张张端着那碗水往伊丽莎白脸上就是一泼，水都泼在伊丽莎白的脸上、身上，也泼得詹姆士脸上身上到处都是。伊丽莎白浑身一抖，睁了睁眼睛，喘着粗气醒了过来。詹姆士见伊丽莎白醒了，也喘了一口长气，顾不上去抹自己脸上的水，着急地问道："伊丽莎白，你怎么啦?"

"她是谁?"伊丽莎白抬手指了指林杉，声音十分响亮，吓了林杉一跳。

"她是林杉啊，我们商量过的，她来我们家帮忙。"

"噢，"伊丽莎白像是明白过来，她马上换了一种语调，十分做作地拖长声音说，"她，就是那个中国人。"

伊丽莎白猛地一挣，从地上弹起来。詹姆士还用手扶着她，他压低声音，赔着小心问她感觉怎样，伊丽莎白一掌把詹姆士推开了。头发上的水还在她脸上、脖子上往下流，她伸手往脸上抹了抹，想把水抹干净，却把猩红的唇膏涂得脸上红一块白一块的。她又用手掸了掸身上的水，不满地指着林杉说："她的脸怎么那么白，是不是有病?"说完，生气地横了詹姆士一眼，也不理林杉，摇摇摆摆地就往楼梯方向走。詹姆士站在那里，林杉注意到，他的脸色十分苍白，就那样垂着双手，神情沮丧，眼神忧郁地看着伊丽莎白离去的背影，好一会儿才跟上楼去。

那天夜晚，林杉睡在楼下的卧室里。她在床上翻来复去，睡不着。头脑里走马灯似地一时转到进门时的那一幕情境，一时又转到在路途餐馆里詹姆士对自己说的那些话。

她敏感地意识到詹姆士与伊丽莎白关系不正常，只是说不清哪里不正常。下午詹姆士和她的一席谈话，弄得她糊里糊涂的，此时，她一下子像是明白了很多，可是，仔细追问起来却又什么也不明白。直觉告诉她伊丽莎白是看到自己后受了惊吓昏过去的，她记得伊丽莎白惊慌的眼神，她怕什么呢? 我有什么吓人的? 想起来就觉得古怪，不可理喻，可不知为什么想到那惊慌的眼神她心里还有些愉快。她想到她把水泼到伊丽莎白脸上，伊丽莎白猛地一抖，马上就醒了，开口就问"她是谁?"

问得那么直截了当，一点都不含糊，声音还那么响亮，真是好笑。她觉得到处都有点不对头，总之是怪怪的。

这中间一定有什么秘密，她想。秘密激起了她的好奇心，冲淡了她对自己处境的担忧。她都想到阴谋上去了。詹姆士是搞政治的，搞政治的都喜欢耍阴谋，詹姆士还想当总统呢，他要耍阴谋，那阴谋就大了去了。她这样想，又害怕起来，又重新担忧自己的处境。

她就那样躺在床上胡思乱想。忽然听到头顶的楼板上"咚"地一声响，接着又是"咚"地一声响，然后是一片"嘭嘭嘭"的响声。楼上在干什么？两人在打架，听来不像，像是床铺碰在墙壁上。她忽然明白了，楼上两人在做爱呢。这房子很大，地板漆得油光发亮，看起来古香古色，又像是新的一样，没想到房子到底是老房子，楼上楼下都不隔音。

刚刚才昏了过去，把人都吓死了，怎么一下子又做起爱来了？

她听到一个女人嚎叫般的呻吟，时高时低，时远时近，那声音像是隔着楼板传下来，又像是从窗外传进来，听着听着，又觉得那声音是从她自己的身体里，从她的胸腔，从她的喉咙，也许是从她的灵魂里发出，那声音中饱含冲破一切压抑的激情，充满了性的痛苦和性的欢乐。白人女人做起爱来，就这么叫哇？

她又回到了北京，又回到了她男朋友的单间，他们一到那房间里就干这个。当她的下面被一个滚烫的硬邦邦的东西塞满了，那东西是活的，在她身子里搅动、摩擦，她听到煮饭时水噗了的声音，就想喊叫，可她宁肯用枕头塞满自己的嘴，用牙齿把被子咬出水来，也不让声音从嘴里发出来。她怕别人听到，隔壁有人呢，就隔着一面薄薄的木板墙，木板墙上糊着发黄了的旧报纸。

做爱时喊起来是个什么味道？她听到伊丽莎白喊叫般的呻吟，浑身一阵阵颤抖，便曲起身子，用手抱住胸脯，两条腿也紧紧绞在一起，可她还是受不了，那一阵阵的呻吟声穿透她的肉体和灵魂，诱惑她，召唤她，要她跳入那喊叫的激流中。她就从床上爬起来，不顾一切地向门口走去。

她想起来了，她到美国来是来结婚的，是来出嫁的。她一直盼望着这一夜。她多次听说过白人的性神话，多次想象过她浑身脱得光光的躺在床上，任凭浑身也脱得光光的詹姆士亲吻、爱抚，哪怕是蹂躏。一想起那情境她就又是冲动，又是害怕，又是喜欢。今天晚上，躺在楼上的，躺在詹姆士怀里的本该是她啊，可是，他却有女朋友了，他要结婚了。他和他的女朋友在她的头上做爱，而她，却从一个妻子变成了一个仆人。

她走到门边，却没有勇气打开门，走上楼去。她背靠门站了一会儿，就浑身瘫软地从门上滑下来，坐在地上。她心里憋着难受，就想哭，却没有眼泪掉下来，于是想起了爸爸妈妈。她在心里说，爸爸、妈妈，我该怎么办啊？我什么都不想要了，就想回国，就想回家，可是，我怎么对家里人说呢，怎么对别人说呢。

后来，林杉也见伊丽莎白发过几次昏厥症，只是没有她第一次见到时那么厉害。第一次伊丽莎白是晕得倒在地板上，人事不知，后来几次，都是抱着头，摇摇晃晃地要倒下去，却没倒下，每次都是詹姆士扶住了她。好在她次次发昏厥症，都少不了詹姆士在身边。还有一次，她是坐在沙发上发晕，那就没什么关系。伊丽莎白的昏厥症，来得快，去得也快，就像是六月天的雷阵雨，说来就来说去就去的，只是她的昏厥症比六月天的雷阵雨还来去得更离奇古怪，六月天的雷阵雨总还有点什么预兆，如天气闷热啊蚂蚁搬家啊什么的，可伊丽莎白的昏厥症却是一点兆头都没有，刚刚还在哈哈喧天，转眼眼睛就直

69

了，双手就捂到头上去了，身子就摇了起来，谁也说不清为什么。她每次发作，詹姆士都紧张得一脸惨白，于是接下来就什么都依着她的意了。

林杉刚去詹姆士家的头几天，伊丽莎白见了林杉总是没鼻子没眼的，要么就嫌她碍事，要么就像支使下人一样支使她。而只要林杉有点什么过失，譬如洗碗的时候忘了放洗涤剂，洗澡后擦过身子的毛巾没有扔到脏衣篓子里，而是晾在毛巾架子上，她就一概大惊小怪地叫嚷起来，给林杉难堪。林杉只当伊丽莎白有病，又是女主人，就处处忍着，有时受了委屈，弄得眼泪汪汪的，也不顶嘴。

一天傍晚，詹姆士带林杉出去教她开车，林杉问詹姆士，伊丽莎白是不是出身高贵、富有，家里很有势力。詹姆士问她为什么这么想。林杉说，伊丽莎白太霸道，又缺乏教养，像是从小惯坏了。没想到詹姆士淡淡一笑说："伊丽莎白的出身么，倒谈不上高贵和富有。她母亲吃政府救济，她父亲是谁她也不知道，她没受过什么教育，才高中毕业。"听得林杉眼睛都大了，心里的疑惑也更重了，她实在想不通，詹姆士为何找了这么个女朋友。

后来，伊丽莎白对林杉的态度慢慢好转了。她看到詹姆士在林杉面前言行一直很得体，不出格，而林杉对詹姆士的态度简直可说是冷淡，似乎还有意躲着他，避免单独和他在一起，她对林杉的敌意也就一天天淡下来，态度也逐渐缓和了，不仅不再提防她，还把自己一买一大堆，专门刊登电影明星、当红歌星、政界要人绯闻的小报杂志借给林杉看，要逛商店买点什么东西，还喜欢邀着林杉一起去。

林杉走到大床前，伸了个懒腰，身子一歪，倒在她早上刚铺好的床上。那枕头被子散发出刺鼻的人体味道，是伊丽莎白的，还是詹姆士的？她躺在床上，试了试席梦思的弹性，挺硬朗的呢。她把四肢放松，让自己躺得舒服点，可人躺得舒服了，头就晕乎乎地想睡，昨晚一夜没怎么睡好。她打了个哈欠，合上眼睛，人渐渐地迷糊了。忽然，她听到伊丽莎白高亢的呻吟声，看到伊丽莎白和詹姆士两人赤身裸体，就在她眼前，就在这床上缠绕着，翻滚着。她一骨碌从床上爬起来，像是受了惊吓般四周一看，挪了挪身子，一屁股坐到床沿上去了。

林杉听到有教堂的钟声从遥远的地方传来。她凝神去听，那钟声浑厚、空旷，在空中飘荡，像是从远古传来。听着钟声她就到了荒野之地，遥望天空，内心里一片平和。詹姆士与伊丽莎白是不是已到长岛？他们在举行婚礼吗？伊丽莎白穿的是什么婚礼服？我的婚礼服是白色的，拖地裙，还没穿过呢，穿起来不知漂亮不漂亮，合不合身。

她跑到楼下，打开箱子，把婚礼服翻了出来。她抱着婚礼服，又跑到楼上的卧室里，把外衣都脱了，然后穿上了那身雪白的拖地裙。

她穿着婚礼服走到落地长镜前，扭着身子看了看自己的前面，又看了看自己的后面。镜子里，她身材苗条，修长，胸脯高耸，腰肢纤细，臀部又圆又翘。中国女人翘屁股不多，大多是往下塌的，可我是个翘屁股。伊丽莎白的屁股不能说是翘，只能说是又肥又大吧。都说我是一双情眼，黑亮亮的像是一潭深水，又流水含情。鼻子小巧，调皮的好。嘴唇呢，翻翻的，现在特时兴，说是性感。耳朵有点小，但左耳的耳垂上有颗痣，耳中含珠，那算命的说是好福气，我一直挺信的，可是……我的额头么，挺宽大的，像个科学家一样，但男的都说好看啊，男的说好看就好看吧。

她看到她穿着婚礼服站在詹姆士的身边，边上都是向他们祝贺的人们。州长也来了，州长是詹姆士的爸爸的老朋友。州长走向前来像个父亲一样祝贺她。州长握着她的一只手，放在嘴上吻了一下。州长是个大嘴巴。

她和詹姆士微笑着，走下教堂的台阶，他们把手中的鲜花向人群扔去，人们欢呼着，把彩纸的碎片和谷粒撒在他们头上。

人们都走了，房子里就剩下她和詹姆士，詹姆士开始脱她的婚礼服。别那么急，你看你，把婚礼服的裙带都扯断了。婚礼服掉在地上，盖住了她的一双赤脚。她身上什么都没穿，赤裸裸的，一身雪白的皮肤，细嫩得仿佛捏得出水来。一对高耸的乳峰上，镶着两颗玫瑰色的小小的乳头，腹部平滑微敛，光洁的皮肤下腹肌隐隐若现，下面是一丛黑亮亮的阴毛。

詹姆士从她身后抱住了她。他的手臂那么有劲，他的胸脯那么宽厚，就像美国一样。他的手在她的胸脯上轻轻地抚摸，摸下去，摸下去呀，摸她的大腿，摸她的屁股，摸到她的阴部，他的手捂在那里不动了，他的手轻轻抚摸，揉动……她浑身发颤，下身也湿了，有液体流出，电流般的快感从她的乳头，从她的阴部流向她的全身，她听到自己的喘息声和呻吟声，她想喊一喊……

"哐当！哐当！"她吃了一惊。

她睁开眼睛，扭头一看，原来是风吹得窗户响。她回过头来，看到自己赤身裸体站在镜子前，左手捂在胸前，右手捂在阴部上。

她松开手，向窗子走去。透过窗户，她看到后院树林前的地坪上，站着两只野火鸡，一只雄的，一只雌的，那雌的个头小一点，埋着头在草地里啄食，雄的隔远看去怕有鸵鸟那么大，样子很威武，像是在放哨，一步一步走在雌的边上，一条腿提起来，踏下去，另一条腿又提起来，踏下去，头高昂着一伸一探，警惕地东张西望。忽然被什么惊动，那雄的鸣叫一声，雌火鸡抬了抬头，倏地钻进灌木丛里不见了，那雄的也飞也似地跟着赶去，同时消失在灌木丛里。后院里寂静下来，她忽然感到孤独，心里凄惨惨的。

风从窗外吹进来，把一粒灰尘吹到她眼睛里。她便用手去揉，想把灰尘揉出来。揉着揉着，她的眼泪就出来了，眼泪透过她的指缝往下流，她捂着脸蹲下去，呜呜地伤心哭了起来。

詹姆士结婚了，他娶了伊丽莎白。他不要我了，他从来就没想过要娶我，他再也不会娶我了。

眼泪流入她嘴里，又苦又咸，她全吞了下去；眼泪一颗颗地掉在地板上，摔碎了，摔成小水珠，不一会儿，小水珠又形成一小片一小片的水洼。她坐在地板上尽情地哭，哭了好一会儿，哭得脑袋空空的，心里轻松了点，于是感到了没意思，就从地板上挣扎着爬了起来。

她抬头一看，看到挂在墙上的詹姆士与伊丽莎白的一张半身像合影，詹姆士正望着她微笑着呢，她心里生出恨意来，就狠狠地在心里说，你想要我做你的情人，我还没那么好骗！

十一

来美国后，我和蓝蓝就分开了，她去普林斯顿读书，我到纽约州的水牛城就学。我先在别人家寄宿，过了十来天，才搬进自己租下的房子。那是间带厨房和厕所的地下室，半边在地上，半边在地下。来美国后的头些天把我累坏了，到学校注册，办理各种手续，托人找房子等等一大堆杂事。在国内时还自以为英语不错，到了美国才知道做不得用。别人说的听不懂，自己心里想的说不出，说出的就不是心里想要说的了。觉得自己像个傻子，和人说话时听不懂说不出就装傻笑，几天下来，脸上的肌肉都累酸了，脸皮像根绳子扯着似的，心里更是别别扭扭，觉得我不是我了。

来美国后，这种我不是我的感觉，就常伴随着我。

在新租下的房子里，夜深了，我靠在床挡头休息。卧室里灯亮着，黑暗关在门外。乳白色的灯光，像牛奶的河流一样汩汩流淌，秋虫在低声鸣叫。一种新鲜的感觉被光的河水注入我胸膛。那感觉说来平淡，来得却十分强烈。那是一种"我的"的感觉。这房间是我的，我出钱把它租了下来，它就是我的。我的世界在门里，别人的世界关在门外。我想象蓝蓝脱光了衣服，赤身裸体在灯光下甩着手走来走去，不用担心什么酒糟鼻子会撞门进来惊吓了她，这就是"这房间是我的"的感觉。如此平淡的感觉，却像驱散黑暗的灯光一样，驱散了十多天来心中烦杂的情绪，心里一时充满了安宁和祥和。这种"我的"的感觉，当年在国内我从没有过，那时候，似乎我也可以拥有什么，但那都是上面给的，上面不给我就什么也没有，上面想拿去也可以任意拿去，我的心灵没法踏实而坦荡。

刚刚还在延续了好些天的失去了自我的沮丧中，可眨眼间心里又充满了一种"我的"的新鲜而充实的感觉，离开了自己的中国，到了别人的美国，心情就会有这么古怪。

几年过去了。

那天，来了个国内校友，来美国短期访问的。一个同学在家里请校友吃饭，我们几个国内国外在同一所大学读书的就都去陪客。校友是个健谈的，还带了盘当年遭禁的知青歌曲磁带，放着给大伙喝酒聊天助兴。就在那怀旧的音乐声里，校友谈起了国内的新鲜事儿。

校友说起国内的某一校友谁谁谁下海做生意发了，却把学校坑了。那家伙和学校合伙开发房地产，结果学校亏了几百万，亏的钱都流进了他腰包。现在他手中大楼就有好几栋，楼还是图纸，就卖出去了，钱都到了手。留学的听了就说：连自己的母校也坑，那也太黑心了吧。国内校友说：那家伙说要坑就坑母校，坑其他学校还有点下不了手，坑母校心里一点负担都没有，下手就怕不狠。大伙听得直摇头。

我想起那家伙来了。我认得他。我叉了酒糟鼻子又撕了布告后，他曾到我宿舍来挺我一把，显得挺哥们的。他也是留校的教师，记得是中文系的，北京人。和我住同一栋楼，长我好几岁，孩子都上小学了也分不上房，连老婆带孩子，一家三口挤在同一间宿舍里。他说起来就气不打一处出。记得我拍了处长桌子的那天晚上，那家伙受了刺激，就嘴里含了口北京产二锅头，书包里藏了把剁骨头的锈菜刀，跑到抓后勤副校长家拼命去了。他是去要房子的，拿足了架势，不给？那咱就两人中倒下一个在血泊里！他面露凶相酒气熏天还真起了作用，三天后学校就给他分了一间房，不过不在校园，也不在市区，而是在市郊的学校农场里。早上他兴冲冲去农场看房子前碰到我，曾跟我大侃他去副校长家装土匪的事，看房子后晚上回来又跑到我宿舍来说事。他说，他差点一把火把学校分给他的房烧了。妈的学校欺人太甚，说是分了他一间房，一看土墙不说，房顶也是茅草盖的，也不知是做过菜窖还是瓜棚，进门一股熏死人的馊味。他说他要杀人了，妈的这次老子是玩真的。不久，就听说他从学校调走了，倒也没听说他胡闹出什么事来。难怪他发财也要坑母校，还刻意在房地产上做文章，这不就是人们说的报应吗。

校友说装土匪的办了个公司，资产少说也有好几亿了。听说资产上了亿，几个美国留学的脸上都有点不自然。考古的说：不管怎么说校友中出了个亿万富翁也是件光彩的事，将来在美国混不下去了，说不定什么时候回国投奔他去，沾点老同学的光。"沾点老同学的光，哈哈哈！"国内校友大笑着说，"他不和你玩！"国内校友说，现在国内不讲什么同学朋友了，讲的是利害关系。几个留学的说：那就没什么意思了，喝酒喝酒。几个人频频碰杯。

"钱啦！"音响里一声怪叫，仿佛孤坟野地里忽地跳出一条饿鬼，扯声吆喝，把大伙都吓了一跳，那是正在播放的一首知青歌曲，歌名就叫"钱啦！"歌词和音调都粗俗不堪，唱的也难听刺耳，此时一声怪叫却是十分应景。国内校友接着说起装土匪的把我们读书时学校的校花弄到了手，说是给他当秘书，其实也就是当情人，宾馆进宾馆出的，走到哪带到哪，这才给了校花的丈夫一点好处，帮他管一家分公司。学考古的喝酒上了性，把鞋脱了，抬起一双脚踏在桌沿上，双手交叉护着后脑勺，腿一蹬，身子随着屁股下的椅子向后一仰，几乎平躺在空中了。他就这样平躺在空中问：那校花的丈夫还肯为他卖命？国内的校友说：嗨！有什么不肯的，还巴不得呢。现在为了钱，别说老婆，连命都舍得。校友叹道：现在国内是男人没钱，也就没了尊严啊！

一桌子人都不做声了，都有点傻了眼。音响里还在"钱啦！钱啦"地怪叫，空气中弥漫着一股颓废感伤的气氛，大伙心里堵得慌。来美国后谁都心中有种失落感，国内就成了想象中的退路，听国内的校友一说，国内变了，变得不再是心中的梦境了，还回去干什么呢？还回得去吗？几个人抽起鼻子来，仿佛谁在空中撒了把芥末似的，我走过去把"钱啦钱啦"的"啪"地一声关了。

国内的问："你们到美国读书，几年下来，现在是还想着做学问，还是想着多挣钱？""挣钱。"考古的说，他腿一蹬，身子又平躺在空中了。"你们考古的行当，有什么钱好挣？"我用手扶了扶考古的，我见考古的两个大脚趾隔着袜子扣在桌沿边上玩杂技，就担心他跌个后仰翻，还有点怕他把满桌酒菜给蹬了，桌子中央摆着一锅涮羊肉的肉汤，火正旺，一锅汤翻翻滚滚，烫着人了可不好办。考古的腿一屈，身子像条尺蠖一样向桌前缩去。"考古能挣哪门子钱？我是什么钱多去干什么。不过，"考古的说，"我倒是琢磨过，半晚扛把锹去公墓撬棺材，熬死人骨头汤卖骗美国佬。"大伙都笑了。"你呢？"校友问。身边那个学教育的同学答道："挣钱。""也是什么钱多干什么？""也是什么钱多干什么。"国内来的校友挨个问下去，留美的同学挨个回答，竟然都说"挣钱"，一个个还都要"什么钱多干什么"。

开始听国内的和考古的一问一答，我还以为考古的是开玩笑，可接连听了几个人都说要去"挣钱"，我就有点愣了，考古的和这几个同学莫不是听故事着了道儿？

几个校友平时交往虽然不多，彼此还算熟悉。我知道几个人都在念博士，在做博士论文。就我所知，在美国如果要挣钱，要"什么钱多就干什么"，就没必要读博士，读个硕士足够了，工作也好找。挣钱是用不着读那么多书的，书读多了搁在心里还是个负担。蓝蓝就没读完博士。我们来美国读书的第三年，也不知华尔街刮什么风，竟然好几个大投资公司招收学物理的做投资模型，蓝蓝消息灵通，又是在普林斯顿大学读物理博士，一去应聘，工作就给了她。蓝蓝的博士论文都做了大半，就差扫尾了，可她什么都不要了，奔着华尔街就去，我拖都拖不住。蓝蓝是个目的明确的人，一到美国就财迷了，刚到美国时听说学物理的不好找工作，她差点没丢了爱因斯坦去当会计，碰到华尔街的好机会，自然不会放过。蓝蓝我清楚，她一心挣大钱，主要是虚荣心强，就想进入美国的主流社会。

主流社会？进入美国的主流社会？什么意思？听起来像是人多势众，挺热闹的。可是，美国不是一个多民族、多种文化并存的，自由民主的国家吗？一个人生活在这片土地上，只要你奉公守法，活得快活，活得自由自在就行了，爱干什么干什么，爱怎么活怎么活，要说有什么主流，这就该是主流，要说有什么主流社会，这就该是主流社会，如果这不是，那我为何硬要去凑那什么主流社会的热闹？莫看蓝蓝是我妻子，我还真搞她不懂。

一次，在一本华人杂志上，看到十几个不同领域的美国华人名流谈有关问题，我留意了一下，发现他们竟谁也说不清楚什么是美国的主流社会，没人说得清，光在那里瞎嚷嚷着要进入。我顺着那些名流的话意猜，咦！怎么美国的主流社会，说的还不是人多势众，不像中国的随大流什么的，那主流社会里面，似乎也就那么几个大大的有钱人，一般人还不够格，想进还进不去呢。这么说来，为何不干脆称它富豪圈子得了？扯上那主流啊，社会啊干嘛？我读了那些高论，心想，除非是个财迷，眼里只有钱，才会去信什么进入美国主流社会的那一套。我和财迷不对味，和财迷们没什么好说的，只是没想到蓝蓝来美国后也变财迷了，她是我妻子，我和她同桌吃饭，同床睡觉，这我就没办法了。

话说回来，尽管蓝蓝总骂我死脑筋，说在美国钱是最重要的，有了钱，才有社会地位，别人才看得起，也才能做自己想做的事。可就是蓝蓝，也没财迷到"什么钱多干什么"的地步。刚来美国时她还常说，等将来挣了大钱，她会去中国的山区办一些学校，让穷苦农民的孩子有上学的机会；要是中国不行，她就捐钱给世界银行的慈善机构，参加他们的组织，去非洲援助饥民。后来她说的少了，但心似乎还在那儿。没想到我这些同学，博士读得好好的，什么时候说变就变，都成了"什么钱多干什么"的天字第一号大财迷？看来国内的道儿是有点儿邪乎。

当国内的校友问到我头上来，我呵呵一笑说："你讲故事讲得他们几个都着了道儿，我要是也上你的当，你还不笑话我们留学生中没人了？"

"上当？着了道儿？你说哪儿去啦。"

"你说的那小子我熟，是个拎菜刀的假土匪。你讲起来，他捞钱那么容易，捞了钱还有那么多好处，都弄到校花了，他们还不一个个听得眼睛直了脑子不转弯？他们我清楚，本来学问都做得挺好，可考古的受了你的心理暗示，你一问他，他就说要挣钱，还要什么钱多干什么，其他的一听也着了魔一样跟着表态，弄得一个个像听气功大师带功讲座，台上的一装神弄鬼，台下的就跟着手舞足蹈，跳起大神来了。嘿嘿嘿。"

"嗨！老同学呀，你说的真是！好不容易在美国碰到一块，我编故事骗你们干嘛？我说的全都是真事，不信你回去看看，别看就几年，国内和你们出来时完全不一样了，是新旧社会两重天了。"

"国内的情况我们不清楚，都是听说。你说的真事，对我们来说就是故事了，你说对不对？"

国内的扁扁嘴，摊了摊手。

"反正我是把你说的当故事听的，听完就完，自己是什么人就还是什么人，该干什么去就还是干什么去。考古的，"我把头转向考古的，"你就说说实话，到底是想做学问，还是想挣钱，想什么钱多就干什么？"

"我本来说的就是实话！学问我是真不想做了，都做烦了。坐了一二十年的冷板凳，屁股也该解放了吧。现在我就想挣钱，什么钱多干什么。奶奶的，出国前还以为自己是个什么鸟人物，到美国后才发现自己原来屁也不值，可是，咱哥们几个要是看穿了也放得下，甩开膀子回去发财，谁又比谁差了！"

考古的袖子一将，几个留学的都笑着捧场，有的说"正是"，有的说"不是吗"，有的说"也说不好啊"。

我听了也哈哈笑，说："看来你们几个真是听故事着了道儿。你们也不想想，那小子不只是发了财，还坑了母校，还把朋友的妻子弄成了情人，你们回去干什么？也去坑母校？也去把朋友的妻子弄成情人？好吧，就算也想弄个把情人，可校花也就一朵啊。"

"嘻嘻哈哈"声里有人说："哎，漂亮女人多了去了，嘻嘻嘻。"

"我也就是想回去赶赶场子，下海捞点钱。"考古的耸了耸肩膀。

"可我怎么听来听去，就觉得国内现在的情况似乎是，不做些以前见不得人的事，恐怕还发不了财。再说，有了钱还不趁机干点坏事，发了财又有什么意思？"

"你也别拐弯抹角，东扯西扯了，跟我们直说，你到底想干什么，想做学问，还是想挣钱？"

"当然是做学问！"我手一挥，一字一句，斩钉截铁地说。

我的话音还没落，身边考古的腿一蹬，身子向后一仰，人向后面翻过去，前面的桌子也让他一脚蹬得掀起来。一锅羊肉汤掀在空中，滚烫的汤汁飞溅，泼洒在人们的脸上身上，一时间，受惊的叫声，盆碗落地破碎的声音，椅子碰翻的声音，响成一片，灯光闪了几闪，突然熄了。房里一片黑暗，惊慌混乱的声音一下子消失了。

"谁有火柴、打火机？"房主的声音，"看来电短路了。"

随着"我有，我有"的声音，火柴划亮了，打火机点燃了，房主和燃着打火机的同学到楼下去合电闸。厅里又是一片漆黑。"就是你，"黑灯瞎火里有人碰了我胳膊一下，"说什么还要做学问，你看你看，把考古的给吓坏了吧？""就是！你就是想做学问，也别说得咬牙切齿像要宰了谁似的，都什么年代了。"有人附和道。大伙稀里哗啦笑。"他呀，哪里是想做学问，"黑暗中有谁说，"他老婆在华尔街做事，挣大钱，他才敢故意说风凉话。""难怪喽。"几个人应声道，听那声调，仿佛唯有这样，心中摇摇晃晃一棵树，才好倒下来。"是吗？"我听到国内的不知低声问谁。我明白了，他们是早就打定主意铁了心，不是什么听故事着了道儿，只有我还在懵懵懂懂。唉！算了算了，有什么好解释的。那坏了腿的作家，也是个好钱的，但他比哪个男人都狠，钱连挣都不用去挣，专找有钱的女人上床，找的女人一个比一个有钱，到头来又怎么样？没上乞力马扎罗，有他后悔的时候哇。

灯亮了。大伙有的忙着收拾沾在身上的菜汤、菜沫、饭粒，有的收拾桌子，把锅盆碗筷重新摆好。忽然有人问："考古的呢？"扭头一看，考古的不见了。再低下头一看，他躺在地板上呢，昏过去了。

又是一阵混乱。

我抢上一步，蹲下去把考古的扶着坐起来，把他的头抱在怀里。手一摸，"哇！好大一个包。""快快！快去拿冰块！"冰块还没拿来，怎么就觉得手上黏糊糊的，一看手掌，又喊起来："哇！血！头撞破了！""快快快！拿毛巾来！"考古的头撞在身后的一个凳角上，撞得不轻，撞了一个洞。血就是从那洞里流出来的。大伙都有点慌神，围了过来，国内的校友也不出声了，都瞪着眼睛看考古的。灯光照在他脸上，一脸惨白，他眼睛半睁不闭，嘴也张着，露出了牙齿。他看上去像是死了。我大叫一声："打911，喊救护车！"围观的人一下子醒悟过来，几个人跑去打电话。这时，考古的眼睛转了几转，醒了。

"什么事？"他摔糊涂了，看见一帮人围着他，几个人的脸凑在一起都凑到他脸前来了，不明白是怎么回事。

"别动。就这么躺着，你摔伤了。"

"我没事。"考古的挣扎着要爬起来。

"别动别动。你的脑袋摔坏了。我们在打911，救护车一会儿就来。"

"叫他们别打911，我的脑袋没坏，"考古的眼皮向上一翻，抬抬手，指着我一笑，"他的脑袋才坏了呢。"他笑着对周围还在伸着脖子看他的人说："恐怕还是得打911，等会儿救护车来，我们就送他去医院，我看他怕没治了。"大伙都笑起来，围在一起的人散开了，屋里的气氛刚刚还是走钢丝的没系保险带从半空掉了下来的马戏场，笑声一起，气氛顿时轻松了。

　　救护车没来。考古的头上用条长毛巾裹着，后脑勺还垫着一袋冰，像个重伤员一样半躺半坐在沙发上，大伙喝酒聊天都少了兴致，就又坐了一会儿，把杯子里的剩酒喝完，就各自回家了。我从桌旁起身时，似乎觉得有点什么掉到桌上的汤碗里了，抬头一看，只见桌子上方那透出浑浊灯光的灯罩上糊的都是羊肉汤汁，还在一滴，一滴，往下滴。刚刚大伙一忙乱，竟然没谁注意到。

　　我出了门，打开车门正准备进去，听到有人说："今天天气真好。"

　　顺着声音看去，一个同学正仰着头看天。我扶着车门也向天空看去，天气是真好，不会下雨。一轮银色的月亮挂在天上，白云一丝丝一片片的散在各处，云很薄很薄，薄到目光可以穿过去，看到云后面的夜空。夜空被月光照得深蓝，镶着不多的星星，有几颗特别亮，像钻石的光芒一样神秘。我心里忽地一动，来美国后很少抬头看天啊，三眼豹也不来了，天嘛，也就剩下个好不好，剩下个刮风落雨，多云转晴的天气预报了。

　　就是听了国内故事天气真好的那个夜晚吧，我下死决心，找工作就只找学校工作，什么公司、政府部门，一概不去。拿定主意后，几个月内我向美国各大学和学院写了两百来封求职信，机会更多的公司与政府部门就一封也没写，还怕找不到工作饿死了我？我的同学们都不要做学问了，谁都不做了，你们不做我来做好了，有什么了不起。世界上总得有个把人就好追求真理吧。

　　你看到乞力马扎罗的三眼豹了，你在心中看到了它，孤零零的一头。别指望其他豹子和你一样。其他豹子都往草木茂盛的地方去，那里到处是吃草的动物，兔子、羚羊、马鹿、野牛，够豹子们享用的。豹子们在树根下磨牙，在刺蓬边撒尿，各占各的地盘。乞力马扎罗的豹子三只眼，迎着风跑，追着风去。它一心要上乞力马扎罗。它在草原上奔跑，在森林中奔跑，在江河的波涛上奔跑，在沙漠的冷月下奔跑，只要上了乞力马扎罗，它就将在天空中奔跑、飞翔。它没有同伴，也没有敌人，只有寒风伴随着它，风，越吹越猛，越吹越烈。它在地平线上看到大山了，它看到在阳光中晶莹闪耀的雪山顶了，它饿得精瘦，冻得发抖，但它抖擞精神，眼露精光，一声长啸，一步一步上了乞力马扎罗。

人，是要有点精神的；你要干，就一竿子插到底！

十二

新奥尔良

阳光在窗外奔涌

风景随风而来

又随风而去

啊，新奥尔良

如脱一件风衣

我已把曼哈顿的冬天

沿途布施了

能拥抱你天空中的火烧云么

这么短暂的停留

当徜徉与闲坐

都不再刻意书写什么

当一支

融入密西西比河的爵士乐

被一个黑人

吹出了黄昏

在日月沉浮的浪花中怀念故乡

怀念树荫中的小屋

水声叩问而来

重新漂泊的季节

坐在岸边的姑娘

风景里

正翻读着手中的故事

山峰在空中迁徙

飞鸟在浪尖上打盹

南方啊，新奥尔良

你从冬时

掀开仲夏之夜的门帘了

汤姆大叔年轻人的脸上

法兰西广场和啤酒

同时流荡起来

新奥尔良啊，你是我的伤心之地。

　　我第一次参加美国经济学年会，就在新奥尔良，如果不是后来小头丢掉性命刺激了我，那次经济学年会也会是我的最后一次，而在我的感觉里，一次就够了，足够，足够了。

　　可我是怀着怎样的自信，怀抱多大的希望去新奥尔良的啊。我的博士论文答辩已顺利通过，几年攻读学位期间走过的弯路，碰过的钉子，熬过的不眠之夜，就不多说了，通过了就好。我放眼看去，前方一条大路，直通乞力马扎罗的高峰，去大学教书，做研究，追求经济学真理，其他工作机会一概不予考虑，没什么后路好留的。

　　不能说去新奥尔良之前就没有一点不祥的兆头，譬如说，我寄出的求职信有的大学回了信，有的没回，没回信的我不明确他们的态度，回了的态度都很客气，怕伤害人似的，当然，说到头都是一口拒绝。我也没收到任何大学面试约谈的电话。可是，我没怎么把这些可以说是兆头的放在心上，心里想的是人家还不了解我，才有这么个态度，到了年会上将会不一样，和那些负责招聘的教授们碰个面，坐下来谈一谈，人家了解了我，我就不怕了。

我没想到，而且，连想都没去想，问题出就出在这个"碰个面，谈一谈"上。

到新奥尔良的头一天是报到，那没什么好说的，到了第二天，年会开始了，各个会场都在举行经济学专题讨论会，招聘工作也正式开张。招聘大厅的广告墙上不断更新着招聘信息，从全美各地，各院校汇集而来的经济学博士们在大厅里来去穿梭，把写了自己姓名、学校、研究方向和所求教职等信息的纸条放入各大学的招聘信箱里，然后，跑到自己的信箱里收集面试的通知，有了通知的就去面试，面试完了还得赶回招聘大厅，看有没有新的招聘信息和面试通知，就这样忙忙碌碌的，忙得没眼睛看人。

我也在招聘大厅里忙，可忙了半天就觉得不大对头，怎么就见我把应聘纸条一张张放入各大学的招聘信箱，却不见有人把面试通知放进我的信箱里呢？我见一个家伙的信箱就在我的信箱旁边，他一会儿来露个脸儿，一会儿又没影了，他一来露个脸儿就能从自己的信箱里掏出好几张纸条来，他一没影了准是面试去了，这一现象引起了我的疑心，该不是粗心大意的教授们把给我的面试通知都放到这家伙的信箱里了吧？于是我就向他打听怎么就见他面试通知收个不停，我挨着他却没个动静。他问我，你是哪个大学的？我报了个出身，心想这家伙问这干嘛？他说，没听说过。我笑笑说，这倒没关系。他嘴一瘪说，关系大着啦。我说，是吗？那你是哪个大学的？他横了我一眼，冷冷地说：哈佛，说完，一扭脖子，转身走了。

哈佛的没把话说明，看样子是懒得和我啰唆。不过，话中的意思却很清楚，似乎招聘大学教授并不是在各大学的博士中挑选合适的，而是从那些有名的大学中挑选，可这怎么可能？这是美国，又不是中国，美国是最讲公平竞争的，公平竞争当然要看个人素质，而不会只看学校招牌。谁都知道，同一口窑烧的砖，成色还有不同呢，何况同一学校毕业的博士们？好的学校有差的学生，差的学校也有好的学生，像刚刚那个哈佛的，横起眼睛看人，鼻孔朝天走路，实在就差劲，也太把个哈佛的招牌当回事了。我还见过三只眼的豹子呢。什么时候我看不起人了？想归想，可我的邮箱里连一张面试纸条的影子都看不到，不由得我不起疑心，不大沉得住气。

还是打听一下，弄清楚到底是怎么回事吧。

不大好问美国白人，他们好讲个隐私，只对自己感兴趣，不管别人的闲事；好在中国人都好互相打听，来了美国后世界就小了，隔个十万八千里的，七牵八扯，就你认识我我认识他了。于是我就在厅里转了转，找人问了问，不问还好，一问心里就空了，不落定了，越问心越慌，越问越难以相信，还真就那么回事啊，是只认招牌不认人的呢。问到一脸苦笑，说话支支吾吾的，要么是和我同一个学校的，要么就是那些排名靠后的其他州立大学的博士，几乎是一张纸条都收不到，连点安慰的表示都省了；问到那脸色紧巴巴的生怕你去抢他饭碗的，那一定是些排名居中的私立大学的博士，他们大多能获得几次面试机会，孔乙己的手心里总算攥着几颗茴香豆啦；可是，要问到那些走起路来屁颠屁颠，说起话来拿腔拿调的，那就是像哈佛啊耶鲁啊之类的名牌大学的博士了，这些人如果不认识你是不会和你搭腔的，你只能在他们熟人间说话时扯着耳朵在一边听。我厚脸皮边上听也听了，还遇到了个在国内的好友，也是块名牌。这些名牌大学的博士，不管是谁，阿猫阿狗也好，随随便便就是十几几十个面试机会。我那朋友三天会议期间，就有四十来场面试，有好几场面试时间重叠了，他就把不想去的纸条撕了，挑中意的去面谈。我们几年没见面了，他和我说话时手中捏着一大把纸条，侧着身子弓着腰，一副随时一个兔子蹬腿就飞蹿出去的架势，又像是尿急了尿泡发胀，他说很抱歉很抱歉，要赶场，跑都跑不赢，嘿嘿。人比人，气死人啦。

转了一圈下来，我懵了，整个一个没想到。心里一下子没了主意，不知怎么办才好。站在大厅里发呆，身边人来人往也不在意。这里走走，那里看看。几个人在那里交谈，有我认识的，前去凑个热闹吧，可还没走近，人家瞟我一眼，心里马上矮了半截，破学校出来的谁看得起，还是一边去吧，省得别人看你往一起凑心里厌烦。看到大伙往那边涌，什么新鲜事？人多不妨跟着去，一看，原来是广告墙上又贴了新的教职招聘通告。别人抄纸条我也抄，拼命地抄，要赶快，抢在别人前面，可抄着抄着，别人杀仗还有个盼头你跟着瞎掺和什么？把抄好的一叠纸条又撕了个稀巴烂扔到垃圾桶里。我怎能想到一个人的命运在跨进大学之门的那天就被决定了？我怎能想到，大学教职市场认的是大学门槛，而一旦跨进了某个大学的门槛，你坐在课堂里认真听课也好心里跑马也好，你在图书馆里读书也好去酒吧找乐子也好，你半夜里爬起来思考新问题也好跟在别人屁股后面人云亦云也好，你死心眼儿要上乞力马扎罗也好，你随波逐流什么钱多干什么也好，都和这个市场认不认你一点关系都没有。我是没想到，可谁又能想得到？那天和考古的几个人在一起喝酒扯淡，国内的问是想做学问还是想挣钱，在座的一口一个"什么钱多干什么"，还就我一个人说要做学问，就我要一竿子插到底。今天才晓得真是扯淡呢，哪是什么想不想的问题？看你有没有格，没有格，一切免谈。还说到了年会上和那些负责招聘的教授们碰个面，坐下来谈一谈，人家了解了我，就不怕了。可谁和你坐下来谈一谈？太忙，没工夫。这市场没底，杆子戳过去都是空的，光有根杆子有什么用？美国怎么是这样的！

　　一头直奔乞力马扎罗的豹子，翻越穷山恶水，来到了乞力马扎罗的山脚下。它低头看地，抬头看天，其他都不看，用自己的利爪敲一敲巨大的山石，吼一声：我来了！它一步一步爬上了乞力马扎罗，倒在寒冷的山顶。豹子到这样高寒的地方来寻找什么？没有谁解释过。瞎说哩，故事不是那样的，故事是这样的：一头直奔乞力马扎罗的豹子，翻越穷山恶水，来到了乞力马扎罗的山脚下。它抬头看天，其他都不看，连地都不看，硬着脖子往山上就是一冲，没想到一脚踏空，掉到横在山脚前的一道跨越不了的深渊里去了。深渊下的巨石上有一具豹子摔散了的骨架，这是怎么回事呀？

　　什么美国嘛！世道不公平。真想找人来评个理儿。可是，有什么理好评？有什么鸟用？满肚子牢骚找不到发泄的对象。美国和国内以前的情形大不一样。记得国内一般来说还是冤有头债有主的。那酒糟鼻子李科长借查房之名耍流氓，我喉咙一叉，就把他叉了出去；胖处长仗势欺人拍桌子耍威风，我桌上一巴掌，也把他的威风拍了回去。可到了美国，我来找工作人家看不上眼，我凑个热脸挨不着人家的冷屁股，我找谁去发火？总不能冲进哪个旅馆的房间跳起脚来骂娘吧。市场是一只看不见的手，市场还是一堵摸不着的墙，碰了壁才能明白，明白了也晚了，有脾气也得没脾气。

　　到了下午，就不再填求职纸条什么的，但也没离开招聘大厅，手中兜着几本我的博士论文（原想送给招聘教授们看的），在大厅里一圈圈打转。内心里一股强烈的欲望，冲来冲去，就想和谁聊一聊自己的博士论文。还是心里不服气，越没人理睬，越觉得被人小瞧了，就越想向名牌大学的博士叫板，谁又真的比谁差了！

可是，大厅里人虽多，要找到一个合适的听众却不容易，此时，谁都在忙自己的，你心里再苦他也顾不上。就是那些和我一样的州立大学的博士们，心情该是和我差不多吧，也是要么跑去参加经济学讨论会去了，要么跟在名牌们的屁股后面跑，也不知跑些什么。我在大厅里转呀转的，哎，还真让我瞅中了一妙人儿，是个头缠阿拉伯头巾圈的人，从我看到他的第一眼起，他就和我一样在大厅里转悠，既不去查看信箱，也不去填纸条，不用猜就知道也是个州立的。我能感觉到他也想和我接近，目光老在我身上瞟来瞟去，只是我一正眼看他，他又看着别处去了，两人的目光对不上。

天暗了，招聘大厅里灯亮了，渐渐的大厅里来来往往的人少了，在大厅里转悠的就我俩，我内心里按捺不住想和头巾圈说话的冲动，可就是对不上目光，这让我感到不自在，也很劳神，一次和他擦肩而过，就故意轻轻撞了他一下，盘算着等他看我时好说声对不起，两人搭上话，可他却没事一样过去了。我失望了，只是由于不甘心，也许是想装作我对他也没什么兴趣吧，就自顾自地在大厅里又转了几圈，转得昏头昏脑的，然后向大厅门口走去。就在这时，忽见他径直向我走来，还一脸开心的微笑，倒让我吃了一惊。

"博士屁罗。"他眼瞅着我兜在手中的一叠博士论文说。

我知道博士屁是博士论文的贬称。在中国留学生圈子里，谁把自己的博士论文太当回事儿，又忍不住好对外行吹，就难免被不同专业的家伙涮成博士屁。碰上个好捉弄人的，你吹到天上去了，他外行一个，听得云里雾里，无聊起来，能不拿你的心血涮着开心？但玩笑没阿拉伯头巾圈那么开的，我和他刚搭上话，谈不上认识，又还是同行，我就说："哎，不能这么说，咱们还是费了心血、下了工夫的嘛。"

不料这家伙是个自来熟，他满脸不在乎，摇头晃脑地说："我现在越来越觉得博士屁是对博士论文的绝妙比喻，它们有很多类似之处。"

他大谈起屁的产生过程，他把人体需要的食物比做写论文需要的资料，还把论文阅读贬做是嚼别人嚼过的馒头，他又把肠胃的消化功能比做大脑的思考功能，还说什么屁和博士论文不管是在肠子里还是在脑筋里转多少圈，都以通过为目的，而一旦通过，就会令人产生如沐春风，全身安泰，精神舒畅，得意非凡的感觉。

"总而言之，你得承认，"他用一种不容分说的口气说，"大多数博士论文虽然像屁一样滑稽，具有某种小范围内污染环境，让人哭笑不得的作用，但一般无伤大雅，没什么坏处。"

这家伙说起话来像放机关枪一样让人插不进嘴，我听得浑身不自在，越听越厌恶。可我被人冷落了一天，他还是头一个想和我亲近的，我不好驳他的面子，只好站在那里硬着头皮听他说，直到听完。听完了，我实在忍不住，就挖苦他说："听来你老兄对屁颇有研究哇。"

"哈哈哈，彼此彼此。"这位阿拉伯头巾圈业余爱好者和博士屁专家，老朋友一样亲热地拍了拍我的肩膀，打着哈哈走了。

我呆立在大厅里，看着那家伙的背影没了。心里本就郁闷，想和人聊聊自己的博士论文，发泄一下心中的不平，没料到碰到的是一位真把博士论文当屁的，还无缘无故消受了他一通屁说，手中一叠沉甸甸的博士论文，忽然轻飘飘起来，空气中似乎还有了点什么异味，把我心里憋的！又扫兴，又别扭。见大厅里不远处有个垃圾桶，就走了过去，顺手便将手中的几本博士论文扔了进去。

不行，这厅里要把人闷死，我得出去换口气，找个地方放松放松。

说起放松的地方，没有比新奥尔良更多、更方便的了。城市里有一条闻名全美国的街，叫做法兰西街，街两旁一间挨一间都是酒吧，据说爵士乐就是从那些酒吧里发源后流传到全世界的，也不知是真是假。后来，爵士乐衰落了，那些酒吧改头换面，成了跳脱衣舞的，法兰西街也比过去更有名了。

去了法兰西街，找个酒吧走进去，进门感觉就不对头，闹哄哄的音乐，乌七八糟的人群，几乎一丝不挂的舞女，我浑身不自在，手脚不知往哪放，人冷得直打哆嗦。一看周围，那些喝酒的，扯淡的，跳舞的，观望的，人人个个，脸上油光发亮，头上热气直冒。我想，我大概是心不落定，不在酒吧，不在眼前；还是先买瓶酒，找个阴暗角落坐下来，静一静心看吧。眼看那舞台上的脱衣女郎，卖力做各种高难动作，辛辛苦苦脱成了光屁股，心里却想起一朋友的妄言：钱钟书的《围城》，可用一句话来概括：真理是赤裸裸的。这些脱衣女郎们也是赤裸裸的，她们也是真理啊，肉体和欲望的真理。看来，真理都一样，都是赤裸裸的，可望而不可即。

正想着赤裸裸的真理可望不可及，忽地一赤裸裸的真理到了眼前，一声不响，光屁股就往我身上蹭，倒吓我一大跳。定下神来一问，原来，她尽可任性往我身上蹭，我却不能碰她一下。这真理也忒赤裸裸的霸道，不是存心惹我难受吗？你没见人家心里正烦着，就不能离人家远点？给张钱，打发那光屁股女郎走开，心里觉得无趣，也起身往外走。可是，走出一家酒吧门，就像被鬼牵着鼻子似的，跟着又进了另一家酒吧的门。

那天夜晚，我从法兰西街这个酒吧进那个酒吧出，从街头喝到街尾，等最后一间酒吧往外轰客人了，才高一脚低一脚，醉醺醺地回到旅馆。躺在床上，闭了眼睛，人还在天上飞，那些赤裸裸的肉体的真理们，也一个个跟着飞来了，张牙舞爪缠住我，讨厌鬼一样赶都赶不走。

第二天半上午起来，头炸起来痛。漱洗后走到街上，天上大太阳，晒在身上暖洋洋的，都冬天了，当地人还穿着短衣短裤在街上逛。不想去招聘大厅，就随意走去。走到密西西河边的沿河公园，一个黑人站在河边的小树下吹萨克斯管，他赤着脚，闭着眼睛吹一支曲调忧伤的爵士乐，一双破鞋扔在地上，鞋筒瞪着空洞的眼睛。扔几块钱在空洞的眼睛里。往前走，一个穿素花连衣裙的白人姑娘坐在河岸边的草地上读书，我从她身边走过时，她从书上抬起眼来，向我微微一笑，很迷人啦。我心情好多了，昨天只是一场梦，昨夜也是，今天不可能还是那么惨。我又回到了招聘大厅。

不行，我要放纵自己！傍晚从招聘大厅出来时我在心里狠狠地说。又是一夜摇滚乐，耳朵震聋了，听不见任何声音，灌啊，灌啊，大杯大杯的啤酒，油炸牡蛎啊，哈哈哈，黑的白的女人的光屁股……

第四天上午，我在旅馆里收拾行李，准备下午走。这是年会的最后一天，除了那些当天还有面试的少数人，多数人一大早就走了，旅馆里几乎都空了。收拾行李时还是不甘心啊，想到生活中常有这样的事，以为什么希望都没了，谁知最后关头，事情忽然就有了转机，一切又向好的方面转。怎么能够肯定我的面试通知不是全留在今天呢？还是最后去一趟招聘大厅吧。去吧，去吧，就去看最后一眼。不去，心里总是一个疙瘩，会后悔一辈子的。这么一想，早上起来下死决心不去招聘大厅的，此时心又动了，磨磨蹭蹭的行李收拾不完，衣服扔到箱子里又拿出来，拿出来了又扔回去。算了算了，还是去看最后一眼吧，不就是看一眼吗。

走到招聘大厅，大厅里没几个人，而且都是来了后，打开信箱看上一眼，手伸进去摸一把，摸到的看几眼纸条走路，没摸到的头一低转身走路，谁都不抬眼看人，谁也不在厅里逗留。我走到信箱前，手臂沉重得像灌了铅，犹豫了好一阵，才鼓起勇气抬手打开信箱，脸却早转到一边去了，面子上装得毫不在意，心里不敢看。手伸进去轻轻一摸，手指下一张纸条！我的心"怦怦怦"地狂跳起来。

啊！老天爷，还真有一张约谈纸条。新奥尔良啊，你这寻欢作乐的天堂，哪能狠心肠绝人之路？我心里那个狂喜，手放在纸条上动都不敢动了，一动，怕抓在手心的蝴蝶飞了。一张薄薄的纸条，我的唯一的，最后的机会，万万不能错过。哪个学校的？管它哪个。去之前要好好想一想面试要注意些什么。为什么教授们就该选中我，而不是名牌？好人啊，面试我的教授们，我要告诉你们，那头三只眼的豹子，那些美妙奇幻的真理的境界，还有乞力马扎罗的高峰，上面有一头风干冻僵了的豹子的尸体，它到这样高寒的山顶来寻找什么，没有谁解释过；好人啊，面试我的教授们，我要告诉你们，我，我们这些州立大学的博士们，也像名牌大学的博士们一样热爱真理，我们的聪明智慧，坚忍执著，一点也不输名牌。对对对，我不要谈我，我要谈我们，非名牌博士们，这是我唯一的机会，最后的机会，我要好好利用，不能浪费，要为我们说几句话。我要对招聘的教授们说，你们是不公正的，是的，不公正！你们对我们不公平，你们为什么就不能给予我们和名牌们相同的机会，和我们见个面，坐下来谈一谈，看看几年下来，通过个人的努力，每个人，重要的是每一个人，到底有什么不同？到底谁是什么钱多干什么，谁是一心要上乞力马扎罗？想到几天来遭受的冷遇，灰溜溜的人前做不起人，想到要为我们出一口积压在胸中的怨气，热烘烘的血就往头顶涌，头发竖起响马的森林，眼前一片白光，白光中坐着几个绷着脸堆着笑的教授，脑

路过

袋瓜抹的抹了油，秃的秃了顶，一个个脑门比眼睛还光亮，我要说，要说就说个痛快吧，憋了一肚子的话垮堤般往外倒，把你们一个个听呆、听傻……

就在这时，听到耳边一个声音："对不起，请让一下，我想看看我的信箱。"我回头一看，身边站了一个什么人，只好把痛快淋漓的想象硬生生收回，手指顺便就去拿那张被指头压着的纸条，可是，拿了几拿，没拿动，这纸条怎么粘在上面了？于是，我身子一侧，够着手臂，指头仍压在纸条上，死也不肯放松，只是腾出了点空让那人好去开他的信箱。可那人坚持要我让开，说他的信箱就在我的下面，我不让开他不好拿。我这才把手从信箱里抽出来，也不管那人嘴里还在不停地啰唆，把眼睛凑到信箱前先看个明白再说，这纸条也是古怪，怎么就粘得那么紧，拿都拿不出？哎，你别挤好不好，没看见人家有面试通知要拿？真是！可仔细一看，哪里是什么面试通知，是一小片纸商标，大概是信箱出售时就贴在那里的吧，也不知贴了多少年了。

我眼前一黑，身子晃了晃，差点一头栽倒在地。

十三

　　我心里正想着，明天又是周末，林杉又要来了，想给她去个电话道声晚安什么的，电话铃就响了。心想，人真是有心灵感应啊，刚一想她她就来电话了。拿起电话一听，却是蓝蓝打来的，不觉暗自扫兴。蓝蓝风风火火说要来奥尔本尼看看。我说：奥尔本尼有什么好看的。她说：有你呀，说着呵呵地笑了。可我却不想她来。我说：你就别来吧，再过一星期学校就放春假了，还是我回纽约市吧，我都离家有些天了。有些天了？几个月了吧？她嘲笑着问，又说：看来是家也不要了，也不想要我去看你啊。她嗓子里发出刺耳的尖音来，酸溜溜的陌生的味道，不像平常的她。我连忙说哪能呢。她马上接口说：那我明天就去。明天？明天不是周末吗？我有点急了，暗想：明天林杉要来呀。她说：当然是周末。不是周末我哪有空？哎，你怎么啦，真不想我去？电话里她的语气严峻了，我又说哪能呢，就盼她来。她说明天一大早她就动身，上午就到，说完，啪地一声把电话挂了。

　　蓝蓝要来了，没想过她要来。近年来两人在一起时，若不是家里有头叫奥斯迪的小狗，周末她也是巴不得去公司过的，可我来奥尔本尼了，两人分开了，眼不见心不烦的，她却要来看我。听她口气她好像感觉到了什么，都说女人的直觉很神秘，看来是没什么道理好讲。在我心里，这一向她是不存在的，纽约的家也不存在，三眼豹和小头也是谁都不来打搅我，心里头就只剩下林杉了。

每到周末她就到我这里来，有时两人出去看个电影什么的，有时就关在房里。她喜欢和我说她的故事，她的那些情感经历，初恋啊，詹姆士啊，王老板啊，挺丰富的说不完。有时，听我说了句什么，她会惊喜地叫起来：他也是这么说的！这个他，自然是她过去的哪一位。有时，看到了什么，譬如说一个中年男子牵着一条狗在窗外遛，她扑哧一声笑起来，手指着那跑起来一颠一颠的狗要我看，说她想起什么来了，我以为和遛狗有关，但不是，而是她一段很隐秘的情事，和遛狗一点关系都没有。说起她的私事，她开始还有点遮遮掩掩的，不大放心，大概是见我听得颇有兴趣吧，也不像个好往人家伤口上撒盐的，后来就放开了，常常说着说着目光缥缈起来，渐渐沉入她的过去，就像她做爱一样，除了她的痛苦和快乐，这个世界不再存在，连我也不再存在了。她是想到哪说到哪，东一句西一句的，却又很细致，没有顾忌，也不加提防，仿佛陷在情爱中豁出去了的女人，一件件脱光了衣服，赤裸裸地袒露着，一下扑入情人的怀里，你爱抚也好，鞭笞也好，爱怎么着就怎么着吧。我听着她的故事，就像不只是怀里拥着她赤裸裸的肉体，手掌心里还捧着她精光淋漓的灵魂和情感，常有点不知所措，同情她爱怜她是很自然的，可也怕哪一个表情、哪一句回应的话不小心就伤害了她。当然，也有这样的时候，怀里光溜溜的拥着一个女人的肉体，耳朵里进进出出的却是她和其他男人纠缠不清的情感，心里也难免不是个滋味。

可是，乞力马扎罗的高峰上搁着一具豹子的尸体，冻僵了的尸体也还是尸体，在日光月华之下，在冰峰雪岭之上，但山还是山，乞力马扎罗还是乞力马扎罗。你的心也要搁得住东西，搁得住，才丢得开。清风明月，浊水污泥，冰心玉体，男欢女爱，要来就来，要住就住，要去就去，了无牵挂，不止不滞，一切都在流动，一切都在升华，一切都在变化。还是禅宗六祖说得好，要紧的是跳出善恶之外，不在境上生心。于是天空还是天空，大海还是大海，乞力马扎罗还是乞力马扎罗，她还是她，你还是你，心还是心。这才是你要的心境和胸襟。她是个女的，情感伤痛天生就是要跟男人说的，也要你来听，但折磨你的精神分裂（是不是呢？你也不清楚哇），哪能跟女人说？蓝蓝林杉都不行，一说就完，还好，她的伤痛碰巧是你的良药。

　　林杉有这点好，她从不问起我妻子蓝蓝，我也不提。她是接受了她，还是回避她？不大清楚，好在蓝蓝不在眼前。可蓝蓝要来了，如果她俩碰了面会怎样？林杉受得了吗？不像是个靠得住的。还有蓝蓝。纸包不住火。也许，我要的就是火，一把火烧个痛快，一切重新来过。可是，听说碰到这种事，女人会抓破脸的，还是给林杉通个气吧。我给林杉拨打电话。

　　"怎么这么晚了还打电话来？"

　　"想你啊。"

　　电话那边她嘻嘻地笑了。我说想去她那里看看她。她说明天她不就过来了吗。我说有点事呢。她说有事明天再说吧。我说哪能拖到明天？我一会儿就去她那里。电话里她似乎有点急了，她说她累了，又说肚子有点痛，总之是不要我去。我知道她怕我去她那里。别看她在外面打扮得漂漂亮亮，干干净净，可她的房间里乱得像个狗窝，我去过她那里一次，她臊得不行，就死活再也不肯让我去她那里了。我跟她开了个玩笑，说天塌下来今晚也要去她那里，也没在意她说什么，就把电话挂了。

　　我开车去林杉那里。把车停在路边上，走到林杉住的那栋房子的门廊里，按了按门铃。不一会儿，门窗后的门帘掀开了，露出林杉的脸来，她一见是我，门帘随即落了下来。过了一会儿门才开，我正想往里走，林杉却从门缝里挤出来，把我堵在门外。

　　"你怎么来了！"她气急了似的说。

　　"我……"从没见她那么生气的样子，我不明白做错了什么事，一时也不知该怎么解释。

　　"我说了不要你来，你硬不听。"她狠狠盯了我一眼，头一扭，不理我了。

　　我很有点尴尬，连忙道歉说："我，嗯嗯，对不起对不起，实在没想到……我，我马上就走。"

　　"来了就来了，走什么啦，"林杉见我要走，一把抓住我的手说，"坐一会儿吧，就到外面坐。"

　　来了也不是，要走也不行，我也只好依她，和她一屁股坐在门廊的台阶上。

　　两人都坐下了，却都不做声。三月底的深夜，路边树下的积雪还没化干净，天气还冷得紧，我出来时走得急，没穿毛衣，外面只套着件皮夹克，一坐下来就觉得冷。更别说林杉了，她刚从屋里出来，只穿了件衬衫，抱着胸缩着脖子坐在那里，冻得像只冬天树上的乌鸦。

　　我想把她搂在怀里，手刚探过去，就被她一肩膀抖了下来。她还在生气呢，我只好硬着心肠任她去冻得发抖。本想和她谈谈蓝蓝要来的事，可我说什么的心情都没了。她这是怎么啦？正想找个什么借口早点走，忽听背后的门一响。

　　回头一看，一个小伙子从门里走了出来。

　　身边的林杉倏地一下站起来，倒吓了我一跳。我看了她一眼，只见她张着嘴，瞪着眼睛看着那小伙子，像是受了惊吓。

"到外面坐什么？进来进来，里面暖和。"小伙子边往外走边大声说。

林杉狠狠地跺了地下一脚，跺得门廊的地板"哐"地一声响，她"你！"了一声，从那小伙子的身边冲进门里去了，门也"砰"地一声关了，我听到门后"咔嚓"一响。门锁了？

林杉从他身边冲回屋，小伙子却头也不回，大踏步向我走来。我站在那里发怔，没料到会有这么个大活人从林杉房里出来，瞧他穿得那个随便，一件汗衫，半条短裤，浑身热气腾腾的，显然不久前进行了一场激烈的室内运动，刚从床上跳下来。

"进去坐，进去坐。"小伙子大声说着，热情地伸出两只手，还自报姓名："我是萧雄。"我"噢"了一声，跟着他报了姓名，犹犹豫豫把手也伸了过去。眼前显然不是一个令人轻松愉快的场面，我心里尴尬着，看他那样子却似乎一点也不在意。他握着我的手就往门那边拉，却没拉动我。我提醒他，门可能锁了。我先头听到门后"咔嚓"了一声。"不会吧？"他瞄了我一眼，那神态像是奇怪我小心眼儿。他转身去推门，门真是锁了。他敲门，喊林杉，里面没人搭理。

我想：还是我走吧，回避一下。

萧雄从门边走了回来，手在光光的大腿上来回搓摸，嘴里"哟哟"地抽着冷气说："操！操！这外面还真冷得有点邪乎呢。"

"是冷得够呛，"我附和了一句，心里并不真的同情他，说："你慢慢叫门，我得先走了。"

"走什么？一块聊聊，老听林杉说起你。"

林杉还跟他说我，那我更要走了，说："你没穿什么，行吗？要不……"我想，也许还是费点事，送他去他该去的什么地方吧。

"行，行，没事，"他大大咧咧地说，"也不是头一次了，哈哈哈，来美国的第一天晚上，我就给关在门外，大冬天，冰天雪地的，差点没冻死呢，哈哈哈！"

来美国的第一天晚上，就让林杉关在门外？

不可能啊。他的笑声很豪爽，仿佛对世上的一切麻烦都不放在心上，这样性格的人向来好接近，是个有人缘的，要是在其他场合遇到他，肯定很对我的口味，但此时此刻，他那一大串"哈哈哈"听到我耳朵里却很扎耳朵，我甚至有点被激怒了，几乎是生气地说："你要是遇到了豹子，可就危险啦！"

"豹子？这里哪来的豹子？嘿嘿嘿。"他显然误以为我在开玩笑，可要说我是在开玩笑，这玩笑就实在开得莫名其妙。

豹子？你怎么脱口而出就是豹子？这可不是个好兆头。你向他看去。不看还好，一看大吃一惊：你在他头顶上看到了一大团黑气腾腾的烟雾，这可是凶险之兆啊！

自从小头出事之后，三眼豹在你心中的形象就变了。它可没那么简单，不像你在国内头次遭遇它时想象的，以为它单纯是引导人们追求真理，追求不朽的神秘力量，现在看来，它要复杂得多，要可怕得多呢。谁遭遇了它，很难说是什么好事，恐怕得看人而定。

而且，你觉得你周围乞力马扎罗三眼豹的冤大头，小头虽说是头一个，但肯定不会是最后一个，因而对出现在身边的人常常有些疑神疑鬼。可是，除了情绪低落时不放心自己，还没察觉到谁有嫌疑会是下一个。譬如说，很难想象波尔教授会出点什么轨，他是个你说乞力马扎罗的豹子不捉兔子他就会马上联想到豹子捉马鹿的人。可眼前这家伙，头顶上一大团黑雾！虽然接触起来，确实是个比小头有趣多了的，可看他那什么也不在乎的派头，让你撞见了还热之闹之的，要是遇到了三眼豹，天知道会出什么事。难怪你一直担心什么，怕的不就是碰到他这种人吗？上天注定了的就躲不掉，三眼豹就要来了，你得睁大眼睛！不过呢，有个林杉牵扯在里面就不好说了，也许是你做不到像他那样洒脱，太小心眼儿了吧。

我心里乱糟糟的，支吾了他几句就告别了。我开车走，到了街头拐弯的地方把车停了下来，打开车窗户扭头往后面一看，萧雄短衣短裤的身影，远远的还在那门廊昏暗的灯光里晃动。

这一向和林杉在一起，从没这么快活过，心也静得下来，这对我的精神恢复有多么重要，可转眼间一切都变了味，原来担忧的是蓝蓝要来呢，我有点无奈地笑了笑，林杉啊，林杉，要说我脑子有病，你病得可不比我轻啊。

十四

"你说，女人是不是都想被男人强奸？"林杉问我。

"会那样吗？"这么个问题我可从没想过。

"萧雄就说女人都想被男人强奸。"

"他那样说？"我嘿嘿地笑了，"这家伙胆子挺大啊。"

林杉的目光在我脸上瞟来瞟去，想是要弄明白我是什么意思。从她脸上表情可以看出，她想从我这里寻求"女人都想被男人强奸"的认同，但我确实不知道"女人是不是都想被男人强奸"，只是觉得这种想法有点离奇古怪，我不想让她感到难为情，就装出一副什么都不在意的神态看着她。

她眼中流露出失望来，咬了咬下唇，低下头用手揉着一角衣摆不出声。过了一会儿，她叹了口气，抬起头来，不知为何有点调皮地对我一笑，接下来又说她的故事。

詹姆士把车停在自家车库前的过道上。伊丽莎白打开车门，走下车。林杉早等在门口，她笑着跑过去，拥抱了伊丽莎白，亲吻了她，向她表示祝贺。她又跑到詹姆士面前，伸出手臂一下搂住他的脖子，又把嘴唇紧紧贴在他嘴唇上，贴了怕有半分钟之久，狠狠地吻了他。詹姆士没想到林杉会当着伊丽莎白的面这样吻他，他快活得呵呵大笑。伊丽莎白并不介意，她也笑了，笑得眼泪都出来了，她说："没想到杉还挺会接吻的。"

倒是听了伊丽莎白的话，林杉的脸忽地红了。她打开门，让伊丽莎白和詹姆士进了屋，然后匆匆走进自己的卧室，关了门。背靠门站了一会儿，心还在"怦怦"直跳。走到书桌前拿起镜子一照，看到镜子中的自己眼睛发亮，脸上红得火烧云似的，想起刚才的鲁莽，她"扑哧"一声笑出来。

詹姆士和伊丽莎白结婚了，林杉倒显得比以前快活。她失去了指望心里也就轻松不少，不再躲避詹姆士，和詹姆士在一起时也不再和他闹别扭。她常常嘴里哼着曲子，一天与詹姆士去公园，她还在公园的草坪里放开嗓子，给詹姆士唱了他们初次见面时她演唱的几首歌曲。

那天上午伊丽莎白去律师事务所上班去了，因一案件要在法庭上出庭，詹姆士留在家里做些准备。他双手捧着头坐在沙发上，见林杉在面前荡来荡去不知干些什么，就半开玩笑半认真地说，他头痛，吃了点止痛药也不顶事，不知林杉有什么办法。

林杉说她会气功，手一放到他头上他就会好。想不想试一试？詹姆士当然想。

林杉哪会什么气功，她给詹姆士做起按摩来。她的手在他头顶上摩挲，在他脸上抚摸，在他太阳穴揉压，在他肩膀上挤捏，在他背上轻轻捶打……他说："真舒服。"她右手突然在他软腰上使劲一捏，惊得他跳起来。林杉大笑着跑开了。他跑过去捉她，她望着他顽皮地笑，双手捏着拳头护住胸脯，弓着腰缩成了一团。他追着从她身后抱住了她。她笑得更厉害，笑得都快背过气去了。他把她转过身来，两只手扶着她的肩膀，脉脉含情地看着她，她却自顾自笑个不停。"吻吻我。"他说。她像是没听见，只是不笑了，她说："再不走，你就晚了，要耽误出庭的。"詹姆士眼盯着林杉看，有火光在他眼睛里飘动，呼吸也粗重急促起来，连林杉都能听到那一呼一吸的声音，他就那样眼中飘火喘着粗气地看了林杉好一会儿，然后抬头看了看墙上的挂钟，神情变得迟疑了，看来不走真是不行了。最后，他又瞄了林杉一眼，只好走了。

詹姆士走后，林杉回到自己的房间里。她心里一阵阵激动，又有些害怕，回想起詹姆士离开时脸上那恋恋不舍又有点迷惑的神情，又只想笑，她轻轻咬着嘴唇，目光迷离，脸含笑意地在房间里坐了好久。

从那以后，每次出庭前詹姆士就会头痛，他都需要林杉给他按摩，不然的话就出不了庭；到了后来，他不出庭也会头痛，于是他就东找西找地找个理由把伊丽莎白支开，好让他和林杉在一起。那时候，已不只是林杉给詹姆士按摩，詹姆士自己也当起了按摩师，用他那双大手在林杉头上身上捏来捏去的，尽管林杉头上身上并没哪里痛。

两人在按摩中相互调笑挑逗，自然少不了亲个嘴搂搂抱抱呀什么的，可是，每到那时刻，当又有火光在詹姆士的眼中飘动，当他呼吸又变得粗重急促想进一步求欢时，林杉就开始逃避，她会使出女人的各种花招，不让詹姆士得到她。当她看到詹姆士因情欲冲动而得不到满足，在那里躁动不安，一张脸扭曲着涨得发紫，她心里就会产生一种报复了他的强烈快感；可她又心软，仿佛那些有着九曲柔肠的女子一样，看到自己深爱着的男人，在情欲中备受折磨而自己不能前去拯救，又深感不安和自责。

不过，林杉也察觉到，詹姆士是个很能自控的人。更多的时候倒是这样的，一旦她明确做出拒绝他的举动，有时，甚至只是稍微流露出一点不乐意，詹姆士眼中的火光马上就会熄灭，他的呼吸也会很快平和下来，转眼间就恢复了平时那副待人礼貌、宽容自制的神态，仿佛刚刚两人之间什么也没发生。他这么一来，就反而弄得林杉心里很失落，那她就更不甘心放弃了。于是，随着内心警戒的渐渐松弛，林杉越来越难以自持，在情感的游戏里也越走越远。

那天，两人先是互相给对方按摩，按摩到后来，两人把衣服都脱光了，搂抱着躺到床上去了。

詹姆士把林杉压在身下，一双大手在她身上轻轻抚摸着，揉捏着，他用舌头不停地舔她的眼睛，舔得她睁不开眼睛，看不清他的脸，也看不到他眼中的火光，只是觉得他嘴里呼出的气息热乎乎的，又浓又密，像雾一样把她的眼睛，把她的脸都罩住了。

她的自持早不知丢到哪里去了，身子一挨上詹姆士赤裸雄壮的肉体，就紧紧贴了上去，不再服从内心柔弱的抗拒，像是被吸牢了似的再也不肯分开片刻。詹姆士的阳物，那滚烫的又粗又硬的家伙，一会儿顶着她肚皮，一会儿又滑到她两腿之间，在那里窜来窜去地寻找去处，她的肉体也本能地迎上去，渴望能够拥有它。

不能这样，不能这样，不能这样，她在心里不停地提醒自己，一丝不愿失去自我的意识令她挣扎着想爬起来，但她浑身酥软，使不上劲，詹姆士的身体又沉又重，压得她动弹不了；她想说句什么，舌头也不听话，在嘴腔里打着转，她听到自己喉咙里发出的呻吟声。

詹姆士没能进入她的身体，就欠身用手去帮忙，林杉趁机翻了个身，把不曾提防的詹姆士掀到一边去了，她坐起来，手忙脚乱地想往床下溜，却被詹姆士一把抓住了手臂。詹姆士一使劲，林杉又翻身倒在床上，詹姆士又扑在她身上了。

詹姆士用身子压住林杉，把她的两手也捏牢了，死死压在她头边。林杉喘不过气，就用两脚在床上蹬蹬，想挣脱詹姆士的重压，却无济于事。她睁大眼睛看去，只见詹姆士的一张脸因情欲冲动变了形，变得像是成了另外一个人。他瞳孔扩张，两眼血红，直直地瞪着她，发出野兽般的光芒。他大张着口，急促地喘着粗气，露出一口雪白的牙齿，仿佛一口咬下来，要把她撕碎了吞到他肚子里去。

林杉心里慌张害怕，吓得大喊了一声："你不能强奸我！"

听到林杉的喊叫，詹姆士一怔，一只手压下去捂住了林杉的嘴，那只手太大，把林杉的半边脸都捂住了，捂得她差点背过气去。林杉玩命挣扎，忙乱中一口咬住了詹姆士的一个手指头，她牙齿一用劲，痛得詹姆士叫了一声，倒抽一口气，另一只大巴掌高高抡起，就向林杉的脸上揎去。

林杉看着那只巨大的巴掌揎下来，牙齿一松，瞪着眼吓呆了。

眼见着那大巴掌就要落到林杉脸上，大巴掌却在挨着她脸前的那一瞬间停住了。詹姆士像是从疯狂状态中一下子清醒过来，他松开身下的林杉，觉到了手指痛，就抬起手来一看，只见有血从被咬伤的手指渗出。

林杉坐起来，屁股在被单上蹭了几蹭，把身子挪到床挡头，靠在那儿不动了。她双手抱胸，目光一下子睃到詹姆士流血的手指上，一下子又睃到他脸上，脸上的神情像是吓得没了主意，浑身上下都不敢动弹了。

詹姆士见林杉那怕兮兮的样子，便伸出手去扶她的臂膀，可他的手刚挨着她的手臂，她就浑身一抖。詹姆士苦笑了一下说："怎么啦，杉，你……"林杉说不出话来。"杉，你为什么老要拒绝我？为什么呢？你知道我是爱你的，见你的第一面我就爱上了你。"

大颗大颗的泪珠忽然从林杉的眼睛里滚出，不停串地一颗颗往下掉。

詹姆士抱住林杉，林杉忽地嚎啕大哭，边哭边喊，"不要说你爱我！不要说你爱我！你什么都可以说，就是不要说你爱我！就是不要说你爱我！"詹姆士用手抚摸着林杉，温和地说："我是爱你的呀，我说的是真话。"林杉的哭声一下子止住了，她从詹姆士的怀里抬起头，瞪着两只泪眼问："那我问你，我从中国来了，你为什么还要娶伊丽莎白，而不娶我？"

"不是你一来美国我就都告诉了你吗？我想从政，她是我的秘书，我……"

"我不相信！不相信！"林杉对詹姆士尖声叫道，"你知道我为什么要从中国跑到美国来？我到美国来是因为爱你！爱你！爱你！是想嫁给你！是要和你结婚！是要一辈子做你的妻子！"

眼泪又从林杉的眼睛里涌出，她身子猛地一挣，挣脱了詹姆士的拥抱，跳下床，跑到门口，打开门，赤身裸体地就向楼下跑去。她跑进自己的寝室，扑到床上又放声大哭。

不一会儿，詹姆士进来了，他坐到林杉身边，用他滚烫的手在她的手臂上、背上、臀部上、大腿上温柔地抚摸着，林杉的哭声渐渐小了，身子却仍在抖个不停，她听到詹姆士的声音从远处，从很远很远处传来："杉，有些事我一直没告诉你。"

十五

"说起来像是做了一个梦，一个恶梦。"詹姆士说，他故作轻松地嘟着嘴吹了一口气，像是要吹口哨，却没吹响，他望着林杉自嘲地笑了笑，说："你从梦中醒来，忽然发现你的一生都变了，一生的未来都被决定了。"

"什么梦？"

"我睁开眼睛，看到一个肥胖的女人骑在我身上，这就是我的梦。我以为是梦，一个恶梦，我梦到女妖怪了，我的头炸起来痛。那女妖怪光着身子，披头散发的，一只大眼睛瞪着我，火光直冒，另一只眼睛眯着，肿得像个大青桃子，上嘴唇也裂开了，结着血痂，肿得翻了起来。两只肉掌撑在我肩膀上，一个大屁股就坐在我肚子上，在那里上下抽动。我恶心得要吐。可我闭上眼睛时，我已经意识到这不是梦，而是可怕的现实。"

事情发生在几年前。

那年，詹姆士竞选代表纽约州的美国众议员，他想走爷爷走过的道路，沿着这条路，他要走进白宫。为这次竞选他准备了好几年，他广泛结交政界人士，积极参与地方公益活动，向各方筹集竞选资金。当他赢得民主党内部选举宣布代表民主党竞选时，他获得了公共舆论的大力支持，民意调查中他也一直领先共和党的参选人。在整个竞选过程中，他对顺利当选一直满怀信心，因为特洛伊是他詹姆士的，是他的小城。美国的政治从来就是地方政治，特洛伊曾经是他爷爷的，后来是他父亲的，现在和将来当然是他詹姆士的。更何况他的竞选对手是个形象猥琐的秃头，为人毫无教养，在电视辩论中不仅说话时唾沫四溅，还跑过来抢他的话筒，落得选民们大看笑话。对这种人他怎么可能放在心上？他甚至想都没想过有可能落选。在选举的最后阶段，当詹姆士的竞选对手投入大量资金，用下作手段在电视中对他造谣抹黑，进行人身攻击时，他都不屑于去还击了，他说，要赢就要赢得干净和漂亮。

没想到投票的结果倒是他落选了，他的选票还远远掉落在那个唾沫四溅、抢话筒的秃头后面。

投票的那天晚上，选举结果明了后，他竞选失败，告别了支持他的选民，回到家里。回家时是伊丽莎白开车送的他，竞选期间，伊丽莎白当他的生活秘书，一直照顾他的起居饮食。

在会场上，在众人面前，他一直扮着笑脸硬撑着，可一上车，当车里只剩下他和伊丽莎白时，他的精神就垮了。

他想哭，喉头却哽着，哭不出来。就觉得累，想躺在车里休息一下，可一闭眼，成千上万的人头，各种色彩的旗帜在他眼前飘动，口号声、掌声，此起彼伏，在他的耳边震响，他整个人仿佛漂浮在由噪音和五光十色构成的虚幻的海洋上，他只好睁开眼睛，像一个失去了心爱玩具的儿童一样，失神地望着前方。

路灯照亮的道路，在夜的黑暗中延伸，"特洛伊是我的，我的小城。"一路上，他嘴里无意识地喃喃念叨着。他觉得他被背叛了，被抛弃了，被他深深爱着的特洛伊这座小城，被他

111

深深爱着的居住在这座小城里的人民，他没料到，他想不通。

伊丽莎白心痛他，就把收音机打开了，把音量放到最大，放的音乐也是当下最流行的吵吵闹闹的歌曲。伊丽莎白平时心里不痛快时，就这样干，一边开车，一边听这种音乐，听一会儿她就没事了。她以为詹姆士也和她一样。

可詹姆士平时最受不了的就是听这种歌曲，何况这时候？但他由着伊丽莎白去，不去制止她，他心里充满了痛苦和悲哀，充满了自责和后悔，他需要一点折磨。

一进家门他就吩咐伊丽莎白从酒柜里拿酒来，他平时不大喝酒，此时就想喝个醉。

詹姆士连灌了几杯威士忌，听到吃吃的笑声，睁开眼睛一看，不知什么时候，伊丽莎白已脱得光光的，站在他眼前，一边望着他吃吃地笑，一边使劲扭动着白白胖胖的身体。硕大的乳房，肥壮的屁股，詹姆士拿起酒瓶狠狠灌了几大口，他把酒瓶在地板上使劲一摔……

早晨，詹姆士是被人摇醒的。

于是，他看到了他对林杉说的梦境，他梦到一个女妖怪……

詹姆士猛地身子一掀，坐了起来。那女妖怪从他身上滚下来。

"伊丽莎白，是你？怎么回事？"

伊丽莎白爬起来，坐在他对面，嘴巴张开着喘气，一只眼睛睁不开，一只眼睛露出亮光，死死盯着他。

"你的左眼睛，还有嘴巴，碰到哪里了？"

伊丽莎白摇了摇头。

"摔的？"

伊丽莎白摇了摇头。

"难道遇到坏人了？"

伊丽莎白又摇了摇头。

"不会、不会是……我吧？"

"还不是你？是你，就是你，是你打的。这里，还有这里，还有……"

伊丽莎白把胸脯凑上来，让他看她的大乳房上牙齿咬的血痕，还撅起屁股让他看，看了这边，再看那边，也不知是咬的还是掐的，反正又白又肥的屁股上青紫了好几块。

"都是你！都是你！"伊丽莎白嘤嘤地哭起来。

"当时我的头脑里嗡了一声，"詹姆士对林杉说，"就觉得身上发冷，汗直往外冒，刚醒时头痛得不行，这时头也不痛了，人也清醒了，我身子往后一倒，心里就喊上帝，我想死，就想一死了之，死了算了。"

詹姆士说到死，嘴唇哆嗦了，林杉怜悯地看着他。两人都光着身子，相对坐着，不知为何詹姆士说着话，却说得满头大汗，身上热气腾腾的。他双手抱住头说："我不知道我做了什么，真的不知道，我只记得她光着身子在我面前扭屁股，我把酒瓶往地下一摔，酒瓶碎了，酒液泼洒得到处都是，在地毯上渗开，在地板上流动，酒液是红色的……我真的是醉了。"

"伊丽莎白有时会头痛，会发晕，是不是那天晚上……"

"她头痛，发晕，是后来的事。"

那天，詹姆士送伊丽莎白去了医院。看了医生后，詹姆士把伊丽莎白接回家，服侍她躺到自己的床上。伊丽莎白一只眼打着补丁，一只眼瞪着他看，嘴里一长一短呼呼喘着粗气。詹姆士想到自己竞选落败了，又在酒醉中犯下了这等可说是"虐待和强暴女人"的罪行，就觉得一辈子都完了。他硬挺着对伊丽莎白说："我对自己的行为负责，我会承担一切后果。"说着他眼泪不停地往下掉。伊丽莎白用手摸着他的脸说她不责怪他，也不会有其他人知道的。他听了心里一热，把头埋在伊丽莎白胸前呜呜地哭起来。伊丽莎白说她爱他，他也没听见，他沉浸在自己的痛苦里，开始骂那个共和党的秃头，那个靠投机房地产起家的暴发户，那个说话唾沫四溅抢话筒的家伙，他也骂那些瞎了眼的特洛伊的选民，他发誓要把特洛伊夺回来，特洛伊是他的，他的小城，他边哭边骂，他还谈到他的政治理想，谈到他从小做起的总统梦，他边哭边谈；不过，伊丽莎白没怎么听清楚詹姆士在说些什么，她也在边哭边说，她哭是因为她的头痛得实在是厉害，她诉说的是她对他的爱情，她第一脚踏进他气派十足的办公室就在心里产生了的爱情，她早就有这个预感，他是她的……

当詹姆士把头从伊丽莎白的胸脯上抬起来时，他心里好受多了，伊丽莎白又说她爱他，这次他听到了，还在泪眼朦胧中觉得伊丽莎白其实也挺美的，至少是别有风韵，于是就很冲动……

从那以后，伊丽莎白就住进了詹姆士家里。她是詹姆士的律师事务所的秘书，詹姆士不让她上班，让她就在他家养伤。

那段日子，由于竞选落败，詹姆士的心变得十分敏感和脆弱，别人的一个眼色，一句没在意的话，也会伤害他的自尊心；一些微不足道的小事，都会引起他的烦恼；那些伤害，那种烦恼还会缠绕在他心头，像盘旋在饭桌上空的苍蝇，怎么也驱赶不了。伊丽莎白却长了个漏斗心，盛不住诸如烦恼、忧郁、愁苦等等这般精致的情感。她是一个天性开朗快活的人，在眼睛上还打着补丁，身上缠着纱布的时候，就嘴里哼着曲子，一个人忙上忙下，把詹姆士的家收拾得干干净净，帮他做饭，给他讲小时候住在纽约市布朗区时看到的、听到的、经历过的一些趣闻丑事，惹得他哈哈大笑。当两人躺在床上，当詹姆士把头埋在伊丽莎白丰满柔软的双乳间，当他闻着那又浓又甜的融合着乳香的体味，听到那胸脯下"怦怦怦"的强劲有力的心跳，他的伤害感和烦恼也会消失，躁动不安的情绪也会安定下来，当精神和肉体的疲惫同时消除，他的自信心会得到恢复，勇气也从心底产生，他甚至有点迷恋和依赖伊丽莎白……

伊丽莎白在詹姆士的家里一待就是两个多月。她的伤不久就好了，詹姆士也从伤心失意、情绪低落中恢复过来。于是詹姆士想，竞选落败也好，醉酒伤人也好，事情都已过去，他该往前走了，而伊丽莎白呢，也该离开了。但伊丽莎白并不作如此想，她一点也没有离开的意思，还一天天过得很快活。

那天，詹姆士试探着对伊丽莎白说，他们的关系恐怕不能这样下去，他是她的老板，她是他的下属，这种关系说出去不好听，他可以给她一笔钱，数目……詹姆士还没说完，伊丽莎白突然说头痛，脸跟着就白了，她眼睛向上一翻，身子向后倒去。伊丽莎白倒在地板上晕了过去，她浑身抽搐，眼皮一翻一翻，舌头不停地从嘴里飞进飞出，嘴角都是白色的唾液。詹姆士吓坏了，连忙打911急救电话，但救护车还没来，伊丽莎白又从地板上坐了起来，她听到詹姆士在慌乱中嘴里不停地念叨："我不是逼你走，我不是，我只是和你商量。"

后来，伊丽莎白又发作过几次头痛晕厥，每次都把詹姆士吓得半死，他再也不敢提出要伊丽莎白离开。

"她头痛晕厥，你带她去看过医生吗？"

"看过的。"

"医生怎么说？"

"医生能说什么？她说头痛就是头痛，她说晕过去了抽筋就是晕过去了抽筋。伊丽莎白还说她以前从没头痛过。"

"我怎么就觉得她有点装呢。"林杉不平地说，此时她的心是向着詹姆士的。

"是啊是啊，"詹姆士苦笑道，"不过，我想她第一次头痛晕厥恐怕是真的，那怎么装得出来啊？她还没那样有心计，那样会表演。后来她有时也会装头痛，那我倒是看得出来，我也知道她是一心想嫁给我，可我有什么办法？我酒后伤了她，我对她就有了责任，我要从政，就没法扔了她不管。"

詹姆士沉默了，他苦恼地坐着，脸上的表情显得很无奈。林杉不再作声，只是默默地看着他。

詹姆士说，那次他想要伊丽莎白离开而伊丽莎白晕倒后，虽然在公开场合他和伊丽莎白是男女朋友，不管他走到哪里，伊丽莎白都跟着他进进出出，但他好长一段时间没有碰过伊丽莎白的身体，他对她的身体产生了一种生理上的反感，后来，他把对伊丽莎白的生理反感还转移到其他女人身上，不再在外面招惹女人，就是见了漂亮女人也冲动不起来。过去，他可是个女人中的男人，换女朋友像是换香烟牌子一样，有时还同时抽几种不同牌子的香烟。在上次竞选过程中，那个共和党秃头，就是以家庭价值为竞选主题，在詹姆士的风流韵事上添油加醋，在电视、电台和报纸上没少做文章。不少人事后说，詹姆士失败就失败在他的风流成性。

两年很快就过去了。那天，伊丽莎白对詹姆士说，她想嫁给他，他们也该结婚了。

这两年詹姆士有了很大的变化，才过三十八岁，他的两鬓出现了不少白发，头顶上也有点秃了，但他脸上的神情也显得比过去成熟，行为举止更是沉稳多了。他对女人失去兴趣后，就一心扑在律师事业和政治活动上，他要东山再起，重新参加竞选。他原以为和伊丽莎白结婚只是迟早的事，结不结婚他都无所谓，但当伊丽莎白向他求婚时，他还是犹豫了，他说他想考虑一段时间，正好那时有一个由美国各地政治家组成的代表团要去中国旅游，他就跟着去了。

詹姆士默默看着林杉，此时，他的神情显得有些疲倦，他吐露出了几年来隐藏心头的秘密，卸下了表面上的伪装，人感到很累，但他的眼睛里却充满了柔情，有火光在飘动，他双手伸向林杉，像是要拥抱她，又像是向她求助：

"我爱你，我爱你，你不知道我多爱你，多感谢你，你让我重新爱上了一个女人，重新去思念一个女人，重新成为一个真正的男人……"

他的声音颤抖着，目光中流露出男人的软弱和祈求。

林杉犹豫着，一丝失望掠过詹姆士的眼睛，他的手往下掉落，林杉却猛地一下扑入他怀里，她抱住他，热烈地吻他，吻他的嘴，吻他的眼睛，吻他的脸，吻他身上不知道什么地方，她一边吻，一边哽咽着说她爱他。

詹姆士紧紧搂住林杉，先头还在流汗，此时，身上却是冰凉的，他那样用劲搂林杉，胸前卷曲的又浓又密的胸毛，毛毛扎扎，刺在她乳房柔嫩的皮肤上，刺得怪痒痒的，她感到他全身都在颤抖。

林杉用劲把詹姆士推倒在床上，她一屁股坐在他身上，就像伊丽莎白那样；她要他，就像伊丽莎白那样要他，要怎么样就怎么样，她是什么都不顾，什么都不管了。

可是，尴尬的事情发生了，詹姆士硬挺不起来，进入不了她身体。情急之间，詹姆士一时冲动，什么也顾不上了，把他和伊丽莎白之间发生的那些事情，统统说给了林杉听，说完后，感到长年内心挣扎之后的大释放，整个身心轻松得空荡荡的，就觉得是把自己的一切，他的过去和未来，都赤裸裸的交给了眼前这个女人，她爱怎样就怎样吧，因而心里很温柔，也很软弱，很想得到这个女人的安慰和温存，可是，又感到累得不行，几乎是耗尽了全身精力，怎么也撑不起来。

林杉不甘心了，在他身上爬来爬去，翻来覆去费了好久工夫，用尽了手段，才把詹姆士放松了，一条大汉，白条条的满身毛，瘫了一样仰天躺在床上。

117

手，轻轻摸着林杉光光的身子，詹姆士叹了口气，声音沙哑，有气无力地说："真好，好极了。和伊丽莎白结婚后，我们一直没有性。"

林杉也累坏了，趴伏在他胸脯上，出神地望着什么地方，说："我早就知道。"

詹姆士起身走了，他还有公事要办。林杉一个人躺在床上，一时感到特别孤独，浑身不对劲，胸口憋得发慌，又酸又胀，她只好自己用手抚摸乳房、阴部，使身体放松下来。她在床上躺了好久，然后起身走到洗澡间。

她走到镜子前一看，只见镜子中那人，脸色发青，神情憔悴，眼角也起了细细的皱纹，鼻子一酸，眼泪又流了下来。

她这一向沉浸在和詹姆士的情感游戏里，吃也吃不好，睡也睡不安，直弄到一天到晚，云里雾里，神情恍惚。看着镜子中的自己，她说："你得走了，你再也不能在这里待下去了。"

她洗了一个澡，想到自己要走，要离开詹姆士，就伤心得受不了，一边洗一边哭，用香皂把身子擦了一遍又一遍，用热水凉水，把身子冲了一道又一道。

她回到自己房间，换了衣服，然后，清理了一下房间，把自己的东西放入她从中国带到美国来的行李箱，然后提着箱子，走出了詹姆士家的大门。

十六

蓝蓝半上午就到了奥尔本尼，吃过午饭后，我带她去学校里转了转。我们先去了经济系我的办公室，然后，我带她去图书馆看看。

走到图书馆门口，没想到碰到林杉夹着本书，正从图书馆出来。

两人目光一碰，我就喊了声"林杉"，声音如炸雷般响。没想到会遇见她，乍一碰面，也不知是想提醒她蓝蓝来了就站在我身边她说话要小心点，还是想表示昨晚什么事也没发生，反正声音火得过分，我连忙干咳两声掩饰一下。她却一怔，脸上忽地泛起绯红，站在图书馆的门口不动了。

"蓝蓝，我给你介绍一下，这是林杉。"我对蓝蓝说话，身子却原地转了个整圈，像个大笨蛋。

蓝蓝走上前去和林杉握手，牵着她的手说："我们到一边去，别挡着别人的路了。"

林杉随着蓝蓝往一边走了几步，她看看蓝蓝又看看我，不明白。

"这是蓝蓝，我妻子。"我对林杉说。

119

"啊！你来了！我都不知道呢！难怪看着你眼熟。"林杉眼睛一亮，惊喜地对蓝蓝说。

"你知道？怎么会呢？我昨晚才打电话告诉他，今天一大早我就乘车过来了。再说……"蓝蓝拖着声音瞟了我一眼。

林杉"他，他"了几声，嘴里忽地冒出一句："他对我很好。"她咬了咬嘴唇，意识到这句话说得也太快了点。

"他呀，对谁都很好。"蓝蓝马上抢白了一句。

林杉的脸又红了，她慌乱地瞟了我一眼，嘴张了张，没说出话来。

"你很美。"蓝蓝两眼含笑，盯着林杉的眼睛说。她不等林杉回应，又盯着我的眼睛说："你说不是吗？"

"林杉是学音乐的。"我点点头说。

"难怪。学艺术的嘛，不光是漂亮，气质就不一样。"

女人到底是女人。林杉也夸起蓝蓝来。这两个女人在一边又说了几句话，都热情得有些夸张。蓝蓝自然还是矜持大方的，林杉却一直有点慌慌张张，她离开时连看都没敢看我一眼。

蓝蓝站在那里，脸上要笑不笑地看着林杉远去的背影，我也随着她的目光看，可我还没看几眼，她就使劲搡了我一把说："发什么呆呀，人家走远啦。"

"也是怪了，"蓝蓝望着我的眼睛说，"她怎么看着我面熟。"我想起林杉曾见过蓝蓝的照片，但什么也没解释。

整整一下午，不知为什么蓝蓝的兴致特别高，在学校里这里看看那里瞧瞧，说这说那的，自顾自地就笑起来，笑声只怕几里外都听得到，惹得路边跑步的人都侧过头来看她。

她一句话也没提到林杉。

我当然不会主动谈林杉。但我脑子里一直转着林杉那句话，"他对我很好。"我对她好了吗？有那么回事？比起我对蓝蓝那可差远了。可怜的林杉，看来今后我真得对你好一点呢。

我和蓝蓝去一家中国餐馆吃的晚饭。回到家里，两人都有点累了，她去浴室里洗澡，我给她把床铺好，又从柜子里拖出被子和枕头，放在大沙发上。我靠在沙发上想，我怎么就对林杉好了？

听到"吱"地一声门响，回头一看，只见蓝蓝头发披散着，裹着浴衣靠在卧室的门框上，脸上要笑不笑，斜着眼光瞟我。

"你也累了，去睡吧，我就睡到沙发上。"我对她挥了挥手说。

她"嘿嘿"一笑说："怎么？真的和我分居了？"

"看你说的，你不是一直喜欢这样吗。"

她头发一甩，抬起手来，对我钩了钩手指，就像电影里在街头巷尾出没的坏女人那样，神态十分可疑。我从没见蓝蓝玩过这么一手，就装模作样地打哈欠，闭着眼睛伸了个大大的懒腰。能拖一会儿就拖一会儿吧。可是，等我张开眼，看到她身子还斜靠在门框上，手又抬了起来，我怕她又要钩手指，就连忙晃了晃头，假笑着向她走去。

我走到她跟前，她伸手一把抓住我的衣领，咬牙切齿地说："看你一副无辜的样子！你尾巴一翘，我就知道你没安什么好心！"她一边嘴里说着，一边把我往卧室里拉。"怎么啦，怎么啦。"我听她拉着走。蓝蓝拉着我退到床边，身子往后一倒，倒在床上，我也给她拉着压在她身上了。

"你就死了那份心吧，"她在我身下说，"她那么年轻漂亮，怎么看得上你！"

她说我对她好，我怎么就对她好了？

"我告诉你，现在的小姑娘和我们是不一样的。没有我，你什么都不行！"

我看着她，心里一点欲望也没有。

"你跟我把衣服脱了！"

我慢慢地脱自己的衣服。

"脱我的衣服！"她说。

我把她的浴衣褪下来，她里面光光的什么也没穿，她的眼睛在暗淡的灯影里发光。她挺身抱住我。她刚刚洗了澡，潮湿的裸体却是冷的，不知是心里急还是肌肉紧张，她一阵阵痉挛，嘴里喘着粗气。

我抱着蓝蓝光裸的身子，心里怪怪的像是抱了一堆硬邦邦的柴火不知该往哪里扔，墙脚边？灶膛里？蓝蓝大大咧咧地褪了浴衣就一身精光，看我一眼还凶巴巴地要压我一头，而我只是勉强在应付她，她是看不出还是装糊涂？要是她知道我内心的感受，也不知心里会怎么想。我们结婚多少年了？她连我的头都没摸过。此时好了，我也不想碰她了，倒是有些同情她。林杉啊林杉，我对你好了吗？是你对我好呢。那天晚上你说我的皮肤真好摸，你想象不到我多感动。从昨夜离开你后我就心里发慌，你和萧雄之间到底是怎么回事？你对我什么都说，为什么偏偏不提你和萧雄？你在想什么？蓝蓝问。没想什么。我说。女人真是敏感。蓝蓝也想要了，唉！从来都是我想要她，她不肯迁就我，和我在床上闹别扭。看来她还是察觉到了什么，只是不大敢面对，就想着要我，女人呀，再好强到底还是女人。我要是拒绝她，就等于把自己给卖了。林杉啊林杉，让我想想你吧，就当是我在和你做爱。你做爱时真疯狂，你说，你做爱时，世界上就你自己，谁都不存在，连我都不存在，嘿嘿。不行啊不行，想林杉更不行，这也太残酷了。我勉强不了自己就是勉强不了自己。

她闭着眼睛，头歪在一边，表明她准备好了，来吧。头歪在一边，是不想接吻的意思，平时她就这样，都习惯了。她说，接吻透不过气来。话是这么说，实际呢还是怕浪费时间和精力。读书时她就不这样，还老埋怨我做爱时猴急，只顾自己（这有点像林杉？）她说女人做爱和男人不一样，女人要有情绪才行，所以要调情，要来点浪漫，那时，她可爱接吻了。好吧，那我就改吧，看看别人是怎么做的，跟着别人学学风流，调调情，浪漫浪漫，只要有耐心，时间长了肯定会有长进。我是改了，可她也改，只是她改的方向和我有所不同，她改得不耐烦接吻了。她不耐烦接吻是在公司当头以后的事，她肩上担子重了，累得回家做不了爱，好不容易做次爱，还在走神惦记公司的事情，于是，做爱就成了做家庭作业，做起来也要讲究效率，久而久之，就成了习惯。过去，我一直顺着她，也不能不顺，今晚，我不想顺着谁，要顺，我也顺不了哇。

"来呀！"蓝蓝在我胸脯上使劲掐了一下。

我要能来，还要你掐？

蓝蓝见我没动静，就睁开眼睛问了一句：你是想在上面还是想在下面？竟问得低声下气的。就这样吧，我说。有什么用？这时候才想起讨好自己的男人，晚啦，蓝蓝。她在等我，我不能和她干耗，还是说点什么转移她的注意力吧。她注意力一转移，欲望就冷了，我就等于把自己救了。可说点什么呢，有什么好说的？蓝蓝最操心她的工作了，那就谈谈工作吧，可是，怎么好意思在女人要的时候谈工作？

"奥斯迪！"我忽地喊出声来。是啊，奥斯迪奥斯迪。我怎么就忘了小狗奥斯迪！它一直睡在我和她之间，后来，是它，而不是我，伴着她睡。今天蓝蓝怎么就没跟我提起过奥斯迪。

蓝蓝本来闭着眼睛，头也歪在一边，听我喊了声奥斯迪，眼睛马上睁开了，头往上抬了抬。"我把奥斯迪送人了。"她说，声音冷得有点陌生。

"啊！"

"你不知道吧，你走后的第二天，奥斯迪就回来了。"我怎么不知道呢？小头出事后，一连多少天，我脑子里转的就是小头死时的惨相，白天黑夜都在恶梦里，魂不守舍的，结果把蓝蓝心爱的小狗奥斯迪也弄丢了，蓝蓝和我又哭又闹。没想到过了好几个月，我一离开纽约市，奥斯迪竟不知从哪儿跑回家了。电话里蓝蓝说过多少遍了。说吧说吧，往下说，我就想听你说，我喜欢听你说话。

"那天晚上我回家，天都黑了。打开车门，就听到奥斯迪汪汪的叫声，一下车它就扑了过来，小家伙，又是蹦又是跳，'汪汪'地叫个不停，我抱着它亲啊吻啊，我高兴得眼泪都出来了。我闻到什么怪味道。走到灯光下一看，小家伙瘦了，瘦得骨头一根根露在外面，像一只住在教堂里的大老鼠。身上的皮红一块白一块，都生了癞疮，看起来又可怜，又让人忍不住恶心。"

哦，奥斯迪，癞皮狗奥斯迪，你好啊，我真希望你在这里。她怎么把你送人了。"哎哟！"我倒抽口冷气，差点"哎哟"一声叫出来。我见她上了我的当，就想趁她说话时不留神，从她身上溜开，没想到一条大腿刚刚抬起，她就在那大腿的根部狠狠掐了一把，我忍痛放下大腿，一屁股又坐回她身上，听她接着往下讲。

"我带奥斯迪去看医生，给它打针、吃药，治它的癞疮。小家伙还是那么可爱，那么逗人痛。但我不想它再上我的床。小家伙不依，我给它做了个窝，它晚上也不肯去睡，老跑来撞我的卧室门，要不就在卧室外叫，呜呜地哭，吵得我整晚整晚睡不着……"

她不做声了，瞪着两只眼睛看我。我两条腿都已从她身上移开，心里正暗暗得意，手臂撑着上身伏在她身边听她说，没想到她说着说着又不说了，那目光尖刀一样像是看穿了我的计

124

谋，直看得我心里发毛。我一咧嘴，对她笑了笑。

她猛地翻个身，把我扑了个四脚朝天。她一口咬住我的胸脯，从牙缝里说："我要！我要！"我痛得喊起来，"要就要，你咬什么呀！"

我用劲想把她从我身上推开，可不知她哪来的那么大的劲，咬得我身上发颤，竟推她不开。她在我身上乱咬一气，把我吓坏了。她以前可从不这样，没想到才分开几个月，就变成了另外一个人。我挣脱不开，只好用手护住命根子，那命根子要让她咬了，非出大事不可。她咬着撕着，脚在床上乱踢乱踹，手在我身上乱掐乱抓，嘴里还尖叫着什么，我痛得浑身发抖，觉得她把我身上的肉一块块都撕了下来，也就没听清楚她胡说些什么。我实在没办法了，双臂使劲一箍，箍紧了她，就像小时候打抱箍子架一样，一个鲤鱼打挺，腿和身子一起用劲，把她掀翻在床，再一大屁股坐在她身上，用手死命摁住了她。

她身子一松，突然爆发出一阵歇斯底里的嚎哭声。

我从她身上爬起来，坐在她身边看着她哭，心里乱糟糟的。我四周一看，屋里一片漆黑，台灯不知什么时候给踢打翻了。见她哭得那么伤心，忍不住伸手把她抱起来，抱在怀里。她也不再乱咬乱打乱踢，任我抱着，只是哭个不停，边哭边说："你是存心的，你是存心的。你说小头死了，你要离开政府部门，要找工作回大学，我就知道我们完了，你是找个借口要离开我。"

我不出一声。

后来她也不出声了，像一条小河般躺在我怀里安静地流泪，她的泪流在我胸膛的伤口上，撒了盐一样的痛。

"我真傻，这些年我是为了谁呀。"她说。

月光从窗口进来了，洒在房间的地上，洒在我俩的身上，我抱着她坐在那里一动不动，像一尊月光下铁石心肠的菩萨。

"我们离婚吧。"她说，沙哑的声音比月光还凉，还平静。

记得当我和蓝蓝之间的关系越来越冷，越来越僵，我一点办法都没有，曾向她提出过离婚，可她却说，离婚只能由女的提出，不能由男的提出，我也不懂这是哪来的道理，但还是依了她，因为我也不着急。后来，我没再向蓝蓝提出过离婚，不时却会想，她要是提出离婚倒好，可她再怎么和我闹别扭，就是咬牙不提离婚的事。等了好些年，她终于提出离婚了，我也听到了，心本来比石头还硬，忽地一软想哭。

我给蓝蓝咬伤了，动一下全身都痛。

她说我是存心的，我觉得冤枉呀。

十七

从新奥尔良回纽约后我就病了，咳嗽，发低烧，一天到晚头昏昏沉沉的，浑身没劲，看医生也看不出个名堂来。医生说，这叫博士论文综合症，在博士候选人中很普遍，博士候选人们做论文劳累过度，有的在研究中遇到了麻烦，有的和教授有了冲突，内心焦灼，就容易患博士论文综合症。可我博士论文已通过了，就等毕业了，哪来什么博士论文综合症，不是胡扯吗？蓝蓝催我去纽约市，说纽约市工作机会多，再说两人在一起，生活上互相有个照应。我借口毕业手续没办好，拖着不肯去她那里。

那天白天，半醒不醒地躺在床上养神，电话铃响了好几次，我不情愿地爬起来，接过电话一听，是一家大公司打来的，说是找我，还说收到了我的工作申请，要在电话里和我会谈。本来一个人养神入静时被电话铃声打扰了心里是最不痛快的，一听电话那边说还要和我会谈，就更加恼火，因为我根本就没向这家大公司申请工作，于是，我没好气地说：打错了电话！说完，就把电话挂了。

躺在床上心里还气不顺，昨天一个晚上在床上翻来覆去睡

127

不着觉，白天想清静一下，好不容易来了瞌睡刚合下眼，电话铃就响个不停，把瞌睡全赶跑了；我向全美各大学写了两百多封工作申请信也没一个约谈的，而明明没写申请信的倒来约谈了，不是故意挤兑人吗！在床上躺了一会儿又觉得哪儿不对，我肯定没递交工作申请，那招工的公司从哪里知道我的电话号码和名字的？

世界上的事情就是古怪。

迷迷糊糊这么想着，要睡不睡的也不知过了多久，电话铃又响了，真是恼火！拿起电话一听，是蓝蓝打来的。蓝蓝开口就在电话里埋怨我，说她好不容易托熟人给我争取了个招聘会谈机会，很好的工作，工资待遇又高，熟人还答应了帮忙，可人家打电话来，我怎么电话里凶巴巴的一口就把人家拒绝了？还把人都得罪了！我说：难怪什么公司来电话说我申请了他们公司的工作，弄得我莫名其妙的，原来是你在后面捣鬼哟。她说：捣鬼？哪有你这样说话的！我是拿你一点办法都没有，跟着你一辈子要累死去，白天忙得晕头转向，晚上还要加班加点帮你查工作信息，帮你准备申请工作的材料。跟你说吧，我给你申请了十几家公司的工作，还有政府部门的……我听着气又不顺了：谁说我要去公司和政府部门工作了？你自作主张干嘛？她说：我不自作主张行吗？你不去公司，不去政府部门去哪儿？你想去大学教书，做研究，我没说半个不字吧？可人家不要你我有什么办法？总不能一棵树上吊死吧？她的话刺中了我的痛处，我强辩道：谁说人家不要我了？要是我真的不行，他们不要我，我服，马上就服。可他们凡是州立大学的博士就不要，连个面试机会都不给，这就不对嘛。她不耐烦地说：好啦好啦，对不对反正都一样啦。我还给你申请了……她在电话那头如数家珍一样数着她代我申请了的公司和政府部门的名称，把我一肚子牢骚和不服气统统堵在嗓子眼上，火往我头顶

128

上直冲，我也不管她好心不好心，对着电话筒就是一声吼：我的事不要你管！

过了几天，我又收到了纽约州政府某部门的招聘面试电话。和蓝蓝通电话后，那几天我就在暗暗盼着其他公司和政府部门来电话。我早在心里打定了主意，只要是收到招聘面试电话，不管是政府部门还是公司的，我就这一句话：打错了电话！找不到工作咱也不能输了志气，不能老像过去那样一天到晚热着一张脸，从今以后，逮着了机会咱也冷一回屁股，出一口胸中的鸟气。电话铃响了，我的心怦怦跳，拿起电话一听，正是找本人的，而我，也正就是本人。再听，是纽约州某部门财政预算科的，说是收到了我的工作申请，对我很感兴趣。我心里说打错了电话！可不知怎地，话到了喉咙口上，说出口的却是：谢谢谢谢。电话里说：想约个时间和我当面谈谈。我又想说打错了电话！可还是不知怎地，话都到了舌尖上，从舌尖吐出的也还是道谢连声，还生怕弄错了，再三道歉着落实时间地点什么的，接着又是一连串道谢。放下电话后，心还在怦怦跳，嘴里发苦，怎么也没想到，没来电话时心里挺牛气的，像是谁都欠了我的似的，怎么一拿起电话竟会这般没出息，看来，还是胳膊拧不过大腿，形势逼人强啊。

我就是这样去纽约州政府工作的。

于是，我遇到了小头，他是我们科室的预算主任，背后大伙都叫他小头。

安息吧，小头，你的在天之灵。乞力马扎罗的三眼豹啊，为何只有走入小头之死的迷雾，我才能真正看清你的本性？

我上班的头一天，小头就把我叫到他的办公室谈话。他是个鼓眼泡，白眼珠多，黑眼珠少，干巴巴的仿佛搁浅在沙滩上的死鱼眼睛，不显亮光，上唇留着一小撮斯大林似的胡子，看上去威风很足，架子很大，说话时干瞪眼，不看人。小头开口

129

就和我大谈专业精神，大谈专业上的事业心、责任感和想象力。他谈大道理，我自然往那个路子上想，可我听着听着，他说的一套和我平时理解的事业心责任感什么的怎么也搭不上界，听得我稀里糊涂的，于是我就说：我是新来的，环境不熟，能不能把专业精神说得具体点，譬如说，专业上的事业心、责任感和想象力什么的，到底指的是什么，我好照着办。他说：说穿了很简单，你是博士，是搞技术的；我是室主任，是搞管理的，一句话，搞技术的听搞管理的，你干什么全听我的，我要你干什么你就干什么，明白吗？我点点头说：明白了。他说：真的明白？我说：真的明白。他满意地呵呵笑，说：明白了就好，你们这些搞技术的，火鸡，火鸡。（小头用技术和火鸡的英文谐音来开玩笑。）

这样的专业精神我还能不明白？他不说我也明白呀。从小头办公室出来，我心里有个不安的直觉，今后的日子难了。头一次和小头打交道，我就觉得眼前的这位，是个"天只有一口井大"的浑人，言谈间，他处处显露出搞管理的自大和对搞技术的歧视，而我这个搞技术的，却是个见过三眼豹的，入得了我的法眼的还只有乞力马扎罗呢，这两个搞管理的和搞技术的碰到一起，今后有好瞧的了。

这就是上班后我和小头之间的头次交道。从他给我留下的第一印象，以及我将谈到的他在和我的交往中表现出来的死板个性，谁能料到后来他会做出那般出格的事情，把命都搭上了？我不能不承认，一个人的灵魂若被乞力马扎罗的三眼豹攫住了，此人的心理和行为就再也难以捉摸，而此人的未来也就难以预料了。但可以想象的是，如果不是我的缘故，小头这种人怎么可能遭遇上乞力马扎罗的三眼豹？

不久，我就见识了小头的专业精神。

我刚开始工作时正好碰上预算季节，室里很忙，小头没安排我做什么，他让我自己去熟悉熟悉预算系统，我从早到晚就听他在训预算员们。

"一头驴加另一头驴等于几头驴!?" 小头吼道。

"两头。"

"你这里有几头?"

"……"

"一头驴加另一头驴等于几头驴!?" 这是个什么问题？好些天过去了，等我大致弄清了室里采用的预算系统，又和预算员们私下谈过后，才明白小头总挂在嘴边的"一头驴加另一头驴等于几头驴"是个什么意思。原来在我们的预算模型里，有一个求乘积的增长率问题，可模型的原设计者把增长率的计算公式弄错了，省略了各因素之间的相互作用，结果乘积的增长率就成了各因素的增长率之和。这种数学错误错得很"小学"，可小头数学不灵光，原设计者弄错了他看不出，还误以为乘积的增长率就该是一头驴加另一头驴的问题。

我们室经手的州部门预算（包括联邦项目和地方项目）有好几百亿美元，而预算系统中的基本公式却是错的，我亲眼见了也难以相信：虽说是政府部门，钱是从别人口袋里掏出来的，可毕竟是好几百亿美元啊！我的工作就是在技术上管理预算系统，发现预算系统的公式有错，自然而然就想去纠正。可那些错误很讨厌，纠缠在旧系统里，清除起来令人头痛，还不如重新设计一个新的来得爽快，于是，我就抱着废除旧系统，建立新系统的想法，去找小头了。

小头眯着眼说："你说，我的预算系统错了?"

"是啊。"

"你说，一头公驴加一头母驴，交配后会生出小驴来吗?"

我听了一愣，我可没说过这样的话。不过，一头公驴和一头母驴交配后，是会生出小驴来的，所以我就应道："你说的没错。"我想：小头大概指的是，我说了各因素在增长率中存在着相互作用吧？

"所以你要把我的预算系统废了，建立你的预算系统？"

不明白他为什么一直在说"他"的系统和"我"的系统，听起来别别扭扭的，我向小头解释道，老系统是座破房子，地基没打好，墙也歪了，梁也斜了，要修也是糊了东墙倒西墙，费力不讨好，还不如废了旧的，造座新的。

"那就奇怪了。你说我们这些年的财政预算是怎么做出来的？"

"我不大清楚，这些年我还没来这里工作。"

"是呀，你说得很对嘛，这些年来，我们的财政预算里从没有过你的贡献嘛，可是，我们不是照样挺过来了吗？你怎么才来几天，就要废了我使用多年的系统？"

我这才在小头的话里听出明显的敌意来，弄得我更是一头雾水，不明白他的敌意冲什么而来，我说："可，可是，旧系统里的公式硬是错了哇。"

"你们这些搞技术的，就晓得火鸡，火鸡。难道这么些年来，我的屁股坐的是歪是正，坐屁股的我会弄不清楚，一直要等到你来挪？"小头起高腔了，眼珠子本来就鼓，此时和脖子上的青筋一起暴突出来。

我吃惊地看着他，一句话都说不出，一转身，走了。怎么也没料到他会为这事发火，难怪我上班头一天就和我大谈什么专业精神、事业心、责任感、想象力，原来是不管对错都得听他的，恶霸作风嘛！

记得在国内工作时，某次参加国务院系统的经济课题研究，我曾听一高级干部在研讨会上打着哈哈说，他主持的经济计划就是拍脑袋拍出来的。说话时，他很有气势地拍了一下他那光秃秃的脑门。当时我就想，他拍脑袋时，他昨晚是否跟好唠叨的老伴拌了嘴，是否揍了不争气的儿子，前些日子他割盲肠是否在他的人生观上增添了一点悲观的或壮观的色彩，他的上司，上司的上司，心里作什么怪，都会影响他的计划。拍脑袋的计划是没法用错误或正确来衡量的，它属于另一领域，属于捉摸不定的神秘领域。

当时我就想，在市场经济条件下，经济计划绝不可能这样产生出来，是的，绝不可能，我坚信。

当下，我就身处市场经济之中，还是市场经济的老大——美国，可是，当年我忘了，在市场经济条件下，市场之上还有个政府，而政府行为，不管在哪个国家，真是俗话说得好，天下乌鸦一般黑啊！

如果说拍脑袋拍出的计划，拍多了，在脑袋里拍出了经验之茧，那拍出的计划还有可能八九不离十地吻合实际，也许，这就是那位国内高官打得意的哈哈，很有气势地当众示范拍脑袋的原因？

不清楚。

我能知道的是，当小头把州财政预算建立在错误的数学公式之上，要想结果准确，不出差错，那比一头土豹子攀上乞力马扎罗的雪山之巅还要困难呢。

"一头驴加另一头驴等于几头驴!?"在预算季节里，楼层里不时响起小头的吼声，可是，小头的吼声却不能将预算员们的数字吼到一块去。数字之间相互打架，汇不了总，预算员们赶不上进度，小头就撵着他们的屁股赶，大伙人人火烧屁股，只好天天加班加点。

一次，我问预算员艾琳的预算数字是怎么出来的，她没好气地说："以上帝的名义，我们扯谎!"

小头不让我建立新的财政预算系统，也不容许我修改旧系统里的错误公式，我想，当头的不在乎，我干嘛要一是一，二是二呢？反正我也不想在这里待多久，时机到了，我一拍屁股走人，管他州里的预算是错是对，干我屁事！可是，眼见身边的预算员们为凑数字一个个弄得晕头晕脑，耳朵里还一天到晚塞满了"一头驴加另一头驴等于几头驴!?"的吼声，自己有劲使不上，小头不让使，心里就觉憋得慌。我就想，虽说心在乞力马扎罗山峰上的人，眼睛里要能容得了几粒砂子，可是，硬要一个人眼睛里搁一根木柴怎么说得过去？于是，把心一横，管他小头什么专业精神不专业精神，花了几个月时间，抽空设计了一个新的财政预算系统，一边交给小头审批，一边训练预算室里的预算员们试用。

这下可真把小头惹毛了。

他又是向上头汇报，又是请专家来挑刺，谁知上头和专家都和我成了一边的。小头更恼火了，横站着，就是不肯让步。平时他在预算室称王称霸惯了，人人怕他，于是他就在室里开会，还请来了上面的头，发动预算员们抵制新系统。

小头在开场白中说：我们这些老伙计们对老预算系统都是有深厚感情的，这么些年来，每年几百亿财政预算靠的就是它，哪能说废就废了？小头打了个响鼻，用手纸捂着鼻子更响亮地擤了擤鼻涕。那天他感冒了，说话时鼻子堵着，瓮声瓮气的，用这种沙哑的被压抑的浓重鼻音谈深厚感情，听起来很有煽动性。小头先定了个调，然后要大家说话。可谁也不吭气，一个个坐在那里像闷葫芦。小头眼光瞟到艾琳，向她使了个眼色。艾琳平时喜欢拍小头马屁，又喜欢开玩笑，和小头走得最近。在小头眼里，更是没有谁比艾琳更信得过的了。艾琳站起来，嘻嘻哈哈问小头：小头，你近来是不是欠操想当大屁眼啊？一句话把大伙都惹笑了，小头也闹了个大红脸。艾琳又说：小头啊，如果你不是欠操想当大屁眼的话，就该让大伙用新系统。艾琳又问大伙：老伙计们，到底哪个老伙计屁眼里搁生血对老系统有感情？一个老伙计说：欠操的大屁眼。世界上只有欠操的大屁眼才屁眼里屙生血对老系统有感情。大伙又哄然大笑，小头下不了台，脸红一边白一边的，说：既然大伙都这么说，那就……唉，唉，我是对新系统不放心，要是出个什么问题，几百亿美元的预算啊，谁负得起这个责？唉，唉，老伙计们都这么说，那新系统就新系统吧。开会时上面来的头坐在角落里看热闹，不出一声。散会后，他满脸是笑对我说：有意思有意思，没想到你一来，把你们室里人的性格都改变了。

来年的预算季节，我们室采用了我新设计的部门预算系统，系统运转良好，因而那个季节里，大伙再也不用加班加点了，就都很快活。只有小头一人生闷气，成天板着脸，他吼惯了"一头驴加另一头驴等于几头驴！？"一时不吼，预算季节少了那份忙乱和热闹的气氛，他也被剥夺了要威风的乐趣，难免浑身不自在，看什么都不顺眼。可过了些日子，小头也顺着去了，因为，毕竟他也既省事也省精神多了。

一次，我在厕所里撞着他，两人并排撒尿，小头忽地冒出一句：你让我吃惊了！话刚出口，他又打着哈哈说不不不，这个世界上，他再也不会对任何事情吃惊了。小头说话时在埋头撒尿，尿池里一片水响，他看也没看我一眼，所以我不知他在和谁说话。扭头一看，边上没其他人，厕所里就我俩，看来，话该是说给我听的。等到系好了裤子，洗了手，走到厕所门口，他又忽地向空中发了一声问：房子旧了不要修，要建新房子对不对？这次我知道他是对我说话，因为厕所里还是没有其他人，就我俩，我眼睛盯着他后脑勺看，想和他交流个眼神什么的，可小头还是不看我一眼，连头都没回一下，只是最后来了句：你们这些搞技术的。我以为他会像往常那样接两声火鸡火鸡，但他没有，打着哈哈走开了。

小头自说自话，自笑自乐的，我猜不透他是个什么意思，心想这事过去了就让它过去吧，别给我添麻烦就行。

　　不过，话又说回来，就是他不给我添麻烦，我私下里倒正琢磨着给他添点麻烦呢。

十八

预算季节过去后，室里轻闲下来。有人喜欢在办公间串门，找人聊天；有人喜欢瞪着窗外发呆，一屁股从早坐到黑；有人拼命喝水，一趟一趟上厕所；中午半小时吃饭时间，谁都吃过饭后还要跑到外面再耗一个多小时才回来。

看到这样的现象，国内上班时一份报纸一杯茶混日子的政府部门工作人员，心里一定很有亲切感，可我不行。我看到政府工作人员把纳税人的钱和自个的生命同时浪费，心里疼呀。

我是搞技术的，预算系统不出问题，就没人打扰我，我就比谁都更加无事可干，我才不想把生命在时间的水面上打漂儿。头年上班时我的心思都用在设计新预算系统上，等到新系统用上了，工作走上了正轨，人一空下来，三眼豹脑门中间那只眼睛就又开始在我眼前闪耀，乞力马扎罗高峰也不时在眼前浮现，我要把工作中的空余时间利用起来，研究经济学，追求真理了！

花了半个多月时间，我写了个经济学研究提纲，一个气势磅礴，富于想象力的研究计划！

在准备经济学研究提纲的那些日子里，一想起在新奥尔良的遭遇，想起我被学术界摒弃在追求真理的大门之外，孤零零的，仿佛成了一头迷失在荒漠中的三眼豹，我就两眼茫然，望着窗外的天空发呆，忍不住唉声叹气。我把研究提纲写了又写，改了又改，读了又读，直到我坚信，如果能够实现我的研究计划，我一定能将乞力马扎罗高峰踩在脚下，才把研究提纲交给了小头。

交提纲时，我对小头郑重其事地说，他读过提纲后，我希望能和他好好谈一谈。

我必须和小头掏心窝谈一次。小头是我的经济学研究计划中的一个重要部分，关键的一环。因为他是我的顶头上司，在工作上管着我。实现我的研究计划，需要小头的支持，需要他在工作中，在时间和资料的利用方面，给我提供各种便利条件。不然，麻烦就大了。

可我用什么来打动小头？这是个问题。

我要和小头谈一谈三眼豹，谈一谈非洲的乞力马扎罗高峰，谈一谈真理的奇妙景象，谈一谈我对真理的向往和对理想的追求，哦，别忘了，还要谈一谈新奥尔良的悲情，除了真情的袒露，还有什么能打动像小头这样的人？他连"一头驴加另一头驴等于几头驴"都敢吼出来。

研究计划交给小头后没几天，他就约我去谈话。可不知为何，选的谈话地点不在他办公室，而是在楼外人们吃午饭闲聊的地方，似乎不太当回事儿，这让我心里稍稍有些不安。

不一会儿，小头来了，手上拿着我给他的研究提纲。我们先是在办公楼前四周的空地上寻找空桌，可是，只要桌边没人，桌面就都脏兮兮的，没办法，只好随便挑了张空桌坐下。

我见小头两根手指捏着提纲往桌面上瞅，而桌面上一块块潮乎乎的油渍，就担心他把提纲往桌面上扔。还好，小头手指捏着提纲扬了几扬，没扔下去，卷成一筒握在手里，好兆头。

　　小头和我都不出声，看着眼前的景象。那天风和日暖的，办公楼外到处都是人，有的围着露天桌吃饭，有的在路边散步，有的躺在草坪里晒太阳，一片笑语喧哗。处在这样的环境和氛围里，人的心情很自然就放松了，世界上有什么事情不好商量？可小头一手握着那卷提纲，一下一下敲着另一只手掌心，敲得我心里七上八下的。

　　"你的研究提纲我看了，可怎么我就半点也读不懂呢？"小头终于开口了。

　　"是嘛，"我吐了口长气，微微一笑说，"搞研究就是这样的，你得研究别人不懂的东西，才有意思，也才有价值。"

　　"哦，原来是这样的。可怎么你的研究提纲，我读了又读，就是看不出和你的工作，和州里的财政预算有什么联系呢？"

　　"联系？本来就没有联系呀。"

　　"还真的是没有联系？！"

　　"真的没有联系，一点联系都没有。"我见小头吃惊的样子，眼珠子鼓得就差没掉下来，像是看到怪物了。看来他是真不懂呢，就向他耐心解释道："任何经济学研究，一和实际问题搅在一起，就太具体，缺乏一般性，创不了新，不可能有什么研究价值，不值得去做，所以，"

　　"所以，"小头打断我的话，"你想搞的经济学研究和你的工作，和我的工作一点关系都没有，而你竟然写了个报告，还要我支持你在工作中做这种事，我说的没错吧？"

　　"没错没错，一点都没错，嘿嘿嘿。"

　　"嘿……哈，嘿……哈，你们这些搞技术的，火鸡，火鸡。你，你，我还以为是我耳朵听岔了呢，"小头干咳一样冷笑几声，脸煞地白了，嘴唇不知为何哆嗦起来，上唇一小撮斯大林胡须不停地抖动，"你不是存心耍我吧？你要故意和我过不去？"

"小头，你想哪去了？我怎么会耍你呢？"我看出小头神情不对，他这人其他什么都好，就是心眼儿太小，就是对我不放心，还老往坏处想，仿佛我要夺他的权似的。唉，这小头，也忒把人看矮了。但我必须消除小头的疑心，就用恨不得把心窝端出来的语气对他说："我是想追求真理。"

不能提追求真理，不能提，一提追求真理我就激动。

从新奥尔良回来后郁积在胸腔里的一股不平之气，此时直往喉咙外冲，我声调激昂起来："小头，你一定读过海明威的《乞力马扎罗的雪》吧，一定读过的，美国人全都读过。乞力马扎罗是非洲最高的一座山。西高峰常年积雪不化，当地人叫它'神庙'。在西高峰上有一具风干冻僵了的豹子尸体。豹子到这样高寒的地方来寻找什么。"

"没有人解释过！"小头一字不差，把话接了过去。

我心里一喜，啊哈，没想到小头竟是个知音！

可我还来不及庆幸自己的好运气，小头又是歪嘴，又是晃脑袋，冷冷一笑说："你是个有本事的人，我看得出来。我，怕就怕手下人没本事！我对你说吧，我这人讲究的是专业精神。废话别说，你在州政府做事，就得做与工作有关的事，你在我手下做事，就得做我要你做的事，明白吗？还有就是，在我办公室的墙角里，有一大堆真理，十几年没人动过，你去挖掘吧。"

小头把我给他的研究提纲往桌上一扔，走了。

我费了多少心血，寄予了多少希望的经济学研究提纲啊，那是张什么样的桌面，一块块脏兮兮的、潮乎乎的油渍！我的心都碎了。

可是，小头的墙角里有一大堆真理？

我警觉了，仿佛饿急了的豹子忽地一眼见到……决不能放过！但还是先弄清楚情况再说吧。

可是，小头办公室的墙角里哪堆有什么真理？一大堆十几年没人动过的垃圾数据！小头要我有空就去整理那些垃圾，还要按月给他写报告。我把工作中所有的空余时间都搭上了，忙了一个多月，累了个臭驴子屎，才凑了个报告给小头。

可报告交给小头后，他把我晾在一边不理，一晾就是十几天，碰了面也不提报告的事，行还是不行，好还是不好，屁都没一个。

我只好去找他。一找他就发现他不仅没看报告，连报告扔哪儿了都不知道。等我给他拿了一份报告副本来，向他汇报报告的内容，他就脚叉叉的、头枕双手翻仰在椅子上，还翻着白眼珠子，声音拖得老长地说："我懂，我懂，你说的这些我全都懂。"

我的肺都气炸了。

原来，小头根本不需要谁整理那堆垃圾数据，也根本不需要从垃圾中打捞什么对工作有帮助的信息，他只是企图把我空余的工作时间，一天又一天，一小时又一小时，一分钟又一分钟，全都耗费在毫无意义的信息垃圾的清理上。

好你个小头，你还能背诵《乞力马扎罗的雪》！我把心掏给你看，你竟把它扔到垃圾堆里，扔进臭水沟、下水道！好好的真理你不让我追求，还要我这辈子死不了也活不成，我不跟你玩点悬崖边上的心跳，你不知道乞力马扎罗三眼豹的厉害！

十九

我想利用工作中的空余时间研究经济学，追求真理，小头却要我去清理毫无意义的信息垃圾，当发现小头是存心折腾人，我心一横，就想硬扛着不干。可是，在美国政府部门工作，是要不得蛮的。头安排什么，你就得做什么，再无意义的事，再乏味的事也得去做，不然就得走人，工作就没了。我发现，小头没看我交的报告，估计他不是真想在垃圾中淘出点什么宝贝来，这人又是个自大狂，料想不到自己手下会有个吃了豹子胆的，这就好钻空子了。于是就想，垃圾数据可以不清理，但清理报告一定要交。具体做法也想得好好的，工作时间就用来做自己的经济学研究，到了月底，室里人人向小头交工作报告时，我也交，但只是把上月的报告改个日期，其他一切原封不动交上去，押宝就押在小头不读我的报告上。当然，这样做也不是没风险，若是小头心血来潮，特意拧根绳子跑到我的报告里去捉鬼，那就死了三眼豹了。可小头使了个龌龊法子，比让西西弗推石头上山更龌龊的法子来治我，等于是要我的命啊，而我的命是我的，自然不能让他随便要去。人给逼到这份上了，风险再大，脖子一梗，豁出去了，也就顾不得那么多了。

我这么想了，也就这么干，交第二份报告后一连好几天，我心都悬着，还是怕露了馅。可好些天过去了，小头那里一点动静都没有，一颗心才渐渐落定。

就这样，我一边在政府部门工作，一边利用工作中大量的空余时间，独自研究起经济学来。

那天，我正坐在计算机前敲打一篇经济学论文，忽听背后一声咳嗽，我一下子愕住了，不知什么时候，小头进了我的办公间，就站在我身后。

我不敢回头，身子僵直地坐在那里，眼瞪着计算机屏面上我的那些私货，心怦怦乱跳。

小头站在我身后，一动不动，他真沉得住气，一声不吭。

过了好一会儿，小头走了。

我坐在那里想，完了。

接下来好些天，我什么也没做，也做不下去，就等小头来找我。可他就是不来，而他越不来，我心里就越不安，听到脚步声，就以为是他来了，听到别人说话的声音，心里也怦怦跳，要是室里安静得听不到一点声响，人也会心神不定，不知小头在背后搞什么鬼。我在心里鼓励自己，有什么好怕的？小头真来找我，我就把事情摊开了讲，研究经济学不是追求真理吗？追求真理难道不比把时间白白浪费好？政府部门人浮于事，工作效率低下，我利用上班时间研究经济学，是对政府部门工作的改进嘛，值得大力提倡。可他就是不露面，弄得我连个说理的机会都没有，只好自个对自个说，在心里把这些道理，还有更多的道理说了一遍又一遍。后来，我实在忍不住了，就主动去找小头想探个口风，可走到他办公室门口，又打了回转，我还是做贼心虚，进了门，我可什么都招了。

过了十多天，小头也没来找我，我就不大肯定那天小头站

路过牛

143

在我身后，是否发现了我在干私活，我猜测就算他发现了，恐怕也把这事忘了。看来，这人记性不怎么好，好忘事，事情一多就乱套。我一颗悬着的心往下落。

可是，就在我一颗悬着的心往下落的时候，那天，小头突然冲进我的办公间，脸红脖子粗地对我说："你给我写下这个月你都干了些什么，写好后给我交上来！"

说来也是幸运，那天小头冲进来时，我正好什么私事也没做，就坐在计算机前发呆，什么把柄都没让他抓到。我就不怕他。心想，我有把柄给你抓时你不抓，没把柄给你抓时你倒冲着我发火，凶什么凶？我装傻，用无辜的眼神瞪着他，好奇他哪来这么大的火气，又似乎是没明白他在发火。我不火上浇油。小头的火气把白眼珠都烧绿了，可见我没闹明白的样子，火发不出来，只好头一低冲了出去。小头冲走后，我想，写什么呢？除了干私活，什么也没干啊。想起了那份垃圾数据整理报告。小头说了要我按月给他交整理数据的报告，除了头月份我交了一份真家伙，后来又交了几个月改了日期的冒牌货，再后来就干脆不交了，小头也从不催着我要。看来偷不得懒，报告还得交。于是，我把那份用了一次又一次的数据整理报告又改了日期（日期必须改，在这点上马虎不得），交给了小头。

老报告真顶用，又把小头蒙了。小头再也没来找我，仿佛什么事也没发生，也许，他是给我留个面子，希望我能自觉点吧。我也颇自觉了一段时间。可我一自觉，看到时间从眼前白白流失，实在是心疼啊，就自觉不下去，慢慢地又回到了不自觉的道路上，回到了老样子。

从那以后，每隔一段时间，两三个月、三四个月不等，小头就会像个幽灵一样，溜到我的背后，一站就是好几分钟。每次他溜到我的背后，不一会儿我就知道了，我的背后要么凉飕飕的，要么热烘烘的，我还能听到他粗重的呼吸声和"吱吱"

磨牙的声音。而且，没过几天，他保准又会冲进我的办公间，脸红脖子粗地喝令我汇报近来到底干了些什么！

于是那份老报告又摆上了小头先生的案头。

一连几年，我就是在这样的环境中，用我的方式，坚持我的经济学研究的。

我相信，在小头出事之前，他是一直知道我在干私活的。我不大明白的是，为何他一直不当面揭穿我，把事挑明了，不许我在工作时间干私活。他真要这么干，一次就够了。从另一个角度想，既然他不想放我一马，又不想往死里治我，为何不安排些正经活给我干（除了让我整理毫无用处的垃圾数据），要不就因势利导，支持我利用工作中的空余时间，做一些与工作有关的经济学研究也好，说起来也还是个双赢局面呢。后来，我在政府部门待久了，知道政府部门的头如果存心整治下属，最阴毒的法子不是安排很多活给人干，压得人喘不过气来，而是让人没事可干，把人晾到一边去，一天到晚心里惶惶然的活受罪。我不知道小头是否也是这般心思要治我，他的心思我实在是猜不透。

不管怎么说吧，自从小头像个窥私癖一样溜到我背后以后，上班时我再干私活，就总觉得后脑勺被一双眼睛盯着似的，一回头又什么都没有，真是活见鬼。我再也不敢像以前那样，把经济学论文大大咧咧地摊在办公桌上阅读，只敢像小时候上课时偷看课外书籍那样，把经济学论文夹在与工作有关的资料一起，偷偷摸摸地看。可更难办的是在计算机上打论文。计算机荧光屏就摆在桌上，侧面对着办公间的进口，谁一进我的办公间，瞟一眼就什么都明白了。只好把荧光屏的角度挪得尽量斜背着办公间的进口，也就是给自己一点心理安慰啦。再就是扔一把椅子在办公间的进口，像是随意扔的，其实是刻意要堵一步闯入者的脚，弄不好绊谁一跤。这是个此地无银三百

两的招数，可我有什么办法？没办法只能硬着头皮干啊。我一
走进办公间，耳朵就像猎豹一样立得尖尖的，仿佛要提醒和警
告那些胆敢侵入我的领地的不速之客，识相的就离远一点儿；
但更多的时候倒像是一个光头贼，一边干着不可告人的勾当，
一边时刻警惕着四周的一切，一有风吹草动，拔腿就逃之夭
夭。就是这样，还是防不住小头冷不丁就出现在我背后，吓得
我头皮发炸，心跳加速，背脊骨里冒凉气，脚板心里淌热汗。
他每来这么一次，我就遭受一次身心大折磨，像是犯了高血
压，或是发了心脏病。

　　渐渐地我失去了经济学研究曾给我带来的平和与愉悦，那
种阅读中的启迪和共鸣，那种沉思中的入迷和发现中的快感。
不知从什么时候开始，桌面上摊开的只要是一篇经济学论文，
没读几行，瞌睡就会来，眼皮睁不开，头也举不起来，光往桌
面上栽，也不是真能睡着，只是昏昏沉沉的睁只眼闭只眼，一
点动静就惊醒过来，对面办公间的艾琳隔着挡板和别人说笑话
也能把我吓一跳。在思考经济学问题时，也是想着想着就会走
神，走出经济学的虚幻世界，走进我和蓝蓝两人的真实世界
里。蓝蓝又和我闹别扭，昨天晚上又不肯和我亲热，我真不知
怎么办才好。我越来越什么事也不想做，还什么事也不愿想，
光坐在计算机前望着荧光屏发呆，要不就站在窗户前望着窗外
发呆。奇怪的是，发呆时脑子倒空不下来，轻松不了，一些不
顺心的事，惹人焦虑、情绪低落的事，此时会溜进脑子里，进
来了就赖着不走，转悠来转悠去的，没完没了，弄得人精神恍
惚，觉得活得实在是没意思，死不了也活不成的，还不如学一
学豹子逼急了跳悬崖，从不管什么高处一纵而下，摔个脑袋瓜
开瓢，浑身骨头散架，一了百了，痛快！还老觉得总有那么一
天，沉不住气了真会给自己来这么一下。我不知坐牢的感觉是
什么。坐牢若不让做事，光是关在牢墙里坐着，想来也是轻松

的，但我觉得，就是坐牢，人们很可能更愿意坐那种有点事可做的牢。我这么说是有点类似体验的。一次，小头不知发什么善心，跑到我的办公间来，安排我去做件什么事。那事是什么我已记不清，也不重要，我只记得当时我很兴奋，逮着他问东问西啰唆了半天，然后把那事做得像绣花一样漂亮，可惜的是没能按时交差。

经济学研究还是在进行，经济学论文也还是在写。论文写好了，找个专业杂志寄出去。编辑来信要求修改，那就修改好了，你要怎么改我就怎么改，反正是你说了算，我说的不顶用；来信拒绝了，傍晚拒绝的，来天早晨换个杂志，贴张邮票又寄出去。论文发表了，连个感觉也懒得有。经济学的真理在哪儿？我是越研究越糊涂；乞力马扎罗的高峰啊，你更是越来越虚幻；乞力马扎罗的三眼豹啊，你跑到哪儿去了？

日子天天就这么过，越过越难熬，什么时候是个尽头？

那天，你又什么也不想干，就坐在办公桌前发呆。你心神不宁，还晕乎乎犯困。忽然，眼角阴影一晃，一丝微风掠过你后脑勺的头发，你立马警觉了，又是小头来捣鬼了。真是越来越烦人！好一向你已没干私活了，而且，什么活也没干，他还来什么来？就你好欺负些！你回头一看，身后的影子一闪，又往你后脑勺后面躲，你转回头再一看，哪有什么小头，原来是三眼豹！它正笑眯眯地蹲在你的书桌上呢！

三眼豹和平时不一样，耳朵上挂了顶礼帽，一副滑稽相。可额头中间的那只眼睛，仍像过去那样精光一闪一闪的，然后微微合上了。

"你！你怎么跑这儿来了？"你一出口就责备谁似的。已好几年没见三眼豹了，常在心里念叨，乍一见它，自然挺惊喜，可马上意识到，三眼豹是跑到你上班的地方来了，要让其他人看到了，还不吓死过去？再说，人家要问起你和三眼豹的关系，那也不是一句话两句话讲得清楚的。

你踮着脚，探头往外面一看，一眼瞥见小头正向你这边走来，就连忙向三眼豹使眼色，用手往办公桌下戳，要三眼豹藏起来。

可三眼豹不但不躲藏，还在桌上站起来。它用一只爪子搔了搔腮帮子上的豹须，斜眼看着走过来的小头，看样子要捣乱。

你的心提了起来。

好在小头不是来找你的，他来找艾琳。你们室里就小头有间办公室，其他人用的都是齐下巴的挡板隔开的办公间。艾琳的办公间与你的办公间相邻，中间就隔着个小过道。小头径直走进了艾琳的办公间，看都没看你这边一眼，可他见艾琳没在那里，就向你转过身来。

你想，糟了，这下他要看到三眼豹了。

小头眼睛直直地看着你，问道："艾琳去哪儿啦？"

你结结巴巴哪能说出话来？

这时，三眼豹从你身边纵身一跃，一下跳到艾琳的挡板架上，它口一张，一张大嘴把小头的整个头罩在嘴里了。它的两颗大剑齿悬在小头的脑门顶上，下齿卡住了小头的下巴，那条长长的舌头从它两颗下齿之间挂下来，像一根鲜红的领带挂在小头胸前。你看到三眼豹嘴里哈出的团团热气，把小头的眉毛都打湿了。

你吓得惊叫一声。

小头不满地瞪了你一眼。他似乎没看到三眼豹，更没意识到他的头就在三眼豹的大嘴里，只要豹子的嘴一闭，上下剑齿一扣，他的小命就没了。

三眼豹见小头一副不在乎的样子，火起来了，它头一扬把小头从地上提起，再一摆头，将小头往一边甩去，吓得你又惊叫一声，三眼豹真吃人啊。

小头踮着脚尖，回过头来嘴巴张得大大的，狠狠地又瞪了你一眼。

你心里想，小头啊小头，你命就要没了，脾气还这么大！

不用多说，在政府部门这几年，小头一直是你在经济学研究中遇到的最大障碍，简直就成了你心中的一块病。这些年来，被小头骚扰惊吓，你心中不时掠过这样的念头，好歹得想个法子，收拾了小头这块心病，省得自己追求真理，还要一辈子做亏心贼。开始也就是一掠而过，可随着时间的推移，研究又不顺利，这念头就常在心头转来转去，尤其是近些天来，都成了一种内心冲动。说来也巧，就在你快耐不住性子的时候，天上掉下机会，三眼豹来了。可是，也不知怎么的，真见到三眼豹要吃小头，心里又不忍，不忍心看着小头一个大活人，被豹子的血盆大口一口口地吃掉。可话又说回来，乞力马扎罗的三眼豹真要吃谁，哪是你拦得住的？小头的脑袋就叼在三眼豹的大嘴里，一口下去，"咔嚓"一声响就是个稀巴烂，拦也来不及了哇。你心里祈望着三眼豹老爷闪念间发一发善心，放小头一条生路，同时满怀菩萨心肠向小头看去。

这一看，又发现不是那么回事。原来，不是三眼豹将小头从地上提起来的，是小头自己要打哈欠伸懒腰，就把手往上一举，脚也踮了起来。他被你的惊叫声打扰了，哈欠打到半腰没打出来噎了回去，这让他浑身不舒服，一恼火，张着嘴巴狠狠地又瞪了你一眼。可怜的小头，他还是没看到他的头就在豹子嘴里呢。

小头一不做二不休，又伸开手臂伸了个懒腰，张开嘴打了一个大大的哈欠。

小头伸完懒腰，打完哈欠，就向艾琳的办公间里面走去。三眼豹蹲在挡板架上，腿不动，嘴含着小头的头，身子跟着小

149

头转。挡板架的木条那么窄，三眼豹那么大一个家伙，也不知它怎么就能站得住。

你看到小头的腿一软，落在艾琳的椅子里，一眨眼之间打起呼噜来。

你亲眼看见小头在上班的时候打呼噜！

三眼豹轻轻一跃，又蹲在你的办公桌上了，它晃着大脑袋问你："怎么样？"

"什么怎么样！你把我吓死了。我还以为你要把小头吃了呢，他可没惹你！"

"哟，火气不小啊。我吃他干什么？我只是开个玩笑，要知道，也不是谁都能看到我的。"

"开玩笑？这里是美国的政府部门，我这是在上班呢！"刚刚三眼豹把你吓坏了，你有点恼火，一稳住神，就在它面前摆起政府官员的架子来。

"上班？我还以为你在做贼呢，嘻嘻嘻。"

你的脸刷地就烧红了。你装作生气的样子瞪了三眼豹一眼说："去你的！什么贼不贼的，说得多难听！你又不是不知道，我在追求真理。"

"那是那是，"三眼豹在你书桌上站起来，站成了立正姿势，它伸出爪子，一把抓下挂在耳朵上的礼帽，垂着两只前爪，装模作样地向你弯了弯腰，夸张地表示它是个懂礼貌的家伙。弄得你的脸更加烧红了。

三眼豹朗朗说道："有限的生命，乃无穷的追求之源，而真理吗……"

三眼豹微微一笑，故意买了个关子。

"真理是什么？"你急切地问。

三眼豹不答腔，它额头中间的那只眼睛，忽地睁开，爆射出亮绿的闪闪精光。它的背一弓，尾巴"刷"地竖起，那神态像是在你身后看到了一个好猎物。

你回头一看，不知什么时候，小头就站在你办公间的门口，这次，他显然看到了豹子，嘴巴大张着，喉咙像是给骨头卡住了，发出低沉的"咕隆咕隆"的怪声，脸上露出惊恐万分的表情。

三眼豹猛地向前一扑，眨眼间整个罩住了小头！

你吓得眼睛一闭，心想，完了，小头这次是真完了。

等你睁开眼睛，罩在小头身上的三眼豹不见了，似乎这么庞大的家伙眨眼间烟化在小头身上。小头倒没事，浑身抖了抖，打了个大尿噤，脸上的惊恐表情也消失了，成了一副刚刚睡醒的样子，眼睛半睁半闭，嘴角边还挂着打呼噜时流过的涎迹，可忽地精光一闪，他怪里怪气瞄了你一眼，吃了你一惊，他晃着脑袋走开了。

你傻了一样站在那里，心里奇怪三眼豹怎么说不见就不见了？更奇怪的是一回想起小头看你的那一眼，就心惊胆跳的，可他也不过是看了你一眼啊，又有什么好奇怪的？想来想去想不通。你站在那里呆了半天，心里一亮，小头的鼓眼睛精光闪闪，怪就怪在这里！你们室里的人，谁不知道小头长了一对搁浅在沙滩上的死鱼眼睛？这样干巴巴、死气沉沉的鼓眼泡是从来不放光的，顶多发红发绿，可他离开时看你的一眼却精光闪闪，就像你熟悉的三眼豹一样。

可见，乞力马扎罗的三眼豹钻到小头脑袋里去了！

这事有些蹊跷，恐怕不妙。

二十

那天，三眼豹到你上班的地方来，被小头撞见。你亲眼看见三眼豹向小头猛扑过去，却在眨眼间消失得不见一点痕迹。当你看到小头受惊吓后苏醒过来，忽地眼冒精光，瞄了你一眼，就疑心三眼豹是钻到小头脑子里去了。你和三眼豹是老交情了，它来，肯定是来找你的，这种三只眼睛的豹子来找你，也不会是什么心血来潮，可它一钻却钻到小头的脑子里去了，这是怎么回事？你感到十分奇怪，琢磨来琢磨去，也琢磨不出个所以然来，还不知怎么的，一颗心总放不下，老觉得要出什么大事。

一连好些天，你检点行为，把出格的事情一概停了不做，处处提防小头作怪，来找你的岔子。心下留意着小头那边的动静，路过他的办公室，也忍不住偷偷往门缝里瞟上几眼。可是，说来也怪，那几天小头照常上班，却没和你打过照面，更没到你这里来找过麻烦，后来，偶尔碰到他，见他除了没提防时两眼精光一闪吓你一跳外，倒也没什么异常之处，看不出三眼豹钻进了他脑子里，慢慢的你的心安定下来，把这事丢到脑后去了。

好些日子过去了。那天开车上班，在路上打开收音机，随意收听地方新闻。听到一个熟悉的名字，没留意溜了过去，断断续续地听到哪个政府官员，在超级市场偷了两个甜圈儿，在法庭上认了罪，还是没怎么往心里去。摇摇头，世上的人也是无奇不有，拿着上十万美元的年薪，竟去偷不值一美元钱的东西，还让人抓了，丢人不丢人。我今天起床晚了，又没按时上班，可别撞见小头了。

我到办公间不久，就和室里人一起，给秘书叫到小头办公室里去了。

我是最后一个进门的，把门关了，靠墙站着。除了少数几个有椅子坐，其余的人都站在那里。

小头就坐在办公桌前，他两眼发直看着大伙，又像看着别处。我一看到小头就感觉到他出事了，他简直变了个人。头发本来不多，平时都上了油，向后梳得溜光，把光脑门遮了不少，下巴也总是剃得青光发亮，上唇留着浓密的修剪得整整齐齐的胡子，像个斯大林。此时，脑门上头发稀稀拉拉没剩下几根，露出光秃秃的脑门，满脸胡子更是乱蓬蓬的，和冬天坐在地铁门口的流浪汉没什么两样。我不由得疑心三眼豹在捣鬼，就仔细去观察他的眼睛，看它闪亮不闪亮。可他的眼睛本来就鼓，脸上一掉肉，眼珠子就更是鼓突在眼眶之外，亮晃晃的白炽灯光往上一打，不亮也亮了，所以，还是没看出个名堂来。

小头不说话，大伙也不吱声，你看我，我看你。

"你们以为我不知道，哼，"小头嘴一歪，像是在冷笑，"你们近来都在私下里议论我，说我在超级市场偷了两个甜圈儿。"

大伙还是你看我，我看你，板脸的有，使眼色的有，嘴上挂笑的有，却没人搭腔。我猛然想起早上从收音机里听到的新闻，简直不敢相信自己的耳朵，偷甜圈儿的政府官员竟是眼前的小头。

"哎，小头，我可没议论你，"我打破大伙的沉默说，"今天早上我开车上班，路上才从收音机里听说，哪个政府官员在超级市场偷了两个甜圈儿，还说昨天法院开庭时他认了罪，我明明听到收音机里报了个熟悉的名字，脑子都没转，没把那偷甜圈儿的和你联系起来。"

"嘻嘻嘻，哈哈哈。"办公室里突然爆发出一阵笑声，但笑声很快停息下来，因为小头呜呜地哭了起来。

小头哭了一会儿，他拉开抽屉，用手在抽屉里摸，像是在找纸巾，艾琳从桌上纸巾盒里抽出一张纸巾来递给他，他手一挡不要，用手在脸上抹了一把说："连他都知道了，这个世界上还有谁不知道。"

他说起来更伤心，又呜呜地哭了两声。

"小头啊，你也不要伤心。"有人说，"我们都知道那两个甜圈儿不是你偷的。你肯定是把两个甜圈儿放在购物篮里，心里想着其他事情一下子就忘了，出店时随手就带了出去。"

"肯定是这样，肯定是这样。"大伙都打和声，还说这种事我们身上都发生过，都是一不小心，一下子忘了，偷了就偷了。

"不就是两个甜圈儿吗。"有人说。

"不！我和你们不一样。"小头忽然用一种硬邦邦的语气说："我是偷的！"

大伙吃惊地看着他。

"你是有病，要去看心理医生，看了医生就会好的。"有人打破沉默说，"我不记得在哪本书上读过，有些人就是有偷东西的毛病。书上说，对这种人来说，在偷东西的时候他意识不到是偷。看到了自己喜欢的东西，他眼睛里就光剩下那东西了，其他什么都看不到。他会什么后果都不顾，也根本想不到

154

后果，不把那东西偷到手，是决不罢手的。书上还说这些人都是天生的，一生下来就这样，从小就小偷小摸，偷惯了手，长大了也这样，见什么偷什么，有钱没钱都这样，好莱坞的明星还没钱？还不是一样地偷？还有个大哲学家叫卢梭的……"

"我还是不一样，"小头不耐烦地打断那人的话，"我从小到大从没偷过东西，连一分钱的东西都没偷过。"

"啊！"

"那天下班后，"小头咽了口口水说，"我去超级市场买点吃的东西，早上老婆嘱咐我说家里冰箱里没吃的了。我提着个篮子，去了卖面包的地方。我是想去买点面包的。这时，看到卖面食的通廊中间摆着个货箱，货箱上挂了个牌子，上面写着'减价'两个字。我拿了一盒甜圈儿在手里，打开看了看，里面有两个甜圈儿。"

小头不做声了，他瞪眼看着我们，眼神却一片茫然。我们都不出声，也瞪着眼看他，谁都想听他接着往下说，生怕打搅了他。打搅了他，他也许就不往下说了。

小头咳了两声说："那两甜圈儿看起来和平时看到的甜圈儿也没什么两样，烤得焦黄的面圈儿上撒了些细碎的白糖，灯光打在上面，挺挑人食欲的。平时我看到甜圈儿就吞口水，想吃，可那天也不知为什么，看到那甜圈儿却像是看着一对空空的大眼睛，心里一点想吃的欲望都没有。我刚要把那盒甜圈儿放下，那甜圈儿忽然眨了下眼睛，微光一闪，我心里涌出一股强烈的冲动，今天我不买甜圈儿，但我要把那甜圈儿偷回家。"

说到这里，小头又不做声了，大伙气都不敢出，眼光死死盯住他。

"我的心怦怦跳起来，像是一头小鹿在胸膛里逃命。"小头停了一下说，"偷东西不对就不用说了。我从小就没偷过东西，也不是没动过念头，但那念头从没折磨过我，说放下就放下了。那天却不一样。偷甜圈儿的念头一起，我就觉得脚板心里冒热气，手板心里发痒，胸膛里那头乱蹦乱跳的小鹿也给一对豹子爪子摁在地上不动弹了，甜圈儿盒子里的那对眼睛还不停地对我眨眼皮使眼色，心里还响起了一个声音，'一次，就一次，天塌下来也让我偷这一次吧。'我了解我自己，心里一有这样的感觉就知道完了，今天不把那盒甜圈儿偷回家，我就不是人。"

"我两边看了看，身边一个人也没有，我把那盒甜圈儿放到购物篮里，顺手摸了一张店里的广告纸盖在上面，我提着购物篮就向店外走去。走到店门口，我向守在门口的店员笑了一笑，她也对我笑了笑，看得出来她一点都没意识到我篮子里的广告纸下藏着一盒甜圈儿。我走出店门，走了几步，还回头看了看，看有没有人跟出来，没有，没有，一个鬼影儿都没有。

"我心里一阵狂喜。胸膛里就像一头逃命出来的小鹿在河边喝水，在树林里、在草原上撒欢。我头上哗地一下汗就出来了，浑身发热，汗水直流，舒畅极了。我看着停车场，像是看到一个辽阔的大草原，脚背高的草，一眼看不到边。阳光照在草原上，照在我身上，照在天空上。我一下子觉得世界原来有这么大，一下子又觉得这辈子真是没白活呢！我站在那里，好久好久才回过神来，才向自己的车子走去。

"我从口袋里掏出车钥匙，打开车门，正想把那盒甜圈儿扔到车里，一只手落到我肩膀上，我听到一个声音说：'对不起，请跟我们走。'"

小头说到这里，盯你一眼，眼中精光一闪，古怪地一笑。你心里一惊，你在小头眼中的精光和他那顽皮的笑容里看到了三眼豹的影子！你明白了，是三眼豹在捣鬼，三眼豹确实是钻到小头脑子里去了。可这家伙脑子里进了三眼豹，怎么竟偷起东西来了？难怪那天你怀疑三眼豹钻到小头脑子里后心里会发慌，怕的不就是这个！他本该跟你结伴搭伙，一起去追求真理，去上乞力马扎罗呀。搞错了，完全搞错了，唉！小头啊小头。

小头嘴一歪，又嚎起来。

"唉，还是政府部门的工作太无聊，"艾琳说，"一天到晚闲得发慌，就想寻点刺激，做点出格的事情。小头啊，可别想不开，不只是你一个人这样，像我吧，晚上睡觉，老公就躺在身边，心里却想着福克斯。老想着要是他来了纽约市，我就什么都不顾了，半晚爬也要爬起来，爬到他的床上去。"

要在平时，听艾琳这一说，室里气氛马上就会轻松起来，大伙会开心地和艾琳开玩笑。室里人都知道，洛杉矶湖人队的球星福克斯是艾琳心中的偶像，她常半开玩笑半认真地说要和老公离婚，嫁给福克斯。可这时，大伙见小头哭得伤心，心里可怜他，谁都没兴致听艾琳的爱情幻想故事，玩笑开不起来，又不知道怎么安慰小头，就都站在那里看着小头哭。

小头干嚎了一会儿，伸手在打开的抽屉里一摸，摸出一个纸盒来。

"甜圈儿！"不知谁喊了一声。

小头从纸盒里拿出一个甜圈儿，就往嘴里塞，他和着嘴边的眼泪鼻涕，三口两口就把那甜圈儿吃了。

看得大伙干瞪眼。

"这盒甜圈儿是我今天早上去超级市场偷来的。"小头对我们眨眼一笑，十分自豪地晃了晃脑袋。

"啊！"不知谁吃惊得啊了一声。

"那天我让他们逮住了，只好自认倒霉。说实在话，我倒不怎么把偷甜圈儿被人抓了，一辈子的名声也都毁了当回事儿。可那天我回到家里，心里就被一个念头抓住了，甩也甩不掉。你们说是什么念头？"

"我们不知道，你还没告诉我们。"

"就是想再偷东西。"

"啊！"

"真的呀！"

"我饭也吃不好，觉也睡不好，白天也想，晚上也想，就想偷东西。我一想到那天偷了甜圈儿后站在停车场外面的感觉就浑身发抖，直抖到心里去，头顶上也直冒汗，就像要发狂一样。"

"啧啧啧，病得这么厉害，真是要看医生。"

"不是吗？我也常这样，一遇到什么事，越是不顺心的，越是惹人情绪低落的，心里就越丢不开，老去想它，想得人要发疯，不看心理医生就不行。"

"就是。"

"我拼命忍都忍不住，这不，今天早上去超级市场又偷了一盒甜圈儿出来了，谁也没发现我。嘿嘿。"

小头又是古怪地一笑。

"三眼豹！"你惊叫一声，你看到三眼豹从小头的天灵盖上浮出来，对你做了个怪相，前一脚后一爪的，跌跌撞撞踩踏着室里人的脑袋和肩膀，在办公室的上空乱窜一气，而后，一溜烟飘走了。

"三眼豹！三眼豹！谁喊三眼豹？"小头吃了一惊，扭着脖子四下里看，眼睛里显出害怕的神情。

大伙傻子一样看着小头，谁也没察觉到三眼豹在他们头上踩了好几圈呢。

158

"碰了鬼！"小头苦笑一声说，"做梦，又是做梦。好些日子了我老做怪梦，老梦见……"小头边说边伸手在打开的抽屉里一摸，摸出一把手枪来。

大伙见了，不禁大吃一惊，倒抽着冷气，不约而同往后退，也有人吓木了，动弹不得。

小头不说话，掂了几掂手中的手枪，用血红的目光向大伙脸上扫，像要杀谁似的，吓得人们缩着脖子直打哆嗦。

谁都不作声了，怕惹恼了小头，更不敢有大动作，怕引起小头的注意，引火上了身，倒霉的是自己。可不知哪个冒失鬼已退到门边，转身就去开门，可人一紧张，门就专门与人作对，只听门锁扭得一片响却不见门开，像是给人反锁了。那人是个女的，急了，"哇"地哭叫一声，门才开了，把那女的和她的哭叫声一个跟头同时跌了出去。大伙惊天动地发声喊，都跟着往门口涌，艾琳平时和小头最要好，该是不怕的，可她早吓傻了，笨手笨脚连椅子带人"啪"地摔在地上。

你靠墙站着没动，也许是看见了三眼豹的缘故，心里多些明白，就没怎么觉得害怕，不过也没多少主意，如瞅准机会猛扑过去抢枪什么的。

小头望着你歪嘴一笑，张开口，把枪管伸进了嘴里，你来不及反应，就听"砰"地一声枪响……

二十一

小头死了。

事后好些天，你都处于一种受了惊吓的精神状态中，睁眼闭眼，都是小头死时的恐怖场景。记得枪声一响，你就像豹子一样向小头猛扑过去，想救他一命。可是，枪声一响，一切就都晚了。当你把小头的头抱在怀里时，他已断了气。你不甘心，用手堵住他后脑勺的大窟窿，嘴里大喊"来人呀！来人呀！"大喊大叫有什么用？人都跑得没影了，剩下一个艾琳还在拼命往门外爬，她是个大胖子，行动不如别人方便，又摔了一跤，把裤腰带摔断了，长裤子落下来缠挂在一只脚上，脚上的鞋子也没了。她嘤嘤哭着，拖着那条裤子在地上爬，仿佛拖着一条折断拉长了的腿，她已爬到办公室的门口，衬里的花内裤也脱落了一半，露出两半扇硕大肥白的屁股，堵在那里。热乎乎的血和脑浆从你指缝里往下漏……多少天后，你左手的掌心里还是黏糊糊的，仿佛一直堵在小头后脑勺的大窟窿上，血和脑浆还在从指缝里往下漏，用肥皂洗手，洗了一遍又一遍，用热水冲，用凉水漂，都没用。天空中更是散不了的血腥味，闻着恶心，要吐。

小头死了。

看起来他是自杀，其实不是，他是让三眼豹弄死的，是因你而死。这下祸惹大了。要是让人知道了，怎么得了？当然，只要你不说，别人都不会知道，而且，就是你亲口说出去，别人相不相信还是个问题。但就是你不说，把秘密一辈子藏在心里，带到坟墓里去，你的灵魂也不得安宁，你瞒得住别人，瞒不了自己。三眼豹弄死小头，是想给你创造一个良好的研究环境，让你能够静下心来做经济学研究，实现追求真理的人生理想。豹子的心和你相通，你怎么想它全知道，你这边心一动，它那边就感应了。几年来，你上班时小头老像个贼一样监视你、干扰你，使你不能有效地利用工作时间追求真理，你烦他，恼火他，难免想过拿他出口胸中的恶气。可是，就为这个真的弄死小头，那就太过分了。小头这人是讨人嫌，但往深处想，往远处看，就能明白，真正不让你上班时追求真理的还不是小头这个人，而是小头代表的制度！只要制度在，弄死了这个小头，还会来另一个，难道都要去一个个弄死？

三眼豹就想不到这些，它，说到底还是一头凶猛的野兽，不出爪则已，出爪，就直取人的性命，太可怕了。以前怎么也没料到这一点。你看它奉行的信念是：追求真理就要不惜代价，连命都可以不要，乞力马扎罗高峰上就有一具风干冻僵了的豹子尸体。它们是一路的，都是三只眼。豹子到这样高寒的地方来寻找什么？没有人做过解释。可对你来说，拿自己这辈子的生命去追求真理，吃尽苦头，受尽磨难，就是把命丢在乞力马扎罗高峰上了，也没什么好抱怨的，反正路是自己选择的，可是，还要搭上别人无辜的生命，你就不干了。你最担心的是，蓝蓝是你的妻子，却因为你一根筋追求真理不愿融入美国的主流社会而看不起你，难道也要弄死蓝蓝？

话说回来，谁也不能把小头之死硬栽在你身上。三眼豹就没对你明说，它确确实实是因为你的缘故弄死了小头。说不定三眼豹是在冥冥之中相中了小头，它干什么和你无关，而你，不过是有一点天眼通，能够看到别人看不到的一些事情。三眼豹恶作剧的怪脸，它脑门中间精光闪闪的眼睛，此时就浮现在你眼前。令你想不通的是，如果三眼豹相中了小头，小头就该像你一样，抛弃一切世俗名利，追求真理，攀登乞力马扎罗高峰，怎么竟当起三只手小偷来了？小头啊，你错得太没边了吧。难道追求真理的精神探险与为偷而偷的情绪冲动，竟有某种相通之处？

你感到困惑不解。脑子一时清醒，一时糊涂。清醒时似乎一切问题都有圆满的解释，人有六根，能够感知世界，却也受到六根的制约，人却偏要追求真理，企图超越六根的界限，直达大千世界万事万物的本体；在艺术上，人总是喜新厌旧，追求新的生命体验；在体育运动中，人一次又一次，挑战人类体能的极限；人都免不了一死，人就造个什么宗教出来，又是信菩萨，又是信上帝，这个轮回转世，那个下地狱进天堂；人受到社会道德和法律的制约，却偏偏有人要当江湖大盗，要和尚打伞，无法无天；难道人的根本天性是，世上什么事越是干不得，越是干不了，人就偏要去干，而生命的荒诞和奇迹，就诞生在人的生命的挑战之中？

那么，三眼豹又是什么呢？

难道它不过是人头脑中的精神幻影？是人性中与生俱来的超越性本能？是人的天性中渴欲挣脱一切束缚的神奇的意志力量？难道它，这人类原始的本能，这人之内心骚动不安的力量，既无所谓善，也无所谓恶，既无所谓是，也无所谓非？难道它既许诺人以幸福的天堂，又诱陷人以痛苦的深渊？难道它既是人间奇迹的渊源，又是人类灾难的温床？它既创造一切，又毁灭一切？难道在大泽乡揭竿而起的陈胜吴广的第一声呐喊声中，在悬挂在十字架上的耶稣，抬头询问天父的最后一声叹息里，在面对熊熊火焰，布鲁诺脸上的一抹微笑里，在文化大革命十年浩劫的中华文明的灰烬中，都有着同一头三眼豹的啸声和踪影？这么追问来追问去的，你脑子渐渐地就不清楚了，陷在糊涂里，那小头死时的场景，那多长了一只眼睛的豹子，那些乱七八糟的问题，在脑子里绞成一团，归根到底，你给我好好听着，我问你，你一头死豹子，好好的豹子不做，硬要跑到乞力马扎罗高峰上去，到底要干什么？

　　好些天过去了，你沉浸在幻觉和胡思乱想里，不能自拔。对环境失去了知觉，像往常那样上班下班，却一天到晚，不知人在哪里，别人说话也听不见，你说话更没人听得懂。室里的人都说你受了惊吓，吓傻了。好在大伙谁都受了惊吓，那些天人人都有点痴呆相，也就没人特别在意你，以为过些日子就正常了。只有你自己心里清楚，你不是受了惊吓，而是被幻觉和臆想缠住了。你并不愿去思考那些问题，倒想把一切丢开，放下，小头死了又怎么啦，干你鸟事？你走自己的路就是。可是，脑子却停不下来，就像风中的走马灯，兀自转个不停，一次次重复那些幻觉和臆想。这几年在政府部门工作，你有过几次类似的体验，脑子被和蓝蓝闹别扭之类的生活小事缠住了，引起情绪低落，就觉得这人哪，活得实在没劲，一点鸡毛蒜皮的小事，心里都拿不起，放不下，还活什么活？不如死了算了。只是人有自尊心，好点面子，胸怀三眼豹攀登乞力马扎罗的雄心壮志后，就会更是这样。要是死得不明不白，引起好奇的人们在背后瞎猜想，就太没面子了，下不了这个狠心。这种情绪往往拖不过几天就过去了，人平静下来，会觉得活着也没什么不好呀。可这次，缠住你的是活生生的死亡，是乞力马扎罗的三眼豹和生命意义的重大问题，死了也算对得起自己。你吃不下饭，睡不着觉，厕所里也是一蹲半天出不来，脑子塞满

163

了还停不住，人的精神极度疲倦，处于崩溃的边缘，你就想，还是小头痛快，一枪把自己崩了，一了百了啊。

眼前红光一闪，我大叫一声，从沙发上跳起来。

我吓着从外面进屋，站在门口扯灯的蓝蓝了。她"啊！"了一声，双手抱胸，吃惊地看着我。

"你真是！坐在那里灯也不开，吓我一大跳！奥斯迪！奥斯迪！"蓝蓝弯下腰去，往沙发下看，"亲爱的宝贝，我的宝贝，我回来啦！"蓝蓝口里不停地唤着"奥斯迪"向楼上走去。

奥斯迪？奥斯迪？"糟啦！"我大叫一声。

蓝蓝一把抓住楼梯的栏杆，没好气地回过身来："怎么啦？一呼一咋地，神经病啊，又吓我一跳。"

"奥斯迪！奥斯迪它回来吗？"

"它回来吗我怎么知道？你带奥斯迪出去了？"

"是啊是啊，可我不记得它是不是跟我回来了。"

"叫我怎么说你！"蓝蓝从楼梯上冲下来，"你带奥斯迪去哪里啦？"

"就平时散步去的小路，后来……"

我记起来了。下班后，我开车回到家里。奥斯迪"汪汪"地叫着，摇着尾巴，在门口迎接我。我弯腰将它抱起。它的舌头在我脸上舔，那舌头又湿又凉。这小家伙平时就好舔蓝蓝的脸，舔惯了，见人就想舔。要在平时，我早把它扔了。可一路上脑子里又在转着三眼豹和小头的死，怎么也停不下来，脑子木了，空了，我双手用劲，无意识地死死掐住了奥斯迪的脖子。

奥斯迪的眼珠子暴突，舌头从喉咙里伸出来，它拼命挣扎，从我怀里逃脱，跳到地上翻了个跟头，"汪汪"嚎叫着，一溜烟跑出了门。它怕是给吓坏了。

我跟了出去，沿着路走啊走，一路走下去，奥斯迪身前身后地跑。我走到哪儿去了？外面下着小雨，飘着冷风，车从我的身边一辆辆开过。我记不清去了哪儿。我回到家，一屁股跌在沙发上，迷迷糊糊地睡着了，直到在恶梦中惊醒。

"你啊！"蓝蓝狠狠踩了我一脚，一把推开我冲了出去。我追到门口，身子往门框上一靠就不追了。我的脚给踩痛了，头也痛得像是要炸开。

蓝蓝回家时已很晚，我做的饭菜摆在饭桌上，都凉了。我也没吃饭，一直坐在饭桌前等她回来。

蓝蓝回家后不理我，给警察局打了个电话就上楼了。我等了好一会儿没见她下来，就也上了楼。走到她卧室前，见她卧室关着，有灯光从门缝里漏出来。我敲敲门，卧室里一点动静都没有，我在门前站了一会儿，推门走了进去。

蓝蓝拥着被子坐在床上。壁灯暗暗的亮着，她睁着眼睛坐在那里，神情忧伤，显得有点憔悴。

走到她跟前，发现她流了泪，她是牵挂奥斯迪。看她那么忧伤，我内心感到内疚。每天她回家，不管多晚，奥斯迪都伏在门边等着她，她一进屋，它就蹿上去，围着她又是叫又是舔的，蹦蹦跳跳兴奋得不得了。她吃饭，它就蹲坐在她身边的椅子上，安静地看着她吃，她上床睡觉，它也蹦到床上去，偎着她睡。这奥斯迪真是通人性，给它喂食，牵它出去玩，带它看病的都是我，可它心里就是清楚我不像蓝蓝那样宠它，它有点怕我，对我也远远没有对蓝蓝那样亲。

我伸手去摸蓝蓝的脸，手还没挨着她，就听她冷冷地说："别碰我。"

我只好把手缩回来。我想离开她的卧室，犹豫了好一阵，还是一屁股在她身边坐下来。

窗外的风呜呜地吹着，我们都不做声，各人想着各人的心思。

"奥斯迪说不定让野猫吃了。"她自言自语道。

"哪能呢，我想是跑到谁家去了。"

"跑到别人家去了也回不来了，它那么乖，那么通人性，逗人爱。"她的声音哽咽了。

"小头死了。"我说。

"人都死了好几个月，你还提他干什么?"蓝蓝双手蒙脸，身子向后一倾，半躺半靠在床挡板上。

"我也要走了，"我停了一下，说，"前段时间我去了一趟纽约市外的大觉寺，烧了香，拜了菩萨，还拿了些佛教书籍回来。我读了不少，像《四念处》、《六祖坛经》什么的，都蛮有意思。我还学着打坐，上班一坐一整天，晚上也是坐到半夜。看看能不能够把心静下来，不去想那些乱七八糟的事。"

我看着她。她闭上了眼睛，像是没听我说话，睡着了。

"我觉得还是有一点效果，只是时好时坏。今天，一路上脑子里又在转那些事。唉，奥斯迪，实在是对不起。我觉得奥斯迪会自己找回家的。"

"它回不来了。"她冷冷地说，原来，她还醒着，在听我说。

"会回来的。我要走了，"我又说，"你知道，前段时间我申请了一些大学工作，想换个环境。没想到在经济学年会上有几个面试，今天还收到了奥尔本尼大学的聘请书。"

昏暗的灯光里，她的身子仿佛动了一下。我伸手扶住她肩膀，一用劲，把她搂在怀里，用手在她头发上、背上轻柔地抚摸着。

"我说了别碰我。"她轻声说。

要在平时我也就把她松开了。她不喜欢我碰她大概有近两年了吧。开始还只是我碰了她她就眼发黑头发晕，要不就害偏头痛，一连几天打不起精神来。看医生也没看出个名堂，只是要她多休息。但她哪肯休息？她是有野心的，要进入美国的主流社会，还要进入上流社会。我越来越不明白什么是美国的主流社会，也不知道美国有没有上流社会，我对进入那些什么社会一点兴趣都没有，也不以为然。她不管那么多，奔着野心去。她工作忙，也玩命干，人又聪明，会来事，去公司没几年就当了一个部门的主任，工资跳了好几级，管大几十人，责任不小，每天都要工作十一、二个小时才回家。我在政府部门工作，一天到晚闲着，家务事全让我包了。家里一栋大别墅，洗洗抹抹，都是我干，后园里还种了花，种了菜，账单也都由我管，平时还好琢磨菜谱，厨艺在朋友圈子里算是有点小名气呢，可心里还是闲得无聊，晚上就特别喜欢碰她。她精力应付不过来，就不高兴，两人常为这事闹别扭。后来，弄得我一要碰她，心里就打鼓，怕她讨厌；她躺在那里一动不动，我就觉得我是在做见不得人的事，要是她心里有火抢白我一句："你一天到晚想的就是这个！"我就更觉得自己没出息了。慢慢地我也不大想碰她，两人之间也越来越少碰，话也越说越没词儿。后来，她带了奥斯迪回家，晚上睡觉这小家伙老是跳到我们床上，睡在两人之间，我就更不方便碰她，一碰她她就说："你没看到奥斯迪在边上看着，多不好意思。""那有什么关系，奥斯迪不过是条狗啊。""狗通人性的。你好意思，我是不好意思。"我还有什么话好说？一天，我一赌气就搬到客房里去住了，反正我们家空房间多。从那以后，偶尔我也会去她卧室，但再也没碰过她，两人她睡她的，我睡我的。可是今晚不一样，小头死了，奥斯迪跑了，我也要走了，我心里好多话想对蓝蓝说，还特别想碰碰她。我把蓝蓝搂得紧紧的。

　　她在我怀里咕噜了句什么，我没听清楚，就稍微把她放松了点问："你说什么？"

"是个男子汉，你就放开我！"她的话冷，灯光的阴影中目光更冷，直冷到我心里去了。

　　我放手松开她，她趁势靠到床挡板上，又闭上了眼睛。

　　我站在床前，听到窗外的风呜呜地吹着，心里有些凄凉。蓝蓝躺在床上，仿佛房间里没我这个人。我给她掩了掩被子，回到自己的房间。

　　我在心里说，我该走了，早就该走了。

二十二

"就这么走了？"我问她。

"就这么走了。"她说。

"你为什么要走？"

"还不走？都到那地步了。不过，说起来当时我也闹不清楚为什么要走，就是觉得必须走，一定要走，我还害怕心一软我会留下来。我咬了咬牙，提着箱子出了门。出了门，我就不想回去了，不想再回到他的身边。我后来倒是问过自己好多遍，我到底为什么要离开詹姆士。我想我是太爱他了，而且我也知道了他爱的是我。所以我必须离开。如果我留下来，我会成为他的情人的，我再也不会拒绝他，我会什么都不顾，我要他。我就会又当他的仆人又当他的情人，在情感上越陷越深，再也拔不出来。我不想这样。我爱他，我要，就要他的一切，他的人，他的心，还有他的家，他的梦，他的事业，我要他娶我。可是，他不能把他的一切都给予我，他要我，就是要我当他的仆人和情人的。他还有他的梦，他的事业，有他对伊丽莎白的责任。他不能离开伊丽莎白，也不能娶我，他不能为了我抛弃他的梦，他的梦都浸入他骨子里去了，他想当美国总统呢。我受不了这些，我就只有走，离开他。我还担心，如果我留下来，也许他也会在情感上越陷越深，谁知道呢？他会毁掉自己的，我不想看着他毁掉，也许就这些吧。"

"离开詹姆士后你去了哪儿？"

她的脸上浮起微笑，渐渐有些红了，目光也缥缈起来，她说："人啊，都是缘分。"

那天，林杉从詹姆士家出来，身上挎着个小包，手里拖着个大箱子，在路上走着。

天气很好，太阳温和地照着大地，天空蓝蓝的，飘着几朵白云，看起来很遥远，很辽阔。湾溪风光区（詹姆士的别墅所在地）一栋栋别墅间的草坪，附近山上的树林都绿了，空气很新鲜，带着郊外特有的青草和鲜花的香味。

刚出门时，她心里一片茫然，没有着落，不知该往哪里去，也不知今后该怎么办，心里好感伤。走在路上，一路风景如画，风轻轻地吹，吹得人一身清爽，心情渐渐轻松起来，有种摆脱了内心情感纠缠，心灵自由了的感觉。她想，随便走吧，走到哪里是哪里，我自由了呢。

一辆车开过来，跟在她身边慢慢开。她停下来，那车也停下来。

一个中国小伙子从窗户里探出头来："中国人？"

"是啊。"

小伙子打开车门，从车上跳下来。

"上车吧，我带你去。"他说。

上车？你带我去。她好奇地看着他。

170

他是那种长相独特的人，但除了一头浓密的长发，披在脑后，也说不出哪儿独特，也许是那看人的眼光和气质吧。他正在打量她，眼睛眯了眯，脸上有一种捉弄人的表情，仿佛她脸上哪儿有点不对劲。

她有点难为情，用手摸了摸鼻子。

他也不说话，从她手里拿过大箱子，打开车子的后门，提起箱子往车上就是一扔。

还没见过这样莽撞没道理的人呢，也不问一问情况，就要带人走。也是一时性起，她想，好吧，我反正没地方去，你要带我走，我就跟你走，看你能把我带到哪里去。

他猛地一踩油门，车飙了出去。

"中国人。新来的留学生。不会有错。"他伸出一只手指，仿佛在和人打赌，"要去哪里？这一带我挺熟，送外卖常来。"

她微笑着告诉他，她也不知该去哪里，她刚从一个美国人家里搬出来，还没个去处呢。

他歪过头来看她，眼睛又眯了眯，问道："听口音像是北京人。"

她点点头。

"我也是北京的，住东十三条。"他说。其实他一开口她就听出他是北京人，还是那种土生土长，生活在老胡同里的老北京人，说话的口音很重，和那些父母来自外地，在机关大院里长大的北京人的口音很有点不一样。

"你家住哪儿？"

"北师大。"

"学艺术的？"他又问，不等她回答，忽然哈哈大笑起来，"学艺术的，肯定是。我一眼就看出来了。音乐？舞蹈？可别对我说你是学美术的。"

"你怎么知道？"她惊奇了。

"这还不容易？我不用问。我用气往你脸上一罩，心里就清楚了，通了。不过，你的气也太明显，和其他人不一样。"

这人说得都神了，她以为遇上了仙人，至少是气功大师，可看他年纪又不像。

171

他告诉她他叫萧雄，是个学生，在奥尔本尼大学读博士，学社会学。他在学校拿半奖，生活费得靠自己挣，有空时就在餐馆送外卖。那天，他正在送外卖，他要她先跟他去龙园餐馆，他跟老板请个假儿，再联系几个中国女留学生，把她先安置下来。她正没个去处，那样也好。

一路上，他这人自来熟，开口就嘻嘻哈哈，没见过那样能说的。

他说，送外卖到了湾溪风光区，他喜欢开着车，到处遛一遛，感觉感觉富人区的环境和趣味。还说将来他有了钱，要买就在海边买一栋别墅，价格当然是百万以上，恐怕要上千万。面向海洋，整个一面墙全部是透明的玻璃，水晶玻璃，清早起来，太阳从海面升起，阳光透过窗外，直照进屋里，金灿灿的一片，照得房子透体通明。推开玻璃门，迎面就是凉爽的海风，就是哗啦啦的浪潮声。门下是雪白的沙滩，直达海边，湛蓝色的海，就见海风卷着海浪，一阵阵涌向岸边，哗，哗哗，哗，那才真叫痛快。

他一边开车一边说，说得眉飞色舞，绘声绘色，像是真的一样。他还摇晃着大脑袋问她，"这风景怎样？这风景怎样？"把她逗得直乐。

她说她倒更喜欢南方。她想起她的美国梦。来美国前，她的梦想是在美国的南方有一座自己的庄园，夕阳下山的时候，天空的火烧云，一朵朵一片片，烧红了半边天。脚下是广阔的田野，金色的麦浪随风起伏，一眼看不到边。远处有隐隐约约的青山。田野上，她的别墅孤零零的，方圆百里看不见人烟。门前有一棵巨大的古榕树，就她一人，站在榕树下，看着血红的夕阳向天边沉落。

说起她的南方梦，她想起那时梦的是和詹姆士在一起，此时意识到她已是孤身一人，心里又涌起说不出的忧伤，眼泪都要出来了。

"好梦，好梦，"他没察觉她内心的感伤，连连赞叹道，"郝思佳的梦，郝思佳的梦。"

他们像多年的老朋友一样说着笑着到了龙园。

林杉跟在萧雄身后走进龙园。龙园的王老板一见萧雄就吼起来，吼他客饭是怎么送的，一个饭菜单就去了那么久，刚刚一连来了好几个单子没人送，跑了顾客他的生意今后还怎么做？萧雄却不在意王老板吼，他告诉王老板下午他要请假，他碰到北京老乡了，还没地方住，他要帮老乡去找房子。

"咦！来找工作的？"王老板一眼看到林杉，伸手把萧雄往边上一扒拉，目光一横，上下打量起她来，那话问得凶巴巴的。

"我？"她听得一愣。

"哦，她就是我老乡。"边上萧雄说。

王老板围着她转起圈来，"想不想打工？我正想找一个女招待，你要来就来，不来就算了。"

王老板看人的神态，说话的口气，都挺让人不舒服的，但林杉马上意识到，她的机会来了。从詹姆士家出来，她就想着要找工打，得自己挣学费，把詹姆士的钱还给他，愁的是一点门路都没有。她连忙赔着笑脸说，她正在找工打，如果这里需要人，那就太好了。说着她看了萧雄两眼。他点了支烟在一边抽，一副飘飘然的样子，没留意王老板在和林杉说什么。

"明天上班，十点半。"王老板很有气派地手一挥，把林杉到了嘴边的感谢话堵了回去，还狠狠地瞪了萧雄一眼。"这位小姐，你叫什么？哦，林小姐。"他喊了声"萧雄"说："林小姐的事就不用你操心了，她的住宿我来安排。"萧雄说："我老乡的事我还能不管？哎，林杉，你说呢？"可没等林杉开口，王老板就蛮横地说："我说了我安排就我安排！"王老板问林杉的行李在哪里，林杉说在萧雄的车上。王老板喝令萧雄把林杉的行李拿到餐馆里来，萧雄不理他，拿眼瞅她，她有点为难地说："王老板说让我来这里打工。"萧雄听了，就没再说什么，转身去拿行李。

萧雄刚一出门，王老板就望着他的背影骂道："三百斤的野猪，大吧一张嘴！我最看不起这种人了。"

王老板对林杉说，要她搬到他家去住，还说不要她的房租钱，平时有空给他两个孩子教点东西，再就是每个星期的星期天他去唐人街进货时，帮他照看一下他的孩子。她马上满口答应了。

王老板说她会有自己的房间和洗澡间，接着又说："你洗澡时我不会去偷看的。"说着嘻嘻笑起来，似乎很得意开了这么一个玩笑。那玩笑开得太粗俗，林杉刚以为遇到了好人，可王老板一句话，就把她心里对他的好感，一下子冲走了。她犹豫起来，对来龙园打工，到王老板家住宿，心里没底了。可是，话又说回来，她能有什么选择？

萧雄把林杉的行李搬进了餐馆。王老板对萧雄说："你走吧，明天也不用来了。"

"怎么啦？"

"你被开除了。"王老板说，还很不客气地补充了一句："你这种人我可养不起。"

林杉愣住了。

王老板板着脸走开了。萧雄双手往腰间一叉，眼盯着王老板的背影，脸上的表情仿佛在说，这家伙怎么啦，神精病啊。他忽然一笑，对林杉使了个眼色，转身向厨房里走去。

不一会儿，萧雄从厨房里出来了。他走到王老板的身边，在他耳边说了一句什么。王老板嚷起来，对萧雄挥了挥拳头，转身又向厨房里跑去。

萧雄笑呵呵地向林杉走来。走到面前，塞给她一张纸条说："我的电话号码，有空的话，需要帮忙什么的，给我来个电话。"

林杉心里过意不去，抱歉地说："实在是对不起，没想到事情会弄成这样，你帮我的忙，结果把自己的工作丢了。"

"算什么！"他呵呵一笑，做了个鬼脸对她说："我给王老板开了个玩笑。"说完，快步向门外走去。

这时王老板提着个白塑料的大桶子，摇摇晃晃追了出来。他大声喊："萧雄，你给我站住！"

萧雄三步两步出了餐馆的门，开着车一溜烟去了。王老板丢下大塑料桶，追出大门，一会儿又骂骂咧咧地回来了。几个人走过去问王老板是什么事。王老板咬牙切齿地说："这王八蛋说他撒了泡尿在调料里。也不知道是不是真的。"

王老板舀了一小勺调料，递给边上的大师傅说："要不你尝尝？"

路过

二十三

洗完澡，林杉裹着浴巾从浴室里出来，打开门，抬头就见王老板正站在门口，眼睛直直地看着她，不禁吓了一跳。她一手捂住身上的浴巾，另一只手本能地就去关门。王老板拳头一伸，把门顶住了，林杉看到，王老板顶门的那只拳头里还握着一大把钞票。

"你要干什么？"林杉慌了。

刚住进王老板家的头几天，林杉洗澡时总是匆匆忙忙的，洗完澡就往自己房里溜，进了房间就把门栓了。这倒不全是刚见面的那天，王老板开玩笑说她洗澡时他不会偷看，让她起了提防心。更多的倒是后来王老板老跟她开一些恶俗玩笑，把她给开怕了。那天晚上，她前脚刚进王老板的家门，王老板就要他的两个儿子，一个三岁，一个九岁，喊她做妈妈，那两个宝贝儿子张口也就喊"妈妈"，把她闹了个大红脸。来天她去餐馆打工，王老板又在餐馆里喊她"老婆"，那些餐馆打工的都是些福建偷渡来的农民，跟着王老板起哄逗乐，差点没把她气哭。到了晚上，收工后回到王老板家里，洗澡时她就提心吊胆的，担心王老板强行闯进来。王老板又是要他的孩子喊她妈妈，又是在外面喊她"老婆"，他到底在搞什么鬼名堂？她头一次干餐馆活，端盘子收拾桌子，前面张罗吃饭的客人，后面应付掌勺的师傅，累得人也蒙了，手都抬不起来，还一身餐馆味，本想在热水下多淋一淋，躺在浴缸里泡一泡，可心里一担心，就不敢多洗，三下两下淋湿了头发和身子，就穿好衣服跑了出来，进了自己的房间，把门扣得死死的心里还在怦怦跳。过了一会儿，王老板来敲门她就装着睡了，隔着门说话，不敢开门出去。王老板见敲不开门，就在外面喊了一声："老婆啊，你一来，我就要发呀！"林杉想，这家伙肯定没安好心，坐在床上哪里还敢动。王老板侧着耳朵听了一下，里面没动静，只当林杉真的睡了，就自己洗澡睡去了。其实，王老板来找她是心里高兴，他想告诉她，她一来就给餐馆带来了好运气，那天多挣了几百块钱。

林杉坐在床边想，王老板老婆回来之前我得小心点，等他老婆回来就不怕了。王老板对林杉说他老婆回老家看父母去了。

她坐了一会儿，实在太累，身子往后一倒，倒下去就睡着了。

林杉铁下心来要在王老板家待下去，还是在詹姆士来龙园看望她之后。她离开詹姆士家的第二天就打电话告诉詹姆士她在龙园当女招待，但詹姆士过了几天才来看她。

詹姆士是晚上九点过后来龙园找林杉的，那时，餐馆里已没几个客人。

王老板听詹姆士说他不要吃晚餐，只是要和林杉说几句话，吃惊得眼睛都瞪了，詹姆士是什么人，在当地名气可大了。

两人面对面坐着，詹姆士好一会儿没说话，只是眼神忧郁地看着林杉。他眼圈有一层阴影，神态显得有些憔悴，但脸上的表情很平静。倒是林杉有点紧张，像做了坏事一样。

"没想到你会离开。"他说。

"我不得不走呀。"

"为什么?"

"再待下去，我，"她本想说再待下去她会得精神病的，但犹豫了一下改口说："再待下去我就再也睡不着了，嗯，我会每天晚上躺在床上，瞪着眼睛听楼板上的声音。"

说着，林杉先笑了，住在詹姆士家的时候，从头天晚上起她每天晚上睡觉前都会躺在黑暗里听好一会儿楼上的声音，猜想詹姆士和伊丽莎白在房间里干什么。可来龙园后，她一倒在床上就睡着了。詹姆士也摇了摇头，苦苦一笑。

"等我挣了钱，我会还你给我付的学费的。"

"学费是给你的，你不用还。"

"不。我将来一定还!"林杉说。说出这句话时，她心里一阵激荡，来美国后第一次感到，她和詹姆士是平等的，她是一个自由的人，用不着依赖他。在那一刻她明白了，她再也不会回到詹姆士家里。詹姆士是来劝她跟他回去的。

詹姆士走了，林杉没起身送他，她害怕心一软，会跟他走。她坐在那里，脑子里转着詹姆士临走时问她的一句话："你不愿和我在一起，是不是因为我是一个白人?"她觉得有点好笑，难道白人也可以是个被歧视的理由?他是多好一个人，又是多么不了解女人呀。

这时，王老板走了过来，脸上堆着笑问林杉："老婆，你怎么认得詹姆士的?"

178

"老婆你个鬼哟!"林杉手一扬，手中一杯凉了的剩茶全泼在王老板那张厚脸皮上。

林杉泼了一杯冷茶在王老板脸上，从那以后，王老板也好，餐馆里其他的人也好，再要拿林杉来寻开心，就没那么容易讨了好去，她变得泼辣起来，开始嘴巴不饶人。

当然，这还不是林杉不再提防王老板会不会从钥匙孔里偷看她洗澡的原因。

林杉每天从餐馆回到家，第一件想做的事，就是跑进浴室，把门关了，把全身衣服都脱了，痛痛快快洗个热水澡，洗掉身上、头发上的餐馆味。由于怕王老板坏心眼儿，她就特别留心她洗澡时王老板在干什么。没几天，她就发现她的担心完全多余，因为王老板一回到家里就会把自己关到卧室里，半个小时也出不来。原来，王老板是躲在卧室里点钱清账。王老板还特地跟林杉讲，在他清账的时候，别去打扰他，那个时候他脾气不好。不过，王老板又说，他每天最快乐的时刻又是晚上从餐馆回家后一个人在卧室里点钱，看着堆在床上的一张张一把把票子，心里就特别舒服，觉得一天到晚累死累活地操心这个操心那个，都没白费。如果哪天钱赚得多，就觉得再苦再累，也心甘情愿。这样一来，在王老板点钱清账的时候林杉正好去浴室里洗澡，两人谁也不碍谁，等到王老板点完钱，结好账，一副好心情从卧室里出来，她也洗去了一身疲劳和讨厌的餐馆味，上床睡觉了。

可今晚怎么了，王老板把她堵在浴室门口，手里还捏着一把钞票，他想干什么？

"我听到你洗澡时唱歌，唱的真好听。"

"哦，"林杉松了口气，她刚刚洗澡时不知怎么洗着洗着就唱起歌来了。她来王老板家后没开口唱过歌，连曲子都没哼过。这一开口唱，就有点收不住，开起了浴室独唱音乐会。她不好意思地笑了笑，抬抬手示意她要出去。

王老板把着门的手一缩，让开了路。

林杉从王老板身边擦过去，忽听王老板说："我老婆也喜欢唱歌。"就收住步子，回头看着王老板。

"我不是说你，"王老板说，"我说的是我真的老婆。"

"是吗？你老婆什么时候回来？"

"回来？还回什么来！她跟别人跑了！"

林杉来了兴趣，站在那里不走了。

"我老婆就喜欢唱歌跳舞，她看不起我开餐馆，做梦都想当歌星。可开餐馆有什么不好，也是当老板啊。她说，开餐馆太苦，没生活。但你要当老板，不吃苦怎么行，俗话说吃得苦中苦，方为人上人嘛。"

林杉笑了笑，问道："你刚刚好像说你老婆……"

王老板不接茬，自顾自地说："你还不是一样也想当老板。"

"我？当老板？我可没想过。"林杉笑了。

"你不想当老板，那你跑到美国来干什么？"

"我……"

"人人都想当老板！"王老板抓了一把钞票的拳头一挥，"你要当老板就得先洗碗，洗了碗以后做打杂，打了杂以后做炒锅，做了炒锅才能当大师傅，当了大师傅挣了钱，才当得了老板。苦？生活哪能不苦？生活就是苦，吃得苦才能当老板，这就是生活的硬道理。你说……"

林杉见王老板越扯越远，就又打断王老板的话说："你刚刚说你老婆跟谁跑了？"

"唉！我老婆呀，"王老板叹了口气，"她和一个上海人跑了。她说她不甘心。到了周末最忙的时候，她也不到餐馆来帮个忙，还跑出去和别人跳舞，跳了几次就和那上海人跑了。她是被那上海来的小白脸迷住了，儿子、老公都不要了，还说别人爱上了她，可人家上海小白脸怎么看得上她？人家爱上的是她的钱！"

说着说着，王老板的眼睛里冒出火来。

"啧啧，唉！"林杉想安慰王老板几句，又不知该说什么好，就摇着头叹了口气表示同情，转身往自己的房间走去。

"我老婆唱歌，和你根本没法比。"王老板在她身后追了两步说。

第二天晚上，从餐馆回到家里，林杉正准备去洗澡，王老板一把拖住了她，说要和她谈谈。

"林小姐，昨天晚上到今天，我一直在想，这打餐馆的事不是你做的。"王老板把从餐馆带回家的装钱的木盒放在桌上，一只手压在上面说话。

"怎么啦，王老板，我哪儿做得不好。"那天白天，林杉就觉得王老板有点怪，不像平时那样在餐馆里东走西看的，谁有点差错就瞪着眼睛训人，他老在她身边转来转去，又不说什么，一双眼睛盯着她看，看得她浑身不自在。不过，平时他总要过过嘴瘾，喊她几声老婆，那天他只是管她叫林小姐，又让她觉得没什么好疑神疑鬼的。可回到家里，他不去卧室里点钱，却要和她谈话，一开口，那话说得就像是要赶她走，她又心慌起来。

"不，不是你做得不好。我是琢磨着你有你应该去做的事。"

"我有哪点不好，王老板你直说，我会改的。"

"嘿嘿嘿，你好像有点紧张，放心好了，没事没事。我是想，林杉啊，你该去唱歌，当歌星，我听了的，你歌唱得那么好。"

林杉松了口气，但不大明白王老板想说什么，就等着王老板往下说。

"打餐馆也没什么不好，在美国，做什么事只要能挣钱，就没谁看你不起。可打餐馆比当歌星差多了，你知道梅小露在大西洋赌城唱歌，一个晚上挣多少？二十几万美元啦，比我一年挣的还要多。"

"她哟，"林杉笑了笑，"她和我不一样，她是唱流行歌曲的。"

"你不要自卑，你不要怕比不上她。她流行，你也流行就是。你的歌比我老婆唱的好得没法比，我老婆都想当歌星，你还怕什么？梅小露在大西洋赌城唱歌，我去听了，又蹦又跳又唱的，我觉得你的嗓子唱的比她高多了。"

"可是，我也没机会呀。"林杉听出王老板是个大外行，不想对他解释什么，捂着嘴打了个哈欠，就想起身去洗澡睡觉。

"机会我有，我都给你想好了。"王老板说，"我是从纽约市唐人街搬到特洛伊来的，唐人街有我很多亲戚朋友。以前在唐人街，哪个老乡家里有什么红白喜事，亲戚、朋友、老乡就都来了，大家凑在一起热闹。几乎每星期都有那么一两次。聚会的时候，我们就请一些小姐来唱歌，唱一首歌五十美元。谁上台唱歌，唱什么歌，都由客人来点，点到谁就是谁。有的小姐逗人喜欢，一个晚上要唱好几首歌，挣个三百五百都是常事。"

"你说的是卖唱哦，那我没兴趣。"

"卖唱？当然是卖唱。在美国什么不是买卖？你说，现在你每晚能拿多少小费？"

"一般五六十美元吧。"

"你去那里唱一首歌就是五十美元！轻轻松松，几分钟就完了。你在餐馆挣五十美元，客人多的时候起码也得四五个小时吧。再说，我也不是就让你去唱红白喜事。唐人街开派对，常会有赌城的人来，你唱派对唱出名了，被那些赌场的老板看中了，再去赌城唱歌，你不就发了吗？"

听王老板这么说，林杉心动了。她是唱美声的，来美国前就想过去百老汇发展，可一直摸不清门路。听王老板这么一说，虽然她对去唐人街唱红白喜事心里有障碍，但想到唐人街就在百老汇附近，既然有赌城的人去唐人街的派对，说不定也会有百老汇的星探去，如果自己去唐人街唱歌，没准能撞上机会去百老汇演唱歌剧呢。

"我对去赌城唱歌也没多大兴趣，要是能有去百老汇的机会……"

"赌城、百老汇都一样！"王老板手一挥，"赌城还好些，挣的钱还要多。我跟你说，人，就要想当老板，还要想当大老板。当老板就得先洗碗，洗了碗以后做打杂，打了杂以后……"

"可是，我去唐人街唱歌，不方便呀。"

"没什么不方便，我开车送你去。"

"你开车？"

"唐人街的人一般在星期天办红白喜事，周五周六是最忙的日子，大家都忙着赚钱啦。我每个星期天都要去唐人街一趟，早上去，晚上赶回来。我是去买货，餐馆里要用，再就是送餐馆里洪师傅，安保他们几个人去唐人街打韩战。你都不知道什么是打韩战？打韩战就是嫖妓。唐人街有地下妓院，妓女都是韩国人，所以嫖妓就叫做打韩战。餐馆里几个师傅都是偷渡来美国的，老婆都在国内，他们熬不住，每个月都要去唐人街打一次韩战，轮流去，一百块钱一次。他们都是这种人，以后你别理他们。"

林杉想，餐馆里的人这么滥啊。

"王老板，你这么帮我，我很感谢你，可我又没什么好感谢你的。"

"我心里怎么想你还不知道？"王老板说。说话间他就喘起粗气来，他眼睛瞪着林杉，那只一直紧紧抓着钱盒子的手也落到桌面上，手背上青筋突暴，像一张五爪犁一样沿着桌面"嘎嘎嘎"地向前耕。

　　看着那张"嘎嘎嘎"向自己面前耕过来的犁，林杉有点害怕。但她确实不知道王老板心里怎么想。她从来没遇到过像王老板这样的人，他想的说的做的，要么和她想的说的做的弄不到一块去，要么就是那种方式，特别是那种方式，让她浑身不舒服，心里别别扭扭的。可是，他似乎又对她很好，帮了她的大忙。她感觉到他对她有那么个意思，可她一点都不愿往那个意思方向想，就装作完全不明白的样子看着王老板。

　　眼见着那张犁就要碾过桌面驶到林杉身上来了，王老板忽地从喉咙里打出了个又响又长的嗝，也不知是这个煞风景的嗝扫了他的兴还是泄了他的勇气，王老板身子往后一矬，把那张五爪犁从桌面上拖回来，放回钱盒子上，他涨红了脸说："我想当你的经纪人。"

　　"你能当经纪人?"林杉吃惊了。

　　"这有什么不能的! 你以为只有上海小白脸能，我就不能? 我跟你讲，我给你当经纪人，小钱我不要你的! 你到唐人街唱歌，你挣多少我一分钱都不要，白送你。如果我给你联系到了去赌城、去百老汇唱歌，我就按经纪人的比例抽成，怎么样? 这样还不行?"

　　"那我就先试试吧，看看行不行。"

二十四

大厅里摆着十几张酒桌，围坐了上百号人。酒桌上都放着火锅，热气腾腾的，给大厅里增添了喜庆和热闹的气氛。人们喝着，吃着，聊着，阵阵欢笑声、叫喊声从酒桌上、从大厅的各处爆发出来。一个姑娘在前台唱歌。那姑娘打扮得很暴露，都冬天了，还穿着一条上身露出半截胸脯，下边露出屁股股沟的超短连衣裙，脸上的妆也化得很夸张，眼影抹成蓝色，嘴唇更是涂得猩红，仿佛刚刚在鲜血盆里浸泡过。她一边唱，一边对台下的听众做着各种挑逗的动作，抖抖胸脯，扭扭屁股，钩几下手指，送一个飞吻什么的，台下就跟着哄笑叫好。那姑娘显然和那些在唐人街的餐馆、商店里讨生活的人很熟，别人都喊她上海妹妹，她也这个哥哥那个哥哥地和人打招呼。她很受宠，一个晚上听众大多点她唱歌，坐在台上的几个姑娘，合在一起也没那姑娘唱的多，没几个人点她们唱。她们闲得无聊，就坐在台上当听众，和其他听众不一样的是，她们脸上不时会露出羡慕、嫉妒的表情。

林杉就坐在那几个被冷落的姑娘中，她是新人，除了混在酒客中的王老板，谁也不认识她。她低着头，坐在后排，一个晚上，还没有谁点她唱歌。

　　我怎么跑到这种场合来唱歌呢？瞧周围这几个姑娘，打扮的一个比一个过火，唱歌却没一个在调上的，还恨不得使出所有女人的手段来迎合下面的听众，真让人受不了。可这都是些什么听众啊，整个一个乱七八糟。人家在台上唱歌，他们在台下胡乱起哄，吃的喝的，喊的叫的，闹着好玩只差没把大厅抬起来，你唱的再好又有谁听？那上海妹妹歌倒唱得不错，像是受过专业训练，只是嗓子唱坏了，滥唱流行歌曲还有不坏嗓子的？她怎么唱歌唱得像个妓女一样？真是糟蹋自己，糟蹋艺术。可她好像什么也不在乎，台下你闹你的，台上她唱她的，和这些人混在一起还一副很自如的样子，要我就做不到。只怕要是这种人，才做得来这种事。

　　林杉坐在那里，心里万分不自在。可是，她也没料到，当她和几个唱歌的姐妹们走到台前被人介绍时，看着台前一桌桌发光的眼睛，她竟会紧张得嗓子发干，心里怦怦跳；对被台下的观众用掌声和叫好声捧着宠着的上海妹妹，她也是既有点瞧不起，又有点羡慕和嫉妒；听到别人点歌时，尽管她看不上眼在这种场合去台前唱歌，却又偷偷盼着听到自己的名字，就像她在餐馆里当女招待时希望看到客人在餐桌上留下小费一样，当听来听去，落进耳朵里的都是别人的名字，她就觉得脸上挂不住，人坐在椅子上心里累得慌。她觉得自己像个头次接客的妓女，面对一群粗俗不堪的嫖客，还没人要她，于是就瞧不起自己，生自己的气，后悔不该听了王老板的怂恿，跑到这个鬼地方来唱什么鬼歌。

　　王老板死到哪里去了。

　　外面进来一拨客人，走在前面的那人戴着墨镜，后面跟着几个彪形大汉。主人迎到门口，和戴墨镜的来客说话，戴墨镜的从上衣内口袋里掏出几叠扎在一起的钞票，从那钞票里抽出一个红包递给主人，主人满面堆笑地接过红包，连声道谢。戴墨镜的将那几叠钞票又放入口袋里，于是，主人领着来客坐到台前一直空着的一个酒桌边。那戴墨镜的来客是个年轻人，又仿佛是个有身份的公众人物，从门口到特地为他准备的酒桌途中，好些人隔着酒桌"二哥、二哥"地喊他，还有几个人从其他酒桌跑过来和他打招呼，他也很有派头地应付着。

那戴墨镜的刚一坐定，王老板就跑到他跟前去了，弓着腰和墨镜说话，回头向台上指指点点，林杉意识到王老板是向墨镜说她，脸上就发起烧来。可那墨镜却不大耐烦王老板，他跟王老板说了几句话，向他身边的人吩咐了什么，就忙着和跑到他跟前去的上海妹妹逗笑起来。林杉看到上海妹妹一屁股坐到墨镜的大腿上，两人又是搂又是亲嘴，台下一片凑趣起哄的喧闹声。

又有点歌的。主持人报了歌名，喊了歌手的名字，却没人上台。这时，林杉身边的小姐推了林杉一把，说："还不去！有人点你唱歌呢。"坐在那里发呆的林杉被人一推，就不由自主地站了起来，可她正在走神，一时没闹明白，就扭着头两边看，身边几个小姐又是呶嘴，又是点指头，示意她到台前去，她这才意识到有人点她唱歌了，一下子胸膛绷得紧紧的，里面扑通扑通打起鼓来。

晚会上，歌手们准备演唱的歌曲都事先印在一个点歌本上。林杉没经验，准备的五首歌都是艺术歌曲，四首意大利歌剧曲，一首中国民歌。那天晚上，听众们点唱的都是流行歌曲，不知有谁竟点她唱《月亮颂》。

林杉唱完歌，鞠躬谢了听众，正准备回到自己的位置，那搞主持的却一把拖住了她说，听众还点了她的歌，《美酒加咖啡》。

"《美酒加咖啡》？我没准备呀。"林杉说。

"要准备什么？听众点你唱什么，你就唱什么。"主持不耐烦了。

林杉只好唱。她是学美声的，唱这种流行歌曲，怎么唱也觉得别扭，感觉很不好。可她唱完了，台下却很热闹，掌声至少比她唱完第一首歌时还要来得热烈和持久，还有叫喊的，吹口哨的。

她又准备回到自己的位置，一眼看见台下站在墨镜身边的王老板向她招手，要她过去，于是就放下话筒，径直走到王老板和墨镜面前。

"这是唐人街的二哥。"王老板弯了弯腰，向林杉介绍戴墨镜的。

"新来的？"二哥拍了拍还坐在他大腿上撒娇的上海妹妹的屁股，示意要她走。上海妹妹扭着腰，嘟了嘟嘴走了。

林杉点头一笑。

"我知道你在国内很有名，"戴墨镜的二哥对林杉说，"但是，你不适合唱西洋歌曲。"

一句话，说得林杉满脸通红。她不明白他从哪里知道她在国内很有名，因为，她自己也不知道她在国内有什么名，她好像压根儿就从来没有出过名；（当然，她也觉得没必要纠正他。）而且，她一直学的是美声唱法，虽然在大众面前不吃香，可她很自以为豪，不知他有什么道理竟一口断言她不适合唱西洋歌曲，这就让她不服气了。

"我认为你适合唱流行歌曲，特别是邓丽君唱过的歌曲，《美酒加咖啡》就像是专门为你写的。"

188

林杉尴尬地笑了笑。

"以后你别唱西洋歌曲，就唱流行歌曲好了。"二哥说。

"你是不是台湾人？"一见面就这么霸道，像个黑社会的老大，林杉可不想与这种人争辩，她听出二哥的普通话带着台湾国语腔，气质又和那些餐馆老板们不一样，就换了个话题问道。

"我是台湾人的祖宗！"二哥忽然厉声说道，吓了林杉一跳，周围的几个人也都哈哈大笑起来，弄得林杉不知道自己说错了什么话。她胆怯地看着二哥，二哥也眼睛盯着她看，他虽然戴着墨镜，林杉还是感到那墨镜后面的目光咄咄逼人。

"我是福建人，"二哥说，他的口气颇为得意，却又很沉得住气，"台湾人是从福建去台湾的，说的是闽南话，我是福建人，闽南话是福建的方言，我当然是台湾人的祖宗，你说呢？"

林杉咬了咬嘴唇，哪里还敢出声，心里却想，他这人蛮横是蛮横，可说的好像也还是有点道理呀。

"你的歌是我点的。"二哥挥了挥手说。

林杉回到台上。那时，上海妹妹又在上面唱歌了，林杉见有一空椅子，就坐了下来。可她屁股刚落座，主持就用手指点着她恶声恶气地说："你怎么回事？这位置也是你坐的？"林杉一看，发现她是坐在前排中间上海妹妹的椅子上了，就不好意思地站起身，回到后排自己先前坐的位置上。

她心里忽然感到十分委屈，就想哭。

上海妹妹唱完歌，回到等待点歌的小姐们中间，她把自己的椅子拖到后排林杉身边，坐了下来。

整个晚上上海妹妹似乎没瞅过林杉一眼。林杉见她搬着椅子坐到自己身边来了，就对她笑了笑。

上海妹妹掏出一包带薄荷香味的细长型香烟，自己掏出一根叼在嘴角，又把烟盒递给林杉。林杉摇摇头拒绝了。

身边不远处的主持见了，忙颠着脚跑过来给上海妹妹点烟。

"上海妹妹，"主持帮上海妹妹点好烟后说，"今晚你可发了。"

189

"发你个鬼！"上海妹妹厌恶地一挥手，"去去去！"

主持讨好地笑着走开了。

"以后这里就是你的天下了，"上海妹妹瞟了林杉一眼说，"一听就知道你是专业的。"

"你也是专业的啊。"

"我？哈哈哈！我还有什么专业？不过，"上海妹妹用嘴吹着从自己鼻孔里飘出来的青烟说，"到了这里就要放得开，没什么好讲究的啦。"

"我只是来看看。"

"看看？我开始也说只是来看看，可看的多了，也就习惯了，无所谓了。生活嘛，还不就是那么回事。"

"在这里唱歌，有没有去百老汇的机会？"

上海妹妹斜了林杉一眼，从鼻子里冷笑几声，过了一会儿，才说道："这种地方是污泥塘，陷进去就拔不出来了。不过，今天晚上是我最后一次到这种场合唱歌，从明天起我就不干了。"

"不干了？为什么？"

"下星期我就要结婚了。"说着，上海妹妹的眼睛刷地亮了。

林杉的眼睛也是一亮，随即又黯淡了。她来美国就是来结婚的，可是婚没结成，却到了中餐馆龙园王老板家里，还落到来这种场合唱歌的境地，听上海妹妹说要结婚了，不由得想起自己来美国后的经历，心里酸酸的，还觉得能够结婚，简直是女人一生中最大的幸福和成就。

"真羡慕你，"她抬起手，用一根手指在眼睫毛上轻轻掠了掠，想起上海妹妹先前坐在戴墨镜的大腿上又是搂抱又是亲嘴，就又问道："是那个戴墨镜的'二哥'吧？"

"他呀，不是。我男朋友是学计算机的。那二哥是华青帮的头，狠着呢。你要在唐人街混，得和他搞好关系，他可是得罪不得的。"

"难怪他晚上也戴副墨镜，一看就像个黑老大。"

"他呀，戴墨镜是和人打杀时左眼挨过一刀，留下了疤痕。"

林杉伸了伸舌头，问道："你男朋友知道你在这里唱歌吧。"

"嘿嘿，看你说的，哪能让他知道。"上海妹妹微笑着对她眨了眨眼。又有人点上海妹妹的歌，上海妹妹嘴里叼着根没抽完的烟，故意夸张地歪着头，扭着腰肢，摆着屁股向台前走去，于是，台下叫好声、口哨声又响成了一片。

"今天晚上你是唱了三首歌吧？"在从纽约回特洛伊的路上，王老板开着车，问身边的林杉。没等林杉回答，他自己就接口道："你还是个新人，头个晚上你就唱了三首歌，挣了一百五十美元，怎么样？我说的对吧，比打餐馆强多了。"

他瞟了林杉一眼，见林杉头靠在椅背上，闭着眼不说话，就提高了声音说："二哥这人大方，仗义。我跟他推荐的你，要他如果有什么机会，帮我们留意留意。他二话没说就答应了，还给你点了两首歌。我跟你说，在唐人街二哥势力可大了，他要捧的人，没有不红的。不过，你也不要和他走得太近。他是黑社会，是华青帮的头。别看他口袋里钞票一把把的，进出有保镖，餐餐吃餐馆，别人不清楚我还不清楚？他其实活得很累，一天到晚提心吊胆的，就怕江湖上的仇人寻上门来。看得出，二哥很喜欢你。"

想起二哥到处拈花惹草的花名，王老板担心起来，就侧过脸去看林杉。林杉身子一扭，背对着王老板说："我再也不来……"

这时，车子猛地一抖，车轮在路面磨出刺耳的声音，把林杉吓了一跳。她本想说她再也不来唐人街唱歌了，可话还没说出来，就在空中抖散了。原来，王老板一时盯着林杉看，忘了自己在开车，差点把车开到路边的树上去。

"真没想到，"王老板没听清楚林杉说什么，也不敢再分心，就眼睛瞪着前方，自顾自地说："听二哥说，你在国内很有名，怎么你都没告诉我。当然我也知道啦，国内再有名气，到美国来就算不了什么，一切都得从头干起。就在你来龙园前一天，我还炒了一个什么赵先生的鱿鱼，他还是北大的教授，到龙园来洗碗挣钱，笨手笨脚的，连个碗都洗不干净，不知打破了我多少碗。"

"你别说话了好不好？我累了，就想睡一会儿。"

"好好好，你睡你睡。要说累，我才是累呀，我给你当经纪人，还要当司机，什么都是白干，一分钱都没多挣。"

他叹了口气摇摇头，心想，得提防点二哥，先下手为强，莫让林杉跟他跑了。

回到特洛伊王老板家里，林杉洗完澡，打开浴室的门，又被王老板堵在门口了。不过，这次他手里没拿钞票，却捧着一盘录像带。

"别忙睡觉，我们一起去看盘片子。"

"都什么时候了，还看片子？"

"你到美国来的时间不长，这种片子你肯定没看过，我包你喜欢。"

一路上，林杉睡了两三个小时，洗了个热水澡，瞌睡都没了，她心里也好奇，什么片子，王老板这么来劲，开了几小时车，过了大半晚还要看，反正也睡不着，要看就看吧。

林杉进卧室加了件秋衫，走到客厅里来，王老板手里拿着个遥控器，坐在沙发上等她。王老板拍了拍身边长沙发的沙发垫，要林杉和他坐到一起。林杉摇了摇头，拖了把椅子放在沙发边，坐了下来。王老板却站起身来，要林杉坐沙发，他要坐椅子，林杉推让了一下，也就依了王老板的。

王老板按了一下遥控器，然后，裤腿一捋，直捋到膝盖上，露出了长满黑毛的小腿，再一抬腿，双手抱着一只踏着椅子边的光脚丫坐在那里。

不一会儿，电视荧屏上出现了一个旅馆房间，房子中间有一张大床。门开了，进来一个漂亮的年轻女人，大概是住旅馆的吧，手里提着个旅行袋。那女人把旅行袋扔在地板上，开始脱衣服。衣服才脱一半，门又开了，进来一个健壮的小伙子。两人笑着说了几句话，那小伙子长相挺英俊的，说话时脸上的表情却很蠢。然后，男的女的开始各脱各的衣服，衣服脱光了，那女的下面刮得精光的，男的一身都是毛，下面吊着个又粗又长的蛮家伙。

两人二话不说，就开始干那事。

林杉浑身燥热，满脸通红，心里怦怦跳。她来美国后与外面的联系很少，还从没看过这样的影片。当然，男女之间的事她也不是没干过，可她怎么也没想到，这种事情可以当着人的面去干，干的人一点也不怕丑，还让人直截了当地拍了下来；而且，在镜头里，当男人和女人干这种事情时，那些赤裸裸的肉体动作和生理反应，看起来就像畜生交配一样，不仅不好看，可以说还很丑，可她身体内却会跟着起反应，还有一种要吐的感觉。她没想到王老板要她看的就是这样一盘录像带，还说包她喜欢，一时意识到自己的处境，电视机荧幕上在放这种片子，她就坐在沙发上看，身边还挨着一个出粗气的大男人王老板，她感到了羞辱和难堪。

荧屏上女人夸张地又喘又叫，声音比詹姆士家楼上的伊丽莎白更放肆。

林杉站起来，她不要看了，要回自己的房间。可她一站起来，王老板也站了起来，双手一摊，挡住了她的去路。

"你去哪儿?"王老板问,他的两眼放光。

"我,我有点冷,回房间拿件衣服。"林杉双手交叉抱住胸脯,她的腿发软,声音也颤抖了。

"别走别走,"王老板指了指沙发,示意要林杉坐下,"我去把温度调高点。"

王老板这人在金钱上很过细,平时舍不得用电,屋内的温度调得低,他见林杉只穿了一件秋衫,双手抱胸站在那里,以为林杉是真的冷,他不想要林杉离开,当然只好去调高屋内的温度。可温度调控器在厅那边,他要去调温度,就得给林杉让开路,这让他有点拿不定主意,他不放心,还是怕林杉走。他看了林杉好几眼,又看了看电视荧幕,那一男一女正干得起劲,都在那里扯着嗓子叫喊。林杉看出王老板的心思,就弯了弯腰,手扶着沙发往下坐。王老板见了,一咬牙,把椅子往路中一搁,身子往客厅那头一蹿,连蹦带跳跑过去调温度。可他刚蹦到厅那头,林杉站起身,三步两步绕开王老板用来挡路的椅子,逃进了自己的房间。等王老板反应过来,回过身来要阻挡,已来不及了。

王老板在林杉的房间外,捶了好久门,又是劝又是哄的,林杉死活不开门。王老板拳头捶门的声音太大,把他那两个小家伙都闹醒了。两个小孩从床上爬起来,打开门,站在他们卧室的房门,睁着吃惊的眼睛看着爸爸。王老板挥手要老大带老小进去,老大站着不动,脸上还没睡醒的样子。王老板走过去,照着老大就是一巴掌:

"看老子怎么收拾你!"

老大哇哇哭起来,老小见了,也跟着哇地一声哭。王老板把两个哇哇哭的孩子推进门,砰地一声将门关了。他双手叉腰站在门口,听了一会儿门内小孩的哭声,忍不住还是推门走了进去。

王老板把两个孩子弄安稳后，走回厅里，在电视机荧屏前站了站，"啪"地一声关了，他一个人看就没意思了。

　　"有什么了不起！"他嘴里蹦出一句话，接着打了个大哈欠。

　　他心里很窝火，觉得上了林杉的当。可他折腾了一天，此时忽地感到累得不行，瞌睡来了，哈欠打得眼泪鼻涕直往下流，眼皮子抬不起来，就没再去打扰林杉，自个睡觉去了。

二十五

电话铃响了。

王老板拿起电话。

"王老板？"

"是呀，找谁呀？"

"王老板你好，我是三保，唐人街的。林小姐在吗？"

"她不在，有什么事对我说吧。"王老板机警地说。

一大早来电话，林杉当然在家里。可是，来电话的是唐人街的晚会主持三保，又是找林杉，王老板马上想到不会有其他事，肯定是请林杉唱歌。自从上星期天他带林杉去唐人街唱歌后，他就一直在等唐人街来电话，他早想好了，他要把林杉去唐人街唱歌的事当做生意来经营，当然是为她以后进赌城唱歌做准备。他要作为林杉的经纪人来处理这件事，以后不管有谁请林杉唱歌，都得经过他的手，得先和他谈谈再做安排，这就是为什么林杉在家也不在家的道理。

"二哥请林杉唱歌啊，嘿嘿，好啊好啊，我转告她。要得急？什么时候？明天晚上？哟，明天晚上是圣诞节平安夜啊。哦，一连三个晚上，一连三个晚上，让我想想，让我想想，送去了又要接回来有点麻烦呢，要过节了，我家里还有两个孩子。什么？二哥说的不用我送，他出车票钱？嗨，我还是送吧，没什么大不了的麻烦，孩子交给保姆照顾就是。二哥的事还有什么好说的，他的事还不就是我的事，林小姐的事也是我的事啊。哈哈哈！我保证送去，保证送去。"

王老板敲林杉房间的门。

林杉打开门，问王老板什么事。

"你的好事，可累的还是我啊。"王老板说。

"到底什么事啊。"

"你的生意来了。二哥请你去唐人街唱歌。一连唱三个晚上，都是大派对。我得送你去唐人街，还得接你回来。"

"唐人街唱歌哦，"林杉开口就想拒绝，见王老板那副又得意、又急着表功的神态，就犹豫了一下，想着怎么推脱才好。

"二哥看的还不都是我的面子。"王老板说。

"后天都圣诞节了，"林杉说，"这次我就不去唐人街唱歌了。"

"圣诞节就不去？你这就是不会做生意啦。唱歌的不就是要唱喜庆年节？越是年节期间，派对就越多，生意就越多，也才赚得了钱。就像开餐馆，赚的都是周末和节假日的钱，开餐馆的，不赚周末节假日的钱，那还开得下去？"

"王老板，我想呢，以后我就不去唐人街唱歌了，我不喜欢那种场合。"

"你不去唐人街唱歌了？"王老板眼睛瞪大了，他发愣似地看着林杉，口里喃喃地说："这倒没想到，这倒没想到。"

"你怎么会不喜欢那种场合呢？"王老板问，"难道你不想去赌城唱歌了？"

"我没说过想去赌城唱歌哇，你不记得了？是你想让我去。"

197

"喔，对对对，是我是我，那百老汇呢？"

"百老汇我以前倒是想去，但现在也不想了，我现在想读书期间就打餐馆算了。"

"打餐馆，嘿嘿，是啊是啊，这倒没想到，这倒没想到。"王老板像是被一盆冷水泼在头上，泼得犯了迷糊，脑子失了灵，他心里涌出许多话，想劝劝林杉的，却堵在胸口说不出来，他说出来的是："你要不想去，也就算了，我跟三保去说一声。"

王老板去和三保打电话，林杉就待在自己的房间里没出去。不一会儿，王老板又来敲门了，林杉打开门，王老板对她说："三保要和你说话。"

林杉拿起自己房间的电话说起来，王老板站在门口听了几句，一转身，走开了。

林杉打完电话，兴奋地走到客厅里，见了王老板噼里啪啦就说："王老板，那三保真是势利眼，那天在唐人街，他对我凶得要命，理都不理我，架子才大呢，今天他有事求人了，说话就低三下四的，要我看在他的面子上，帮他的忙。他的什么面子，真是！我懒得理他。王老板，你知道吗，三保找不到好的歌手了，那上海妹妹下星期结婚……"

林杉说话时一点都没察觉到王老板脸色不好看，她自顾自还在说得来劲，王老板一甩手，说了句"那还有什么好说的！"丢下吃了个没趣的林杉，恶着脸走开了。

一整天，王老板一直恶着脸，在餐馆里逮谁骂谁，还把一摞盘子说是没洗干净，摔了，餐馆里的师傅、打工的都不明白王老板吃错了什么枪药，还跑到林杉面前去打听，林杉只是摇头，什么也没说。一整天，王老板看都没看林杉一眼，更没和她说一句话。

那天餐馆的生意也不好，没来几个顾客，晚上还不到九点，王老板就关门回家了。

王老板和林杉刚进门，就听到电话铃响。

王老板拿起电话来，林杉听到王老板说"是三保啊"，就赶忙往自己房间里溜，刚到房间门口，听到王老板大声说："她不肯去我有什么办法！"

林杉进了自己的房间，把门一关。她把外套脱了，挂在壁橱里，坐在椅子上想，不是说了不去吗，这三保怎么又来电话。她心里怦怦直跳，怕有什么事要发生。

不一会儿，王老板来敲门了。林杉打开门，小心地看着一脸铁青的王老板。

"明天你去唐人街唱歌，唱三个晚上，我送你去。"王老板的话，铁板钉钉，说得没什么好商量的。

"王老板，我说了不去的。"

"不行！不能你说了不去就不去。这次是二哥请客，特地要你去捧场。"

"二哥请客我也不去，我怕那个二哥。"

"你不去也得去！"王老板一声吼，"你到唐人街去打听打听，二哥是什么人？他的面子有多大？几个人请得动他？我好不容易才向他开口，请他帮忙照顾你，他也一口答应了。你以为我这个口好开呀，我请他帮忙一次，就等于欠他一笔债。二哥是干黑社会的，他的债，每一笔都是要还的。现在好了，二哥要请客，托三保来电话请你去唱歌了，电话来了好几次，你却不去，要驳他的面子，你不是成心和我过不去吗！"

"王老板，你怎么这么说呢，我没成心和你过不去。你帮了我的忙，我一直很感激，可你总不能逼着我去做我不想做的事啊。在唐人街的晚会上，坐在那里等别人点歌时，我感觉就像墩板上的肉，等着别人提货似的，我就这么贱啊。我还没到卖肉的地步吧？要是我落到了那地步，要卖肉我就去卖肉好

路过

199

了，还唱什么歌呢。"

"你要真为我好，就不会这么逼我了。"她小声嘀咕道。

"我不是真为你好？我是逼你？哦，"王老板学着林杉的口气，"你是不肯卖肉，不肯卖肉，还说什么感激我。我一片好心请你陪我看录像带你都不肯，我不过是要和你培养培养感情嘛，男的和女的，要的不就是那个气氛？我不是真为你好？你把我当傻子，你要什么我都帮你，你没地方住，我给你地方住，你没活干，我给你活干，我不是真为你好？我要你的，你就什么都舍不得！我想和你一起挣大钱，你去赌城唱歌，当歌星，我当经纪人，两人互帮互利，都有好处嘛，你也一点机会都不给我。我不是真为你好？说穿了，你和我老婆一样，看不起我是开餐馆的！我不是真为你好？你是没见过恶的！还说我逼你，好好好，我今天就逼给你看一看！"

王老板越说越来气，窝了一肚子旧火新火，一起爆开了。他脖子一拧问林杉："看来，你是真的不去唐人街唱歌了？"

"王老板，我真的不想去，可是……"

"那你给我出去！"王老板用手指着门外，"从今以后，这里没你的地方住，我的餐馆也没你的活干！"

"王老板，我根本就没看不起你，我是……"林杉还想解释，王老板却两眼冒火，向她扑过去，吓得林杉往边上一躲。

王老板没扑着林杉，一下子扑到林杉的床上去了。他抱住了林杉的被子，被子上的女人味冲进他鼻孔里，他猛吸一口气，没提防打了个大喷嚏。他站起身，抱着被子就往门外冲，冲过大厅，打开房子大门，冷风迎面一吹，他看到屋前圣诞树上的灯光下，院子里满地都是冬天的积雪，就犹豫了一下，忍不住又用鼻子嗅了嗅被子上的气味，一狠心，"老子才不稀罕呢！"把那嗅过的被子扔到了院子里的雪地上。

王老板冲回林杉的房间，看到林杉站在那里动都没动，更是上火，两眼四周一扫，看到了开着的壁橱门后林杉的衣服箱子，又冲了过去，一把抓起箱子，提着箱子又往外冲。

王老板把林杉的箱子也扔到了院子里。箱子在空中就破了口，衣服在雪地上散了一地，有几件还飞到门前的灌木上去了。

王老板又冲回林杉的房间，看到林杉还是静静地站在那里，动也没动，再一看，房间里也没什么大东西好往外丢了，因为其他家具都是他自己的，就问林杉："我东西都给你丢出去了，你怎么还不走？"

王老板做这一切的时候，林杉一直在看着他，她想阻止，又不敢，见王老板丢了她的东西还不够，还要硬往外赶她，就回嘴道："都这么晚了，你让我去哪儿？"

"我不管你什么晚不晚，也不管你去哪儿，你马上给我出去。"

"王老板，"林杉犟起来顶嘴道，"今天是二十三号，我的房租是交到了月底的。"

本来，王老板让林杉住到他家里来，是不要她房租的，他要林杉有空时辅导一下他孩子的学习。可是，王老板刚和林杉接触，言行就不那么有分寸，让她心里起了提防，因此，从进王老板家的头天起，林杉就打定主意什么也不能欠王老板的，她怕欠多了他的会引起他的误会，到时候不好说话。于是坚持要按月交房租，至于辅导孩子学习嘛，是她该做的，还能要钱？王老板拗不过，也就依了她的，按月收她的房租，只是比外面收的少。在王老板心里，他是给了林杉大大的一个好处，可在林杉心里有点不一样，她是花不多的钱买了一个心底踏实。一开始这两人就没怎么太想到一起去，到头来，房租成了林杉不走的权利，可在王老板听来，却更觉得自己是被林杉算计了。他气得没话说，就冲过去把书桌上林杉的零散东西往地下一撮，发疯一样跳起脚来，握着拳头向她吼：

"你给我滚出去！滚！滚！滚！"

林杉再也不敢翻嘴，从壁橱里拿了一件大衣，连走几个又碎又快的步子，从王老板身边走开了。

她走出大门，一眼看到自己的被子、箱子、衣服什么的，都散落在院子里的雪地里，有的还挂在树上，不用说都给弄脏了，心痛起来，就想去收捡。这时，有人开车进了隔壁家的院子，灯光中她看到隔壁家的男主人从车上走出来，她本来弯腰是想捡自己衣服的，却就势蹲下来掸掸裤脚，假装系鞋带。她担心邻居看到自己在雪地里收捡衣服，心里奇怪跑过来打听，知道自己是被王老板夜里赶出门，连衣服被子都扔了出来，那原因又一句两句解释不清楚，实在是丑得很，太丢面子。她用眼光瞟到邻居进屋了，鞋带就系好了，她站起身，衣服被子扔在那里都不管，快步走开了。

林杉在路上走着。住宿区没有路灯，天空中也布满了阴云，可沿途却灯火通明的。再过一天就圣诞节了，各家各户的门框、窗户、墙壁、门前的小树上，都挂着一串串各式各样的彩灯，在寒风中，在雪地的反光中闪耀，有的人家门前的地坪里，还摆放了一些宗教题材的小雕塑群，耶稣诞生啊，圣诞老人啊，梅花鹿啊什么的，一路圣诞节期间夜景，一路吉祥喜庆的气氛。可是，圣诞节前冬天的夜晚，美国小镇住宿区的户外，看起来虽然热闹，充满了温情，但冬天的夜晚到底是冬天的夜晚，寒风吹着，人在户外走，还是冷得不行，受不了。林杉裹紧了大衣，踏着冻硬了的路面往前走，看到人家门前的灯火，听到沿途的树上冻冰从树枝上爆裂，一路跌跌撞撞，往下坠落的声音，就想象着在森林里的一座城堡里，宽敞的客厅，壁炉里烧着木柴，空气中飘满了松树木柴燃烧的香味，她就坐在壁炉边，什么事也不做，什么事也不想，就呆呆地看着木柴燃烧的火光，听木柴在燃烧中发出的噼里啪啦的响声，那该多舒服，多温暖啊。她这样想象着，可冬夜的寒冷又逼她回到眼前，人家美国人早回家了，一家人围着火炉坐，团团圆圆，热热闹闹，准备过节；她却一个人在外面走，冰天雪地，孤零零的，连个去的地方都没有。她身上冷，心里更冷，都冷到骨子里去了，心情更是一片凄凉，一边走，一边可怜自己。

不远处一只大臭鼬，从路边的一个水沟洞里钻出来，引起了林杉的注意，她停下步来。大臭鼬机灵地四面看了看，摇了摇尾巴，在雪地上往前走了几步，这时，一只小臭鼬也从那水沟洞里爬出来，小跑几步，赶上了那大臭鼬，紧接着，一只，又是一只小臭鼬，从那水沟洞里先后爬出来，跑步赶上那只大臭鼬，跟在大臭鼬屁股后面跑起来。看来，那只大臭鼬是母亲，那三只小臭鼬是它的孩子。大臭鼬在前面慢腾腾地走，三只小臭鼬，尖尖的脑袋，大尾巴，黑白相间的皮毛，胖乎乎的，跟在它身后小跑，像是三个毛茸茸的小圆球跟着个大臭鼬在滚动，可爱极了。林杉站在那里静静地看，生怕惊动了臭鼬们。四只臭鼬，"沙，沙，沙"爬过公路，爬过积雪覆盖着的草坪，消失在树林的阴影里。

林杉眼里含满了泪水。她想家啦。

妈妈，我该怎么办啊？我没法像别人那样去唱歌，我就是做不到。我做不到事事依他们的，可我不依他们，我在美国怎么活啊，我该怎么活啊，您告诉我。您怎么就没把我生得像别人一样，什么也不在乎？

她走到一个拐弯处，一个黑影忽地从灯光的暗影里蹿到她面前，说：

"给点什么吧，漂亮姑娘。"

那是一个黑人流浪汉，戴着一顶脏兮兮的红毡帽，身上裹着破毯，弯着腰缩着脖子站在那里，一根短木棍挑着的圆口袋伸到她胸前。

要在平时她准会吓个半死，可那天她冻得都顾不上怕了，她停下来，两手窸窸窣窣满身口袋里摸钱，她摸出一张票子，一看，是一美元，就对那黑人流浪汉眯眼一笑，见那流浪汉两眼目光浑浊，正直通通地盯着她看，不由得打了个哆嗦，她连忙把那张票子一扔，票子没掉进圆口袋里，被风一吹，在袋口上翻了翻，飞走了。她也不管，慌忙走开了。那流浪汉在她身后跟了两步，喊道："漂亮姑娘，你真的很漂亮。"他心想，还是钱要紧，就不多追林杉，赶着风追那一元钱的票子去了。

林杉回头看了看。漂亮姑娘，都是男人。流浪汉、詹姆士、王老板，男人真可怕。漂亮姑娘，我是漂亮姑娘，我是无家可归的漂亮姑娘。冬天了，圣诞节了，夜这么晚，天气这么冷，我一个人在路上走，有谁知道呢？我就是冻死了，有谁会在乎？有谁会可怜我？管你漂亮不漂亮。天空中没有月亮，也没有星星，只有阴云，只有寒风，怕要下雪了，说是圣诞节十有八九总要下雪，也不知有个什么说法。中国人说，瑞雪兆丰年，可我呢，老天爷给我兆什么？（天空中零零散散飞着雪花，细微的雪花飘在她脸上，冰刺刺的，沾上就化了。她抬起头来，看了看天。）要下就下吧。我是漂亮姑娘，在大街上晃晃荡荡的漂亮姑娘，卖淫的漂亮姑娘，嘿嘿嘿，我是卖淫的，在雪花中卖淫，你们这些男人，你们来吧，来要我吧，你们要我的，都拿去，都拿去，统统拿去，我什么都给你们。

唉，当妓女也没什么，不就是卖淫吗？她卖唱，你卖淫就是，还不都一样？你只是对谁都没情，是不是？没情也行，只要有钱，一手交钱，一手交货，嘿嘿，倒是挺实在，可又怪得了谁？你还自由自在，无牵无挂的。只是冬天太冷，在外面逛啊逛，没个家，也不知道碰上谁，说不定会碰上王老板呢，他凶巴巴的，怎么能把我赶出来？一点道理都不讲，气死我了，外面人都冻死。

她已走到商业区来了，附近住的是一些黑人贫民。也许该找个旅馆，度过今晚再说。可住旅馆太贵，她有点舍不得。我是交了房租的，她想。再说，她什么也没拿，衣服、被子还在王老板家院子里的雪地里。

今天晚上有谁帮了我，我就嫁给他，不管他是谁。还是嫁人好。还是有个老公好。

她看到前面灯光下有个电话亭，就走了过去。她走进电话亭，从大衣口袋里把皮包掏了出来，在里面翻。

她在龙园当女招待，不少顾客给她留了名片，大多是美国人。有的名片她随手就扔了，有的她就放在皮包里。她看着那些名片，有医生，有律师，有房地产商人，有政府官员，医生中有给人拔牙的，有给狗割盲肠的，律师中……除了詹姆士，她没一个对得上号。她还掏出了几张小纸片，上面用圆珠笔写着名字和电话号码。那是几个附近大学的中国留学生，都是男的，在龙园吃饭后给她留下了名字和电话号码，可她从来没与他们中的任何一个联系过，看着上面的中国字和中国名字，一个也想不起来谁是谁了，一点印象都没有。她叹了口气，可惜我所在的学院太小，留学生中就我一个中国人。

她看一张名片，就撕一张，看一张纸片，也撕一张，撕了就扔进电话亭的垃圾箱里，她把那些莫名其妙的名片和纸片一张张撕了，只留下了詹姆士的。

就剩下詹姆士了。还是他。她把詹姆士的名片搁在嘴唇上，用牙齿轻轻地咬，咬了许久，一狠心，把名片放进皮包，就拨起电话来，她记得詹姆士家的电话。

电话铃响了好几下，有人拿起电话了，电话里传来一个男人的声音："哈罗，哈罗，谁呀？"是詹姆士的声音，她心里一慌，手往下一落，把电话挂了。

我不能找詹姆士，不能，不能现在。我是自己从他家跑走的，到了别人家里却被人赶了出去，说起来多丢人。

她又把自己的皮包拿出来，在里面翻，她明明刚刚翻找过了，里面什么都没了，可还是不甘心。她什么也没翻出来，里面只有几张美元，詹姆士的名片，再就是自己从国内带来的在中国音乐学院读书时拍的一张黑白照。

那时我多单纯，多美，那时才叫漂亮，哪像现在。

她把那张照片拿了出来，有什么东西被带出来了，一张小纸片，小纸片飘落在地上，她弯腰捡起那张小纸片。

放在灯光下一看。

萧雄，电话号码。

她眼前出现了一个头披长发，笑声爽朗的小伙子。"上车吧，"他说，"你是学艺术的，哈哈哈！""我要在海边买一栋别墅，靠海的那边，整个一面墙都是透明的玻璃，水晶的，怎么样？"

她咬着嘴唇笑起来，心里一阵狂喜。原来把他的电话号码放在照片后面了，我说呢，难怪怎么找也没找到。谁还会想到照片后面去？缘分啊，缘分。你不信都不行。菩萨保佑，菩萨保佑。他撒了泡尿在王老板的调味汁桶里，笑死了。

她拨电话，身上一阵阵发抖，嘴里念念叨叨的，菩萨保佑，菩萨保佑。她真怕他不在家。

他还记得我吗？

二十六

    自从那天晚上在林杉那里见了萧雄，他就成了你放不下，甩不掉的一茬心事。他不时会跳进你脑海里，每次都只穿一条短裤衩，像是刚从床上跳下来。你不愿瞎猜他和林杉的关系，不愿把心思花在这种事上，可是，当另一个大男人穿着条短裤衩，老在你脑海里跳进跳出，那就不想也不成。而且，一想，心里就隐隐作痛，沉不住气。一次，你又被那些乱七八糟的念头缠住了，心里忽地一动，萧雄可能是在林杉宿舍地下室里锻炼身体呀！不能排除这种可能性，不能。刚这么一想，心里马上轻松下来，好受多了。可转念又一想，林杉和你好后，什么都跟你说，她过去的情感经历，这个那个的，当你的心比海洋还大，可提起萧雄，神色就不自然，要么支支吾吾，要么撇得干干净净，这又是为什么？可见，萧雄才是真正危险的人物。你的心情又阴沉下去。你觉得要出事，肯定要出事。那天晚上，你就在萧雄头顶上看到了一团黑气，这家伙比小头更令你难受，还能不出事？

    三眼豹又要来了！

    又是小头的血和脑浆，热乎乎的从你的指缝间，大把大把

207

往下掉，空气中令人作呕的血腥味……太可怕了！你不想再见到血，真是不想，可你感到，三眼豹似乎就潜伏在你内心深处的黑暗里，骚动不安，脑门正中那只眼睛闪闪发光。

来吧，乞力马扎罗的三眼豹，一口把他叼走！

来是来了，可来的不是三眼豹，是萧雄，也没个电话，说来就来了。门铃声响，开门，他大步走了进来。

来者不善。脸上却笑眯眯的，但手上操着家伙！一眼瞟去，是一个硬壳文件夹，古怪的凶器。你在他头顶上寻找那团黑气腾腾的凶险之光，令你疑惑的是，没有，消失得不见一丝烟痕，什么也看不出来。那天晚上没怎么看清他的长相，他该有一对小头般的不发光的死鱼眼睛吧，可是，不，他的目光清澈明亮，而且，神态潇洒自如。于是你想，三眼豹没来眼睛就亮了，可见比小头危险多了。

"送你一本网络诗歌集，我在海外中文网络上收集的诗歌，编了个集子。"他说。

诗歌集？封面上印着五个字《无人的海面》。送你诗集干什么？你从来不读诗歌的，对诗歌一点兴趣都没有。忽地打了个寒战。诗歌不就是花前月下吗？爱情与死亡，诗歌永恒的主题。你明白了，他来，是要和你谈林杉的，先送个诗歌集子，再跟你摊牌。

来吧，你等着。两个大男人，一个美丽的女人，阳光下血红的诗意。你面子上保持着礼貌和镇静，一副若无其事的样子，心中却处处设防，充满了敌意。

"你看这诗歌集的名字取得怎么样？无人的海面。在海面上，却又无人，后现代吧？"

"这句诗怎么样？'披一夜星光遮寒'。以前是星光灿烂，现在是星光遮寒了，后现代。"

"还有这首诗，'我们的过去是一部黑白电影'，绝了！绝对的后现代。”

我手捧着诗集，他却俯身过来代我翻页，见了特别喜欢的，就一口一个后现代，仿佛后现代就是诗歌的最高境界。不像是打上门来的人。

“这哪是什么诗歌，大白话呀，”我故意挑刺说，“你看这一句，‘看我不日死你！’难道这也是爱情？这也是后现代？”

“是的，后现代，这就是后现代的爱情观。没有爱情，只有性，只有日，绝对的后现代，还是个女的写的。”

“你说没有爱情？后现代没有爱情？”我冷笑两声，眼睛盯着他眼睛问。

“没有。哪有什么爱情？这世上根本就没有爱情。”

“你，你，难道，”我忽地结巴起来，我想问他难道你和林杉也没有爱情？你不爱林杉？可话到嘴边，问出的却是：“难道你是说这世上根本就没有爱情？”

“没有，根本就没有。”他手一挥。

“呵呵呵！哈哈哈！”我突然爆发一阵大笑。他进门后，我的胸膛像被一只手紧紧攥住了，此时忽地一松，涌出阵阵狂喜。他不爱林杉，他肯定不爱林杉！他说世界上根本就没有爱情，他哪会去爱林杉？他不爱林杉，那林杉哪里会去爱他？他肯定是在林杉宿舍的地下室里锻炼身体。我笑得眼泪都快出来了，笑声中对他的敌意一下子消失了。在他的一脸惊讶里，我老朋友一样拍着他肩膀，大声说：“错了，错了，你老兄彻底错了，这世上怎么会没有爱情！”

我们围绕爱情争论起来。

他越说没有，我就越要说有，他越说绝对没有，我就越说肯定有。平时我并不好与人争论，尤其是和不熟悉的人，可我一时高兴，就故意和他作对。没想到他这人对自己的信念竟然十分较真，他说爱情不过是一种人生游戏，是生活中没有规则，也没有裁判的男女之间的游戏。为了说服我，他还用了现身说法，说他和他前妻是青梅竹马，结婚的时候，人人都说他们是天生一对，地造一双，婚后也过了一年多的神仙日子，上天入地，天上人间。他妻子先来美国。他来美国的头一天晚上去看他妻子，妻子先是不让他进门，把他关在冰天雪地的门外挨冻，关到半晚才让进去。那天晚上他睡在妻子住宿的客厅里，一个人睡在沙发上过了一夜；而他妻子和妻子的情人，就睡在客厅边的睡房里，两人睡在同一张床上，也过了一夜。

听萧雄说到这里，我明白了，难怪他一口否定爱情，这人情感上是受过刺激的，心里有伤疤啊，怪不得他。一个男人，天性再懦弱，再没出息，就算是个窝囊废吧，也受不了这种气啊。我起了侠义之心，为了他，胸中一时愤愤不平：他那前妻，那女人，也忒做得出了，好歹也是青梅竹马，夫妻一场，待自家的男人怎么像待野狗一样。

我不责备你，不责备你，我宽恕了萧雄对人世间美好爱情的傲慢无礼，摇头叹气地，用充满了同情心和怜悯心的语气对他说，唉，真想象不出那天晚上你是怎么熬过来的，你怕是气疯了，你一定是气疯了。

气？有什么好气的？他下巴一翘，大大咧咧地问我，一句话倒把我呛住了。

我有点不解，也有点不放心地问：难道你不生气？

不，我不生气，一点都不生气。他说。

如果你萧雄不生气，我有什么气好生的，我不满地说。我的同情心和怜悯心顿时像撞了墙的鸟一样飞走了，我不再同情他，也不再为他愤愤不平，光听他往下说。

萧雄说，他不生气，一点都不生气，他还睡得很香。他坐飞机坐了一天一夜，被妻子关在门外时，人生地不熟，没个去处，人冻木了，又困又累，当时只要有个地方能躺下来，伸伸脚，躺哪儿都行，一觉美美地睡到大天光。

后来，他妻子成了他的前妻和女性朋友，而他妻子的情人，那个他躺客厅沙发时躺在里屋他妻子床上的，则成了他前妻的丈夫和他的男性朋友，那两人闹了矛盾，到现在还跑到他那里去诉苦，烦死人，总之，世上哪有什么爱情？

听了他的故事，想起那天晚上他一条短裤出来被林杉关在门外，寒风中我看他冻得像只褪了毛的乌鸦，他却毫不在意，还说来美国的头一天他就经历过了，原来是这么回事。他的故事说到后来，听得我十分开心，哈哈大笑，他也乐呵呵的。可他说服不了我，我也不在意他对爱情的看法。他不爱林杉，对我来说，这就够了，我就一百二十个放心了。看来，得让乞力马扎罗的三眼豹离萧雄远点。

"把你的左手给我。"忽然间他眯着眼说，脸上挂着微笑，故意用一种怪里怪气的目光打量我。

我下意识地耸耸肩膀，左手不由得捏紧了拳头。他伸出手来，抓住我左手的拳头说："手松开呀，捏着个拳头干嘛，让我看看你的手相。"

我张开手掌，他一把捏住我左手几个手指头，单漏了大拇指，做出一副跑江湖看相术士的模样，近看远看，拿目光在我脸上装模作样过了好几遭，忽地嘟着嘴在我手心里吹了口热气，吓得我手一抽说："干嘛呀，演大神啊？"

萧雄哈哈大笑，说："怪了，怪了，我刚刚用气在你脸上罩了一下，心里纳闷你的气怎么就不同？再一看你的手相，明白了。哎，别看你现在当的是教授，你的未来还真说不准呢。"

我心里疑惑着，不知他搞什么鬼名堂，问道："你莫不是有什么事找我吧？"

"哟！你行啊，"他笑呵呵地说，"我还真有点事来和你商量。"

211

他进屋后，我俩一直站着说话，这才在沙发上坐下来，谈起了正事。

"我想和你合作，经商。"他说。

"经商？经什么商啊？"

"办一个大企业。我们先在奥尔本尼建点，开发市场，站稳脚跟，然后，全面铺开，在美国建立跨州连锁店，形成垄断优势，然后，走向世界。"他手一挥，在空中划了个半圆弧，好像大半个地球已让他一巴掌摆平了，"关键是要形成垄断优势，获得垄断利润。"

"经商我可是个外行。"

"我知道，你们当经济学的教授光说不练。这就是为什么我想和你合作的原因。"

"我……"

"你别急着拒绝，先听听我的设想。我的设想是，你出钱，我出力，不不不，你出钱，其他的我都包了。早期投资也不用多少，上万美元就可开张……"

"你要干什么企业呀？又是全球垄断，又是上万美元就可开张。"我打断他说。

"我想开个卖旧车的车行。"

"嗨！"我差点把早上喝的一碗稀饭喷出来，原来是个讲相声的。可一眼望去，他脸上像模像样，不像是开玩笑的样子，几乎已经是个卖旧车的车行主，就说："买卖旧车的车行奥尔本尼到处都是，你还要去办什么旧车行，还要全国连锁，还要垄断全球，这怎么可能啊！"

"这你就不懂了吧，你听我解释。首先，我要申请一个买卖旧车的执照，有了执照，我就可以获得去旧车拍卖市场拍卖旧车的资格。这是问题的关键所在。对不对？"

"执照是得有，可不是开旧车行的谁都有个执照吗？"

"当然是谁都有个执照，可我有了执照就和他们不一样了。那些到拍卖市场买旧车的车行主，一个个都是贪心鬼，一心想赚大钱。我也想赚大钱，可我和他们的想法不一样，他们是想在每一辆车上赚大钱，而我想的却是在成批的车上赚大钱。就是这点区别，不出几个月，我就能垄断奥尔本尼的旧车买卖。"

"这怎么就能垄断了？"

"当然能。简单，很简单。也就是在拍卖时和他们抬价。那些车行主，每辆车都想挣个几百上千块，所以他们总是把旧车的拍卖价喊得很低。我利用他们的弱点，不管他们喊什么价，我都抬高五十美元，这么一来，拍卖的旧车就会都落到我手里，我再迅速转手卖出，挣个百把两百就行了，不出几个月，我就垄断了奥尔本尼的旧车，其他车行顶不住，很快就会垮台，我再抬高旧车出售价格，获得巨额垄断利润。然后，我将在全美国……"

我实在忍不住，"嘿嘿"笑起来。

"怎么啦，有什么好笑的？"

"就这么个抬价压价招数，你就想垄断奥尔本尼的旧车买卖？"

"是啊，有什么不行？"

"没什么不行，只是你把其他买卖旧车的商人都看成了傻子，全地球市场上就你一个聪明人。"难怪林杉看不上他。我还有什么不放心的。

"是啊！是啊！他们正是都是些傻鸡巴蛋呀，难道你还以为他们聪明？"

"唉！老兄啊老兄，"我叹了口气，微笑着说，"这么些年来，我苦恼就苦恼在越研究经济学，越觉得这经济学实在是没什么用处，再这么研究下去，恐怕一辈子都白白搭进去了。可刚刚听了你老兄一番高论，倒开了眼界，原来这经济学还不至

路过纽约

213

于那么没用，混了这些年经济学我也算是没白活。"

"怎么啦？"

"我就不会把市场上的商人看成傻子。"

"算了算了，看来，要说服你不是件容易的事，"萧雄显然有点扫兴，他自嘲似的"嗬嗬"笑起来，忽地问道："刚刚你说经济学没什么用处？"

"经济学说起来很玄，在中国还成了赚钱的一时显学，可那是欺负外行。其实，经济学坐而论道，实在没什么用处，"我微微一笑，又说，"不过，刚刚我改变了看法，嘿嘿嘿。"

"嘿嘿嘿，这就怪了，听说你是辞了政府部门的工作回大学教书的，那你研究些没用的东西，有什么意思？"

"追求真理嘛。"我说。

"什么!?"他吃了一惊，瞪大了眼睛。

"追求真理。"我又说。

"哟哟哟，你不是故意吓我吧？不是吧？我可真没想到你会这样来看这件事。"

"我吓你干什么，这有什么好吓人的？"他说话的语气，那眯着眼捉弄人的模样把我有点惹恼了。

"那好那好，"自从见他后，头次见他神情严肃起来，"你要是说你是喜欢教书，喜欢搞研究，想过教授学者生活，或者是想出点名什么的，我都没什么好说的。来你这儿之前，我也这么推测过。可你硬要说你是想追求真理，我可要跟你较真了。"

"较真？"

"你不是为了追求真理。"

"我不是？你说我不是？凭什么？"

"真理是不存在的，"他手一摊说，"一听就知道，你是个现代派。我太熟悉现代派的观点了，你不说，我也知道你要说的是什么。老兄啊，可不是贬你，当你说你想追求真理时，你并不知道自己在说什么，你想都没去想，也意识不到这一点。"

我"嘿嘿"冷笑两声。

"现代派都是些脑袋上戴着个金箍子的人。金箍子，也就是唯一的真理，能够发出神圣之光。不管是想问题也好，解释和评判现实也好，现代派都拿脑袋上的金箍子去套，套得进，就是白的，就好，就是真理；套不进，就成了黑的，就不好，就是谬误，'我们的过去是一部黑白电影'。你说，一个人，脑袋上戴着个金箍子，一天到晚，自己给自己念紧箍咒，活得累不累？在我这个后现代主义者眼里，现代派脑袋上的金箍子，那些所谓的真理，不过是先入为主的价值体系和意识形态，是人们头脑里幻想出来的现代迷信，压根儿就不存在，更没什么神圣性可言。我跟你说，老兄啊，人要活得轻松自在，就得去掉套在脑袋上的金箍子。"

"你说真理不存在？真理是迷信？"

"正是。"

"哈哈哈！真理不存在，真理是迷信，哈哈哈，这简直是！哈哈哈！"还后现代派呢！什么东西好，到了他后现代派眼里就不存在了，爱情不存在，只剩下"日"了，真理也不存在，世上只有谬误了，真是岂有此理！

"你别笑，老兄，真的别笑，我不是跟你抬杠，你硬要说世上有真理，那你告诉我，什么是真理？"

什么是真理？自然而然的问题，可不知怎的，却问得你一愣。一些你熟悉的哲学流派有关真理的定义，一些现代经济学原理，纷至沓来，涌现在你脑子里，可你还没来得及开口，脑子里"嗡"地一声响，眼前一花，忽地一片白光，什么都看不见了，而眨眼之间，你又回到了国内那个燥热的星斗满天的夜晚。豹子来了，乞力马扎罗的三眼豹，它额头中间精光闪闪的

路过纽约

215

眼睛，彻心透体的快感，自由自在的飞翔，奇妙美幻的景象，还有那片荒芜的土地；来美国后的日日夜夜，苦读，沉思，新奥尔良的招聘大厅，没人理睬的你走啊走，你的手哆哆嗦嗦，摸到了那张撕不下来的小纸条；窗外的月光，昏暗的卧室里，你站在床前，蓝蓝睡熟了，怀里抱着小机灵奥斯迪；小头出现在你背后，他又来了，粗重的喘息声，你的背脊凉飕飕的，直透脚底，心"怦怦"乱跳；又是那可怕的一幕，小头的后脑勺一个大窟窿，你的手掌堵不住的血和脑浆，热乎乎的，红的白的，不停地涌出，谁来帮帮你？艾琳又肥又白的大屁股，堵在门口……

是啊，什么是真理？你胸中仿佛圈了一群野马，忽地受惊，拥着挤着，蹦着跳着，奔跑着，嘶鸣着，企图破栏而出，人却像被雷电击中，嘴半张着，说不出话来。

"真理是不存在的！"他说得多么不在乎，多么无所谓啊！

照亮你心灵的光啊！当你有过这些年的经历和感受，真理对你来说，哪里还能仅仅是什么哲学家们纠缠不清的定义，哪里还能仅仅是什么现代经济学的基本原理，是什么各个经济学派之间争论不休的命题？真理啊，它啊它啊，它是那个神奇的夜晚后，你的说不清道不明的命运，你的年复一年，月复一月，日复一日，每时每刻，灵魂的挣扎和生命的流逝。你什么时候头上戴金箍子了！

他竟敢说"真理是不存在的！"这个头顶上一团黑气的凶险的恶魔！

"你说有真理，却又说不清楚什么是真理，嘿嘿，向来这样，我见多了。可是，我可以告诉你，真理是怎样成为真理的，"他两眼放光，越发来劲了，说："一切真理都是说法，不同说法中的某种说法。可问题是说法怎么就成了真理？当年说'向雷锋同志学习'，人人就得学雷锋，'学雷锋'就是真理。

后来又说'让一部分人先富起来'，那'让一部分人先富起来'就成了真理，发展是硬道理。街边上摆个摊儿，炒几锅'傻子瓜子'儿，就成了万元户，万元户你还能说不是真理？"

你看到了黑暗，你心灵中的黑暗，无边无际，又深又远。可黑暗中有微光闪现，那是豹子，三只眼的豹子，从黑暗深处疾驰而来。这头乞力马扎罗的三眼豹被激怒了，也会变得性情暴烈，凶猛无比，就像其他豹子一样，锋利的爪子，强劲的剑齿，嗜血的欲望，毁灭的意志，萧雄呀萧雄，他的嘴角还在不停地堆着白色的唾沫：

"你说什么？人有选择的自由？可是，当你被挟持了，坐飞机时恐怖分子枪顶着你的后脑勺，你能选择什么？当萨达姆在台上时，伊拉克人民有什么选择的自由？那时，他萨达姆就是真理，他说一不二，想谁死谁就得死，他百分之百选票当选伊拉克总统。可是，当萨达姆惹恼了美国，当美国总统小布什宣称萨达姆藏有大规模杀伤武器，威胁了世界和平时，当小布什说打伊拉克就打伊拉克，想发动第二次海湾战争就发动时，那小布什就成了真理，他是美国总统。美国总统狠啊，他飞机狠，精确制导导弹狠，核武器更狠，联合国大会决议反对也没用，美国总统听都不耐烦听，他最狠，就可以谁的话也不听。美国总统小布什说美国发动战争不是为了石油就不是为了石油，尽管世界上的人都知道伊拉克的石油储藏量，在世界各国中占全世界第二；小布什说美国发动战争是为了人权和民主，那战争就是为了人权和民主，他还说是为了伊拉克人民的幸福呢，哪怕全世界的人，都从电视里看到，成千上万的伊拉克老百姓，无缘无故就被枪弹打死，被炮火炸死。但这个世界就是这样的，苏联垮台后，只剩下美国一个超级大国，那他美国总统说什么就是什么，只有美国总统才是世界上最大的真理。那个独裁者萨达姆呢，他成了世界上最倒霉的狗屎错误，人人喊

路过纽约

217

打，老鼠一样躲在洞里不敢见阳光，当了囚犯还给人光着膀子亮相。

末了，真理把错误吊死了。"

萧雄怎么会谈到第二次伊拉克战争？事情过去很久了，还是你心中的谜，一直都没解开。因为他和你辩论真理的那天，还没发生第二次伊拉克战争，小布什也不是什么美国大总统，更没有第二次当选，那些都是以后才发生的事，他不该大谈特谈第二次海湾战争的，所以，这就成了一个解不开的谜。很有可能，你并没听清楚他在胡说八道些什么，你只是被他大放厥词激怒了。他在那里说，你这里就看到了战争的惨象，冲天的火光，轰隆隆的爆炸声，巨大的炸出来的土坑，房屋的废墟，横七竖八的尸体。这里埋着一个头，半截屁股，那里丢着一只烧焦的胳膊，一条血糊糊的腿。伤残的儿童瞪着恐惧的眼睛，活着的亲人们哭得呼天抢地，可他却说这一切都是真理！暴力就是真理！绝对的暴力就是绝对的真理！

血往你头顶上猛冲，胸膛里一百个非洲丛林里的黑汉子光着屁股一起打鼓，浑身肌肉这里鼓突那里暴胀，全身骨节炒黄豆一样节节爆响，眨眼间你就变成了一头凶猛的乞力马扎罗的豹子，三只眼精光闪闪，猛地向前一扑，一爪掐住了萧雄的喉咙，另一爪劈脸扇去，打歪了他停不住的嘴吧，把他的颗颗牙齿连同牙床一起打脱，打飞，再一大口，咬住了他的脑袋。你可不像那头乞力马扎罗的三眼豹那样，搞什么假仁假义，把小头的脑袋叼在嘴里只是做做样子，你不咬则已，一咬就是真咬，你听到他的头骨在挤压、裂碎中发出的嘎吱嘎吱的声音，你嘴里是稠的稀的脑髓和鲜血，世界上最来劲、最容易上瘾的美味。当你，作为一头新豹子，三眼豹，头一次尝到了血腥的美味，嗜血的原始欲望、残忍的食肉动物的天性，就被彻底激发了，你把他的肉一块块撕下，把他的骨头一口口咬成碎片烂渣，一点不剩，和血吞下。

　　什么是现代性？什么是后现代？什么是真理？什么是暴力？当你成了一头嗜血红了眼的乞力马扎罗三眼豹，猛地开了杀戒，还能分辨清楚什么？

　　什么时候你头上戴了金箍子！

二十七

"你怎么啦？"萧雄问你，"看你脸色很不好，白里发乌，眼睛也红了，亮得真是可怕。你不是病了吧？怎么突然间就见你浑身发抖，牙齿打颤，摇摇晃晃站不住？你有低血糖？要不要吃点什么？要不来口酒喝？屋里有酒吗？我也想喝几口。"

你从变成三眼豹吃人的幻觉中惊醒过来，说："没事，就是有点头晕。"

"要不咱俩去酒吧喝酒，继续聊？"他提议道。

喝酒？啊！三眼豹太可怕了！眼前一个大活人，说吃就吃了。大块大块的肉，一爪爪撕下来，连着白骨，血淋淋地豹吞下去。是真的吗？你嘴里、喉咙里都是血腥味，牙齿又酸又胀，像是牙缝里嵌满了肉屑。看看两手，却很干净，干净得像是刚洗了手，不像是刚刚变成三眼豹杀了活人。幻觉，只是幻觉，老天爷！

走吧，走吧，喝酒去。萧雄大大咧咧地说。

还要和你喝酒！还蒙在鼓里！他不知道和你在一起他有多危险。刚才虽只是幻觉，却完全可能梦幻成真，小头没说真理不存在都给三眼豹弄死了，你成了三眼豹，他萧雄还活得成？

220

可他霸蛮拖你去喝酒，你心里一万个不愿意，想到刚刚把人家扑杀了吃了，还是有些内疚，只好和他去了。

可一上他的车，你就后悔了。你刚系好安全带，就听脑袋里"哐"地一声响，就像谁在里面猛地敲了一下铜锣，那铜锣是破的，发出刺耳的声音：真理是不存在的！你脑子里一炸，又响起非洲丛林里光屁股黑汉子的打鼓声，全身骨节又炒黄豆一样爆响，你赶忙深吸一口气，憋住了不呼出，直憋得肺都要爆了，才把又要变成豹子的冲动压下去。萧雄开着车，瞥了你一眼，用同情的口气说："你脸色真是有点吓人。"他停了一下，又安慰你道："等会儿喝点酒，喝点酒就好了。"

你心里暗暗担忧，想：等会儿又要听他胡说八道，你喝了酒，控制不住自己，再变成豹子，只怕就是真的了，进了酒吧还出得来吗？

进酒吧前，你在心里提醒自己，酒不能多喝，要保持警觉，不能失控。可进酒吧后，你脑子里那面破铜锣，就被一只恶作剧的手，在脑子里有一下没一下地敲着：真理是不存在的！听到那刺耳的破锣声，你就忍不住要变成三眼豹，就想咬人。你只好光喝酒，不说话，暗暗运气压抑住内心的冲动，不然，萧雄就危险了。

你处境的艰难，内心里一刻不能放松的搏斗，萧雄一点都没察觉。他见你不怎么反驳他，竟以为你是被他说服了，不由得兴致大发，大口灌酒，满嘴胡言。不管什么问题，他都有一套后现代的解释，还说得头头是道，而他的每一个看法都和你抱定的想法格格不入。说得性起，他袖子一捋，脱了鞋袜，赤脚跳到凳子上，猛灌了一大口酒说：别说真理，法律也是人定的，只有利害得失，没什么神圣可言。犯法不犯法，得看成败，对错就别提了。后来，萧雄干出胆大包天的事情来，你又想起他说的这些话和他说话时的样子：他赤脚蹲在凳子上，两

221

眼放光，乍一眼看去，竟然活像黑夜丛林中一头撒野的雄豹。听他说话时，还只当他是说着痛快，谁能料到，后来他是真干啊。

用他的胡言乱语兑酒喝，自个当闷葫芦，没多久你就喝得天昏地暗，心里之窝火，那个憋的！

出门时他也喝得东倒西歪了。你有自知之明，知道喝多了开不得车，看他那模样更是醉得可以，就想去叫辆出租车，送他和你回家。他却拖着你的袖子，不让你去叫出租车，他晃着脑袋说你醉了，他没醉，他一点都没醉，他只是喝得痛快，不用叫出租车。你拗不过，只好由他去。

可是，上车后，他一路开车不把路中线当界线，车像蛇一样扭来扭去，来回穿过路中线。你看不行，这车开下去肯定会出事，警察抓了麻烦就大了。你要他把车停到路边，打电话叫辆出租车回去。没想到，你越说他醉了，他就越说他没醉，还使性子说，他能把车开到对面车子的车行道上去。他嘴里说着，还真就把车子开到对面车子的车行道上去了。

这时，一辆车子开着大灯，从对面远处开过来。你忍了这家伙一个晚上，此时心一横，豁出去了：好！好你个萧雄！你还说没醉，前面来车了，有种你就照直开，我就坐在这里看，看撞车撞不撞得死你！

萧雄脚踩油门，迎着来车猛冲过去。

对面开车的要么也是个喝多了酒玩命的，要么就是个反应慢的笨蛋，在不远处才发现你们的车开在他们的车道上，正向他们的车冲去。那司机不向路边躲，也不避道，却发疯一样鸣喇叭，迎着冲了过来。

电闪火暴，就在两车相撞前一刹那，对面来车猛地一个变向，呼啸着与你们的车擦身而过！

酒和冷汗从你的头顶直灌脚板心，喷涌而出。萧雄手拍方向盘哈哈大笑，侧过脸来对你说：怎么样？怎么样？我就料到他会躲开。你还说我醉了，难道我醉了？他仰头怪叫一声，这才把车开回原路。

他哪里是醉了，他是疯了啊！

萧雄把你送到家，开车回去了。

你一进门，灯也没开，就跌跌撞撞，摸黑向客厅的一个角落冲去。那角落里放着一个棉坐垫，是你平时打坐用的。小头死后，你去了一趟大觉寺，回来后就练着打坐。想通过打坐，排除幻觉，静心养性。虽然一直不见多少效果，你还是天天坚持，希望奇迹出现。此刻，喝酒喝得你脑袋往下栽，要是平时，往床上一倒，就睡去了。但你心里明白，酒喝得再多，这时你也不能睡，睡也睡不着。那面破锣，一阵紧似一阵在你脑袋里敲响，那变成三眼豹的欲望，在你血液里冲撞，在差点撞车的那一刹那间后，你已几乎无法自控。小头死后，你怕的就是这个。相同的声音、相同的幻觉，在你脑子里没完没了的出现，它们令你发疯、发狂，它们简直就要你的命。而你，竟要变成豹子吃人。

你一跤跌落在客厅角落的棉垫上，忍不住喊出声来：佛啊，帮帮我，帮帮我。你翻身爬起，盘着脚，双手上下重叠，平放丹田前。含胸，拔背，直腰，端正脑袋，仿佛头顶被一根丝线拉着，扯着，悬吊在屋梁上。

你深吸一口气：佛啊，救救我，救救我。

佛说：锣声在哪里响起，就在哪里把它熄灭。

你眼观鼻，鼻观心，心要宁静，气要平和。可是，你的脑袋里敲着破铜锣，你的血管里流着乞力马扎罗三眼豹的热血，心没法宁静，气不能平和，佛啊。

佛说，没关系的。铜锣一响，你就听到了；你手脚冰凉，浑身冒汗，你就感觉到了；你心里发闷，吐不过气来，你就察

223

觉了，这，就是解脱之道。

喔！真理是不存在的！有人耸一耸肩膀，不往心里去；有人会想一想，但饭照吃，觉照睡；可你却变成红了眼的三眼豹，吃得了人的肉，喝得了人的血，啃得了人的骨头，为何现今全世界就你这么残暴？佛啊。

佛说，你心意一动，你就觉察了，这，就是解脱之道。

喔！真理是不存在的！可是，那天晚上，三眼豹明明带你去了另一个世界，你亲身体悟了真理的美妙奇幻的境界啊。

喔！真理是不存在的！那么，在乞力马扎罗的高峰上，有一具风干冻僵了的豹子的尸体，它到这样高寒的地方来寻找什么？谁能告诉你？

喔！真理是不存在的！这些年来，你的追求和奋斗，你在困境中的挣扎和坚持，你活得那么孤独，那么无聊，那么苦闷，那么内心深处充满了暴力倾向，难道都是在做白日梦？

喔！真理是不存在的！难道你也要像你的那些老同学们那样，什么钱多干什么去？或者，向蓝蓝认个错，低下头，跟在她屁股后面，打进美国的主流社会，进一步向往美国的上流社会？可是，虽然你和"什么钱多干什么"的老同学们断了联系，不大清楚他们的近况，可被圈子里的人看作"成功华人女士"的蓝蓝，她的情况有谁比你更熟悉？不说别的，她在华尔街一家大投资公司工作，当不小的头了，可每天要工作十几个小时。你们家住在靠近纽约市的一座小城的郊区，她下班后要坐将近一个半小时的地铁回家，几乎一上地铁就累得睡了过去，每个月都有两三次睡过头，睡到离家一两个小时路程的其他城市去了。半夜三更，你还要爬起来开车接她回家。而且，不管坐地铁坐没坐过头，她一进家门人就蔫了，脾气不好，家务事不做，连晚上做爱的兴趣和精力都没有，宁可抱着条小狗奥斯迪睡。她伴着你，过着这样的日子，住的别墅再大，开的汽车再名牌，百老汇听歌剧打瞌睡，周末拖着两条灌了铅的腿，强撑精神打网球，打高尔夫球，又有什么意思？难道她就活得比你快乐和幸福？

喔！真理是不存在的！爱情是不存在的！人生的意义呢？也不存在？人，活着就够了？养在猪圈里待宰的猪，也是活着的哩。

存在着真理吗？佛啊，请告诉我。

在夜的黑暗里，出现了光，黑暗逐渐消隐。在柔和的光明里，你看到剪纸般的树林，仿佛遥远的古代，自然景色和人类一样淳朴，佛端坐在剪纸般的菩提树下，头上的七彩光环若隐若现，佛微微一笑，说：此时此刻，你在干什么？

眼泪一下涌上你的眼眶，忍不住往外冒。你哭了，夜的黑暗里，身边没有一个人，没有蓝蓝，也没有林杉，可你看见佛了！我佛慈悲，他说一切皆苦，你哭了。你的泪水流出来，尽情地流出来，像溪流般挣脱了山的重压，稀里哗啦地流出来，让委屈、困惑、烦恼、苦闷，随着稀里哗啦的溪水流去，让稀里哗啦的溪水洗净你的心灵。

当你从坐垫上爬起身，心情已平静下来，脑袋里的铜锣声消失了，双腿有些麻软，站立不稳，头脑却很清醒，睡意全无。你慢慢拖着腿走到窗前，拉开窗帘，看着窗外。微微泛白的天空，衬托出仍处于黑暗中的房屋和树的阴影，你听到远处的几声鸟鸣。忽然，脑海中响起那句诗：我们的过去，是一场黑白电影。是啊，黑白电影，黑暗与光明，真理与谬误，现实与理想，我与非我，灵与肉……眼泪流干了，心里涌出清澈的泉水，一些有着优美韵律的诗句，如黎明前夜空中的鸟鸣声，漂浮在脑海里。

你连忙打开灯，走到书桌前，拿起笔和纸，记录下那些优美动人的诗句。

225

你整整一夜没睡，不仅写下了平生第一首诗歌，还一口气写下了好几首呢。

谁会料到，就是这半夜打坐后黎明前的冲动，就是那几首不知从哪儿来也不知到哪儿去的小诗，竟会是一片不起眼的钥匙，一串有着神奇魔力的钥匙中的头一片，将打开一个被生命的尘埃封闭了的大门，展现一个对你来说完全陌生的新天地，从此改变了你？

缘啊。

二十八

那天我没课。一夜没睡，人还是有些疲倦，去床上躺着，又睡不着。从没那么欣喜过，一辈子没写过一句诗呢。爬起来，从书桌上把诗稿拿过来，坐在床上读，读了一遍又一遍，真是写得好啊。想不到我还是个诗人。又从床上爬起，捧起萧雄带来的那本网络诗集看，读了别人的，又读自己的。还是那句老话，不怕不识货，就怕货比货，老婆都是别人家的好，诗歌还是自己的好。真是个诗人呢，怎么就长期埋没了？

不行，不行，得找个人来谈谈。想到蓝蓝，又想到林杉，决定还是找萧雄。虽说他是我的冤家对头，但他是懂诗的行家。好诗就像好酒，还是要行家来品评。只是不知昨晚回去他撞着警察没有。打电话时我没好意思提要他来读读我写的诗，只说请他来喝酒。

萧雄来了。听我说昨晚喝酒回来后写了几首诗，他眼睛都瞪圆了，连忙说要看。

我开了瓶红葡萄酒，给他和自己各倒了一杯。把诗稿递给他时，虽然内心里很得意，觉得还是有必要谦虚几句，就说，我确实从没写过诗，一句都没写过，昨晚不知怎么搞的，酒吧回来后突然来了灵感，一个通宿都没睡，嘿嘿嘿。

他听了，急着要读诗，就把酒放在一边，一滴也没沾，手捧着诗稿读起来。

可他把诗稿三翻两翻就翻完了。翻完后，把诗稿放在一边，端着酒杯喝了一口，他眼睛一亮，嘴巴咂吧咂吧了几下说："哟，你这酒不错啊！"

我等不及了，问他道："诗歌你读了，觉得怎么样，还行吧。"

"这诗歌写的不是你呀。"

"不是我？"

"不是。你写的是现代派的感觉，别人都写滥了。可你生活在后现代，时代变了，你的感觉还停留在过去，被戴在脑袋上的金箍子箍住了，挣脱不了意识形态的束缚。所以，我一读你的诗，就觉得眼熟，只好说你的感觉是假的，是不真实的，是别人的。就像你昨天说，你到大学教书是为了追求真理一样。老兄啊，写诗是最不能骗自己的，你得用自己的眼睛去看眼前的世界，得用自己的心灵去感受眼前的世界。"

我的脸和脖子一定像是泼了猪血。我很不服气，想起半夜写诗时，我激动得都不能自已，写完了再读，流干了的眼泪差点又涌了出来，他读我的诗怎么乱感觉一气，说我写的诗不是自己的感觉？真想反驳他，可是，想到是我自己打电话请他来的，总不好意思只听得好话吧。只好忍住了没为自己辩解，脸上还堆着笑听，可心里对他的诗歌权威，已很是不以为然，就这水平，还编诗集呢！还又胡说我来大学教书不是追求真理！

"我看啦，诗歌你别去弄它，不是一下子弄得好的，我也弄不好，"他说，"你那什么真理呢，也没什么好追求的，嘿嘿嘿，还是和我合伙搞连锁店吧。"说起连锁店，他眼睛又亮了。说昨晚回家后，他和我一样也是睡不着，翻来覆去想了好久，脑子里有了关于美国旧车行连锁店更加周详的计划，保证能发大财。

我没好气地说，发大财的梦，还是你自己去做吧。

萧雄一走，我就把那几张耗费了半夜工夫的诗歌连同稿纸一起撕了。

一连几天，我脑子里不停地转着萧雄对我说的那些话。我没法接受他所说的后现代观，在心里一遍遍反驳他，可又觉得他看问题的角度特别，对各种事物的看法听起来很不顺耳，却难以反驳，不能说没他的道理。我想得更多的是，他说我诗中的感觉不是自己的，说我这些年来不是追求真理，似乎这两者之间还有着某种联系。

对我来说，写诗是新鲜事儿，在脑子里印象还很清晰。回想起喝酒回来，打坐了一会儿，头脑中涌现了一些韵律优美的诗句，心就触动了，感动了，感觉就整个地跟着诗句去了。难道这样的感觉不是我真实的感觉？那么，什么是我真实的感觉？怎样才能达到真实的感觉？

这些年来你想的就只是追求真理吗？你真是这样的吗？一天，我拿出笔和纸，开始在纸上反复追问自己。这个问题看起来简单，好回答，把自己的真实感受、真实想法说出来就是。可真要回答起来，却不那么容易。因为我一问自己，头脑里就会像冒诗句一样冒出一句话，是的，你想的就是追求真理。它还会列出一条条有利的证据，至于不利的证据，就自动删掉。人的头脑是图方便的，习惯了一套说法，它想都不想，拿来就用。但当我对这套习惯说法起了疑心，我就不去理睬它们，而是强迫自己去想象，让自己回到现实，回到生活环境中，然后追问现实到底是怎么回事，生活到底是怎么回事，我到底是怎么感受的，怎么想的，怎么做的，这一切到底该怎么解释。我一遍遍追问，我要那种赤条条的了无牵挂的东西，要那种抹面无情一针见血的东西。

没多久我就发现，当我这样在纸上追问自己时，那些翻来覆去，活跃在头脑里的语言噪音，会逐渐平息，仿佛整整折腾了一夜的青蛙们，把无边的宁静归还给黎明；小头的死，三眼豹的幻觉，在脑袋里晃几晃，也就成了远去的背影。我的心情安定下来，注意力变得专注，思路也清晰多了。一些固有的观念被质疑、被推翻，一些新的感觉被发掘，一些新的想法在头脑中出现。

如果我把这些通过反复追问，反复质疑后得到的感觉和思考，用诗的语言写下来，是不是诗呢？我这么想，还动手写下了几首长短句。一冲动，又打电话请萧雄来喝酒，心想，他再不喜欢我可跟他急了。

萧雄又来了。这次，他先品尝法国干红，说声好，再自斟一杯，然后才大模大样翻我的长短句。可他翻了几翻没把诗稿往桌上扔，而是翻过来翻过去地看，也不知看了几遍。终于，他不看了，嘴紧闭着不开口，眼睛斜着，若有所思地不知瞟着我，还是瞟着别处。

我心里拼命打鼓，有什么就说啊，把人都急死了。

"有点后现代了，有点那味道了，"他开口道，"尤其是这首《黑暗之歌》，感受有点后现代，我看蛮不错的。"

没想到我这个现代性顽固脑筋，也在萧雄眼里后现代了，这让我血管里的血都飘了起来，我乐得嘴巴都歪了，连忙端起酒杯和萧雄碰，舌头在嘴里打哆嗦："谢谢谢谢，喝酒喝酒，以后有空就来，咱们聊聊诗歌什么的，酒我这里多的是，你来了尽管喝。"

《黑暗之歌》是这样一首诗：

黑暗之歌

黑暗弓着腰在墙角蹲着

黑暗蹑手蹑脚

在树林里不动声色地徘徊

黑暗的黑眼睛在阳光下看不见

黑暗的黑爪子

今夜轻轻搔着你的窗玻璃

黑暗你从哪里来？

是从后山的树洞里爬出来？

还是从荒野一路奔跑过来？

当野外打食的群鸟

在黄昏飞回树林

我听到你在山谷轻轻吹出的唿哨

把无忧无虑的鸟的歌声

一下全都噎进鸟窝里

当一只山鸡

在拂晓发出第一声清啼

你不声不响地起身离去

好像你不过是屋檐下借宿的流浪汉

伸了一个懒腰，拍了拍

沾在黑衣衫上的寒意

生怕惊醒了

还在屋内熟睡的人们

黑暗你为何哼着夜风中的小调来探

　　　　视我？

为何把兜里发光的石棋子

任性抛在夜空的棋盘上？

难道你给我送来了几颗松籽

要我埋在冬天

我那荒芜的院子里？

难道你给我捎来了

一束枯萎的野花

要我在春天的早晨

踏着晶莹的露珠

去郊外看望野花的女儿们？

或许，在这黑灯瞎火的时刻

当光明的殿堂

訇然一声坠下了五光十色的山门

黑暗你神不知鬼不觉地坐在我的对面

邀我出去走一遭

到一团漆黑的野店

饮一杯茶，喝一碗酒？

哦，黑暗

夜夜呵护着我浸透着我

用冷冰冰热烘烘的舌头

舔着我赤裸裸的肉体和灵魂的黑暗哦！

我把灯光拧亮了

想看一看你的样子

你轻轻一跃，退到了灯光之外

我听到，又一只

还在滴着鲜红琼液的酒杯

在光影中破碎的声音

我把灯光熄灭了

你又无所不在，俨然成了

我房间里真正的主人

我触摸到黑暗

那蒙着黑纱巾的荒野无边的气息

哦，黑暗，你这夜的精灵

在天火的燃烧中你不肯成形

蹿上了我的墙头你却摇身一变

哦，黑暗

白天我比你更加沉默的黑暗

夜晚你比我更加真实的黑暗！

从那以后，萧雄隔三差五地来，我拿给他我的新作，两人一边喝酒，一边聊诗。他爱诗，读的多，也长了一双毒眼，评起诗来很痛快，心里怎么想就怎么说，一点不给我留情面，逮着我的毛病说话就很刻薄，但我相信他甚至胜过相信自己，他喜欢的我就高兴，就留着，他一不喜欢我就很恼火，但他不喜欢的我都扔了。

一天，他问我："你哪来的灵感啊，一天能写好几首。"

"不需要灵感，任何东西，任何事情，当你从不同的角度去感受，去想象，去思考，不停地追问，诗意就来了。谁都能写。"

"任何东西？任何事情？谁都能写？不可能吧？"

"怎么不可能，想不想试一试？"我笑着说。

"去你的！那窗口怎么样？"他随手一指说，"要不，我这只脚怎么样？嘻嘻嘻，"他得意地翘起一只脚，袜子磨破了，露出了脚板心。

"这么破的一只脚，产生诗意是有点困难，不过，还是可以试试。"

第二天傍晚他来了，我把为他那只袜子破了，露出了脚板心的脚写的诗给他看：

远方的雨雾

小站坐落在哪里？

陌生的面孔

人群幽蓝的身影

潮水般涌来涌去

那人可是我？

寻找大门，追问着

四面空无回音的墙壁

长椅上岁月卷曲

冻土熟了

风将绿色的原野从窗外吹醒

谁分割了天空和大地

谁就抹干净了

我孤零零的脚印

把黑白图像挂在胸前

一头瘦驴

风度古老地踱进风景

那被放弃了的深深的小巷哦

还能点燃一盏灯么

照亮心的柔软

卷起雨水绵绵的帘布

让阳光进来吧

那人可是我？

在远方的雨雾中停留

却同时将远方失去

"逗我吧，"萧雄读了诗，笑笑说，"这哪是写的我的脚？"

"我的脚……"他脚一撇，还是不放心地低头瞟了瞟。

"看来，你还没达到看脚不是脚的境界呀，"我开玩笑地说，"这首诗写的当然不是你的脚。如果直接描写你的臭脚有什么好写的，顶多写成'萧雄有一双臭脚，今天却穿了双白色的新球鞋，可他的新鞋子刚迈进我的门槛，我的房里顿时充满了可怕的熏人的气味。'那有什么意思？直接描写没什么意思，象征也没什么意思。如果思想是贫乏而狭隘的，象征又能给人增添多少想象？我关注的是一种关系，一种思考问题的角度。譬如说，由你的脚引起的联想。由你的脚，可以想到道路、驿站、未来、追求、命运以及相关的问题，而不同的时代，不同的人，对这些问题又会有不同的思考和行动，这样去思考，想象的空间就大了，把这些思考和感想提炼出来，就可写成一首诗。而且，不同的人，对生活的感受和思考不同，个人的趣味不同，就会写出不同的诗歌来。"

"有点道理，有点道理。不过，那你说什么是看脚还是脚？"

"你先来看看这首诗，"我又递给了他一张诗稿。那张诗稿上写着：

中午一点半的福利

还没到周末

云在远空观望

大片蓝天失去了中午的保护

我把一片心思

晾挂在窗口上

每天的日子都已成了收藏品

在哪儿存放窗外的风景？

宽敞的客厅看不见主人

你被前手端上去

又被后手撤了回来

满把残破的瓦砾

也被清水漂过

擦洗得窗明几净

我的足音呼召不回

消失在千里万里之外

那如江河行走大地般的足音哦

是你的大潮起伏

还是屋檐上几缕炊烟的飘浮

攀向更高更寒处呢?

太阳犀利的光芒

一大早

就已把对岸的住房群

分析成一块块地嵌入树中

而我直到临近下午

才将心思撕成一片片的

隔窗抛向河流

但它们

竟然和那座教堂的尖顶

浮在水面

不愿漂流而去

　　萧雄一边读诗,一边苦笑着搔头皮,显然,他不明白这首诗和"看脚还是脚"有什么关系。看着他那一头雾水的样子,我开心地笑起来,说:"你昨天不是还指着那窗口要我写首诗吗,这首诗就是有关窗口的联想啊。"

　　他"哦"了一声,像是恍然大悟。

　　"有关脚的联想和有关窗口的联想是不一样的,这就是我的看脚还是脚,看窗口还是窗口。"我往玄里说,越说越玄。

"不错，不错，"萧雄说，"我喜欢你这首'看窗口还是窗口'，感觉出来了。别说，我一读就好像看到你站在窗口，望着窗外的景色，心中充满了无奈。后现代，后现代。"

停了一会儿，他又摇头晃脑地说："当我第一脚踏进你这道门，手握一本诗集，胸怀一幅蓝图。我给你看手相，说看不准你的未来，原想用那幅发大财的蓝图吸引你、鼓动你，两人携手下海，搅他个天昏地暗。哪想到你受了那本诗集的蛊惑，当起穷愁潦倒的颓废诗人来了，可惜啊可惜。"

他故意唉声叹气，而后哈哈大笑，眼瞅着我，仿佛我是他无意之间的得意之作。

这是奥尔本尼的春天。路边的积雪都化了，山上的树一夜之间也都绿了，天气也暖和起来，窗外都是窝了一个冬天的小孩子们逗打嬉闹的声音。可我对窗外的变化没多大兴趣，除了上课，就待在家里琢磨着诗歌，萧雄来了，就和他喝酒，谈诗，听他侃后现代。

日子一天天过去，我的心情好起来。

二十九

我一个多月没见林杉人影了。蓝蓝走后，就和我在电话里谈起离婚的事来。她说她很想得开，我也说我想得开，两人都想得开，这离婚的事就好办。可蓝蓝又说，她想把工作辞了，去亚洲非洲的几个穷国家看看。她这么一说，我就知道她的很想得开是怎么回事了。她这是和我赌气，她一赌气，任起性来，说不定就会这么做。于是我劝她先别辞工作，请假去欧洲玩玩，散散心，别去穷国家，穷国家有什么好，一点也不安全。电话那头蓝蓝根本不听我的劝。我担心蓝蓝，心里总是一个结。林杉一直不来，我本很想去看看她，但想到蓝蓝要辞了工作去穷国家，心里负疚，加之这一向迷上了诗歌，萧雄常来喝酒聊天，见林杉的事我就一拖再拖放了下来。

可那天我从学校回家，还在屋外就闻到空气中的炒菜香味，推开门，发现是林杉来了，早忙了半天，做了一桌菜，独自坐在桌前等我。

"有什么喜事啊，做这么多菜，不是你的生日吧？"我笑着问。

"不是，"她拉长声音说，"快来开酒，菜都快凉了。"

我搓搓手，开了酒瓶，一人倒了一杯酒，两人坐好后，笑嘻嘻地碰杯，一点隔阂、一点不便明说的心事，都将在一碰一饮的酒中消解。

　　"你得祝贺我，我真有喜事。"

　　"是吗，什么喜事？说来听听。"

　　"你猜。"

　　"哼，叫我往哪儿猜呀。"

　　"我要结婚啦。"她撒娇似的对我做了个怪相，抿嘴一笑。

　　我嗬嗬地笑了。心想，她逗我呢。伸手摸了摸她的耳垂说："这样不是挺好的吗？结什么婚呢。"

　　她"嗯"地一扭头摆开我的手，拂了拂披在肩上的头发："还说好，我都不知道自己成什么人了。"

　　我看着她，她也静静地看着我。她的眼光让我心动。她要和谁结婚？莫不是和我赌气就要嫁给萧雄吧。可是，嫁给萧雄那就不如不嫁，萧雄说他这辈子再也过不惯家庭小日子了，他这人在这点上对自己看得很清楚。

　　"你还没问我要和谁结婚呢。"她挑逗似的说。

　　我微微一笑，故意说："这一向萧雄常来，他怎么就没对我说起这事。"

　　她嘴一嘟，眼睛低了下去，似乎嗔怪我不该说这句话。她拿着筷子在酒杯里兜圈子搅拌，好一阵子才轻声说："不是他，他也不知道，我没跟他说。我和他的关系，其实，并不像你想象的那样。"

　　说完，她抬起头来，一副挑战的样子看着我。

　　我也没怎么去想象，我是看到了啊。

　　我明白她的意思，她是想嫁给我。我们刚见面的第一个晚上，她喝醉了酒，在我怀里说胡话："你还没向我求婚呢。"自从听她说了她和詹姆士的故事，我明白了她怎么做梦都会想着别人向她求婚之事。她是为了和詹姆士结婚来美国的，婚没结成，倒成了她的心病，平时还没什么，可喝醉了酒，心里一犯迷糊，她就会想到求婚啦结婚啦之类的事上去。可今天，她才抿一口酒，不可能醉的，怎么又糊涂了。

她能明白我的心思吗？可以说，她对我一点都不了解啊。

你俩在一起时，她就有无数的苦水要向你倾吐，有她说不完的情感纠葛。可她从来不问你的过去，她哪里知道你也有一肚子苦水，也要向人倾吐呢。不不不，不是她没问过你，是你什么也不愿说，你总是把话岔开。你能对她说吗？你能对她说三眼豹的故事吗？她哪会相信，还不笑死去。那些神奇的体验，连蓝蓝都不相信，一口咬定你是做梦，是幻觉，是精神病。你能和她说小头之死吗？小头是让三眼豹害死的，三眼豹是你的老朋友。而你呢，自从小头死后，就控制不了头脑中的幻觉。那种精神上的软折磨，谁受得了？久了，谁都会成精神病的。不然，小头怎么会死？世上怎么这么多人，似乎无缘无故就自杀了？你能对她说，你辞去政府部门的工作，来学校教书，是要救自己吗？其实，你多想对她说，你从内心深处感谢她，你遇到她是你的幸运。可你能说吗？你爱她吗？你也不清楚哇。在你心里，她仿佛是悬崖边的一根青藤，在你跌入精神崩溃的深渊前一刹那，被你有幸一把抓住，你抓住了就不放手，谁愿掉到深渊里去？那诗歌呢？诗歌是你的下山之路，是你的心灵归去之路。哦，她还不知道你写诗了，你和她一个多月没见面了。

在写诗的过程中，你的脑袋像被闪电劈开，光灌涌而入。你发现，你不是以前那个人，不是的，真的不是。你的体验，你的情感，你的意愿，你的思考都不是，只是这一切，就像萧雄说的，连你自己都不知道。只有当你给头脑松绑，拿下、丢开萧雄说的金箍子，解除一切意识形态和主观臆想的束缚，在想象中置身于生活之存在，追问灵魂，打开心灵的障碍之门，用真诚的光明照亮内心世界时，并且，用笔和诗歌的语言，将你真实的感受和思考，将你真实的生命体验，在纸上呈现时，你才豁然开悟，原来，这家伙是这么一个人。

你在诗歌中发现自我，找到自我，也改变自我了！

你明白了，原来，用自己的心灵去感受生活，感受人，用一枝笔写下你对生活，对人的感受和思考，这才是这辈子你想做的事，这才是这辈子你想成为的人呢。

那么，三眼豹呢？三眼豹呢？在乞力马扎罗高峰上有一具风干冻僵了的豹子尸体。豹子到这样高寒的地方来寻找什么？

你不知道，你确实不知道。怎么办呢？那就换个说法吧。三眼豹真的带你去见识了那些奇妙境界，这是你亲身体验了的，不能因为小头遇到三眼豹后遭了殃，就把三眼豹说否定就否定了；也不能像蓝蓝那样，随随便便一个怪梦就打发了，还是换个新的说法，让人比较容易接受。

你想，从好的方面说，那是人的存在之光，是人的自我之光。平时看不见，被人性和世俗的乌云遮蔽了。三眼豹来了，在自由意志觉醒和解放的瞬间，它会像星光一样照亮人心晴朗的夜空。虽说遭遇三眼豹，要靠一点运气，可是，人的自我之光就存在于人的心性里，存在于每个人的心性里。一个见了三眼豹的人，追求真理固然不错，但要追求的并不一定硬要是真理。他要做的，只是依顺自我的天性寻找到自我，实现自由意志所选择的个人生存方式与自我天性的和谐。而一个人只有找到了自我，实现了个人生存方式与自我天性的和谐，才能真正实现自我与他人的和谐，实现自我与社会的和谐。你得啰唆几句，一个见过三眼豹的人，在没找到自我之前是想不到这些的，他只是一直在那里寻找，总不肯停下来，可找来找去就是不清楚自己这辈子要找的是什么，等到他找到自我了，一下子就明白了，搞了半天原来是这样的，他要寻找的不过是自我，他要实现的不过是自由选择的个人生存方式与自我天性的和谐。

是这样的吗？是这样的吗？

你也说不准啊，毕竟遭遇三眼豹还有坏的一面呢，毕竟小头死了，他遭遇三眼豹后，竟异想天开偷起东西来，偷起来竟一发不可收，连命都搭进去了。而人性又是那般的丰富和复杂，而人与人又是那般的不同，一人一世界呀。谁知道每个人内心里被压抑的欲望是什么，谁能预料，当人遭遇三眼豹后，当人内心里挣脱一切自然的、社会的、自身的束缚的力量被激发出来后，人将怎样选择他的人生之路？他将被引向人性解放中的幸福，还是人性张扬后的毁灭？谁能预料？谁能说得清？

乞力马扎罗的高山之巅，一具豹子的干尸，白雪蓝天，星空明月，一具干尸……

这就是你的心里话。

林杉啊林杉，这些话你以前不能对她说，也说不出来，现在你想说了，真想说给她听听。别小看了那几首小诗，它们让你脱胎换骨，成了新人了。可是，要说马上和她结婚，你又拿不定主意了，你没想过呢，你和蓝蓝离婚的事也还没了结，你的未来恐怕又得有变化，她能给你时间，好好想一想吗？

归去的路，你是孤身一人下山，还是身缠一根青藤牵牵挂挂地下山？

"你在想什么呢？有什么话就说出来，我才不怕呢！"林杉瞥了我一眼，用带点埋怨的口气说，"我和你在一起，你总是走神。告诉你吧，真的根本和萧雄无关，我是要和托尔曼结婚了。"

"托尔曼？"我吃惊地看着她。

"他是一个德国人。"

"哦，德国人，托尔曼。"我嘴里喃喃念道，忽然哈哈大笑。

"笑什么啦你！"林杉脸一红，不高兴了。

我笑得眼泪都快出来了，摇摇头自嘲地说："真是啊，真是，刚才我还以为你是想嫁给我呢。"

"嫁给你？唉！"林杉眼一翻，故意叹了口气说，"哪敢啊，还是嫁给一个爱自己的人吧。"

那还有什么好说的，那还有什么好说的，三眼豹呀，诗歌呀，别说了，别说了，什么也别说了。

"耶，"她眼睛一亮，"你那位怎么样？我看她人挺好的，真的太好了，你们俩挺般配的，真的。我很喜欢她，你答应我，下次打电话一定告诉她。"

"还是谈谈你那位德国人托尔曼吧，我怎么从没听你说起过他。"

"你相信一见钟情吗？"

"听说有。"

"他真是对我一见钟情。那天晚上，我都要睡了，接到一个电话，从德国打来的，说是找我，还说他是托尔曼。他那边听我说我就是林杉，就又是叫又是笑的，说是找了我一年多，终于找到了。我听他在那里噼里啪啦地说，都糊涂了，托尔曼？托尔曼是谁呀，我怎么一点印象都没有。他问我记不记得他，我只好支支吾吾的，他说他在国内哪个小晚会上听我唱歌，我的一个朋友小毛把他引见给我，他还和我聊了好一会儿，问我有没有印象。小毛给我引见的外国佬多了，我哪记得那么多，我不想扫他的兴，只好说：'哟，是你呀，哪能没印象，你不就是那瘦高个，金色的头发，眼睛蓝蓝的吗，真没想到是你。'他听了伤心起来，说我把他记错了，他是灰眼睛呢。我偷着直乐，我是瞎猜啊。嘻嘻嘻。"

我也笑起来，插嘴问道："他一找到你，就向你求婚了？你人都没见，就答应了他？"

"他没明着求婚。但不用明说，一切都是明摆着的。一个德国人就见了我一面，说了几句话，一找我就找了一两年。他肯定是爱上了我。一个德国人，要不是爱上了一个人，是从来也不会做这样的事情的。你说是不？"

"我不知道。"我照实说。

"没错，肯定是这样的，只要是德国人就都这样。"她接着说，"那天晚上，我们聊了好几个钟头，说得真投缘。他要我去德国玩，我知道他是想娶我，聪明人就会找机会。我也很动心，我真想结婚，做梦都想，但是和托尔曼还是有点犹豫。我本来是想问一问你的，可你不来找我，我一生气，就偏不来找你。没想到第二天晚上，托尔曼又来电话了，他给我买了去德国的机票，用特快邮件寄到美国来，还要我马上去德国大使馆办签证，他自己就是外交官，给这边使馆的朋友打了招呼，你看他急的，想娶我都急得这样了。"

"他向你求婚了吗？"我又问。

"我不是说了他没明说吗。这种事不用明说……"

"不，他只是请你去玩，他还没向你求婚。"我一下子变得十分冷酷和固执。

"你真是个死脑筋！"林杉用一只手指在我额头上狠狠一戳，"你也不想想，他机票都给我买了，去德国的机票，好几百美元呢，临时买的高价票，一个德国人，不是爱上了一个女人，不是要和她结婚，是从来不会做这样的事情的！而且，他都没给我买回美国的机票，因为他肯定是要和我结婚。我清楚得很，我这一去就回不来了，我也就奔着结婚去。我把我的东西都放到两个箱子里，带不走的就都不要了。只是我的那部车，我把车放你这儿怎么样？车子以后怎么办，我去了再给你打电话。"

不管林杉怎样想说服我托尔曼是要娶她，我心里认定，林大小姐只是又遇到了一个德国的詹姆士，而她从旧梦里还没完全醒过来，又掉进了新的梦境。但我没再说什么，既然德国人有那么多优点，而一个想嫁人的女人想嫁的又是德国人，那我还有什么好说的？说得再多也没用。她还得自己醒过来。

她见我不说话，却不放心了，问道："你怎么不说话，是不是不高兴了。"

我说："你要是嫁到德国去了，我不就失去你了。"

她看着我，一会儿，目光垂下去，拿起我一只手，放在手心里揉，揉啊揉的，轻声安慰我："不会的啦，不会的啦。"

我也就是说说而已，可是，看到她那认真、柔情的样子，我心里还是感动了。

那天夜晚，林杉在我这里过的夜。我都要睡着了却被她摇醒。黑暗里听她说，"你说，当然，不可能是这样的，不可能的。但是，万一，我知道不会有万一，我只是随便问一问，万一，万一托尔曼不是要和我结婚，那我怎么办？"

"你回来就是。"

"可是，他没给我买回程票啊。"

"你自己买啊。"

"我都没钱了。"

"明早我给你。"

她叹了口气，伏在我胸膛上，一会儿就睡着了。

林杉去德国后的第二天就回来了，在机场给我打了个电话，要我去接她。林杉说去德国结婚，我心里并不看好，却也没料到她去德国后待了不过一天就会回来。我去机场接到她，什么话也没说，提了她的箱子就走。上了车，还是林杉忍不住，眼睛看着窗外对我说："他不是要和我结婚。"我"哦"

了一声问道："好不容易去一趟德国，怎么也不在那里多玩几天？"她说："我懒得跟他啰唆。"

我把林杉连同她的箱子一起运到我宿舍，从那天起，我们就住一块了。

那天上午没课，我在家里睡懒觉，给电话铃声吵醒了。拿起电话一听，原来是萧雄，说是有点事要找我商量。我漱洗后随便吃了点东西，就开车去了他那里。

到了萧雄住处的附近，在车里看到，他住处前面的街道旁停着几辆警车，萧雄站在路边正和几个警察说话。我就近找了个空处把车停下来，等我下了车，那几个警察已开车走了。

萧雄见了我，大踏步向我走来。

迎着萧雄，我不在意地问道："这里出什么事了？来了好几部警车？"

"我的车被人偷了，咳咳。"

"是吗？怎么回事？"

"有人害我。我的三部车，一夜之间都给人偷了。"

原来，萧雄平时开的车，另两部他几天前从拍卖场买回来的车都被人偷了。我感到事情的严重。向萧雄看去，他倒很镇静，只是脸色有点苍白，脸上有一种大人物面临重大变故时苦思对策的严肃表情。

我"哎哟"了一声，对他的三部车都让人偷了表示惊讶和同情，但更令我吃惊的是这个世界上竟然会有人起心害萧雄，这实在没想到。我有点怀疑地问："不会吧，不会是有人害你吧？"

"真是有人害我。"他的语气那么决断，我再怀疑就有点说不过去。

我想起他在做旧车买卖生意，他说过他要垄断奥尔本尼的旧车买卖市场，他是不是刚开始就下手过狠，做了什么出格的事，冒犯了同行，引起了公愤，于是……

"你是不是最近得罪了什么人，像那些买卖旧车的商人什么的。"

"不是他们，"他手一挥，"我刚开始搞旧车买卖，才做几笔生意。"

我意识到自己想得太离谱，这里是美国，市场成熟得很，谁会干这种黑社会的勾当？那，还会有谁害萧雄？

"我知道是谁在后面捣鬼。"他压低了嗓子，表情神秘起来。

"谁？"

"王老板，龙园的王老板。"

"他？那怎么可能？"

"不是他，还会是谁？你想想看，我在美国又没仇人，就和这家伙干过一次架，那还是为林杉的事。他当时说了一句二哥不会放过你的。听林杉说那二哥是纽约唐人街黑社会的头，来头不小。我都没往心里去。没想到这王老板还真记仇。前天晚上我在超级市场买东西，见到他和一个戴墨镜的家伙在一起。我好久没见他面了，把那事也早忘了，见了他还挺高兴，老熟人嘛，就主动走过去和他打招呼，没想到他头一扭，气哼哼地还不理人。你说这人。我当时心里琢磨，这王老板怎么跑到这里来买东西，他家附近又不是没有超级市场。我出超级市场时看到王老板还没走，跟那个戴墨镜的在说着什么，在我背后指指点点的。你看，这事是不是也太巧了？我一年多没见王老板，头天晚上看到他，第二天晚上我的车就被偷了。我敢肯定，那王老板身边戴墨镜的，就是纽约唐人街黑社会的那个什么二哥，不是黑社会的，到晚上谁还戴墨镜？这什么二哥还真他妈的黑社会，心狠手辣，一偷就偷老子三部车，偷得一辆都不剩。你说我的分析有没有道理？"

"好像没什么道理。"我说。我想，他怕是昏了头，"你带我去看看，你把车停在哪里？"

"不用去看了，就停在街那边，咯，"他用手指给我看，"三辆车停在一起。"

"车门锁了没有？"

"锁车门？"他头一歪，拿眼斜着我，仿佛我提了个蠢问题，说："没有，我从不锁车门。"

我"哦"了一声，明白了他的车为什么被偷。可我也糊涂了，这样明摆着的事实，这么简单的道理，他怎么就看不到，想不通，一开口就说有人害他，弄得我还以为真有那么回事。

大概是见我不像是开了窍的样子，他还向我解释道："在美国车是不用锁的，我的车开了好几年，停在哪里都不锁，从来没被人偷过。我们这种档次的车，谁会偷你的？人家要偷就偷高级的，偷我的车他还划不来呢。"

"你的三部车不是都让人给偷了吗？"

"那是王老板害我。"

"嗨！"在这时候我可不想在这点上和他争论，只是问他警察怎么说。

"警察说什么？什么也没说。就问我有什么证据，再就是拿着个本子记，也不知在上面记了些什么。"

过了几天，警察给萧雄找回来他的三部车子中的一部车子的空壳。车子里面的东西都拆卸得没了，剩下一个空壳扔在下城黑人区的街旁。其他两部车子连个影子也没见到。一直到后来，这个案子都没破，不知是谁偷了萧雄的车。

不久，连萧雄也失踪了。

三十

萧雄在我这里借了几千块钱，没几天就找不到他的人了。那天他喊我去就是想找我借钱，他要翻本。他告诉我，他的旧车买卖生意开张时，自己的本钱不够，就找林杉借了三千块钱。他知道林杉的钱来得不容易，他翻本后得先还林杉的钱。我这才明白为什么林杉一直在打工，却连买一张从德国回美国的飞机票的钱都没了，她把自己的一点存款都借给萧雄做旧车买卖生意去了。我开支票给萧雄时，要他保证车门得上锁。他打着哈哈大笑。

又十多天过去了，那天夜晚，我和林杉坐在电视机前看录像带影片，忽然，电话铃响了，我拿起电话一听，里面传来萧雄的声音。

"你在哪里？"我问道。

"我在奥尔本尼的长途汽车站，你来接我吧。"

在去汽车站的路上，你忽然有一种三眼豹就在附近的感觉，小头出事的那次，三眼豹来之前的那几天，你心里就是这种感觉。可你是去接萧雄，怎么会见到三眼豹？这种感觉让你心里不安。小头穿了一个洞的血淋淋的后脑勺浮现在你脑子里。小头出事后，你一直想不通三眼豹怎么会缠住小头，还钻到他的脑子里去了。有这个必要吗？在你看来，三眼豹和小头根本不是一路的，还是各走各的路好。可萧雄和三眼豹是一路的吗？对这点你就说不准了。你有一个不祥的预感，要是这两个家伙搅在一起了，难说会有什么好事情。

不管三眼豹不三眼豹，有你在，就不容许小头的惨案在你身边再次发生！你在心里暗暗发誓。

你把车停在汽车站外的停车场，下了车，向车站走去。那种三眼豹就在附近的感觉越来越强烈，你心里也越来越不安，进了车站的门，就四处张望，寻找三眼豹，差点把自己来干什么的都忘了。

汽车站里灯光昏暗，几排椅子上，坐着没几个不知是等车还是等人的乘客，没看到三眼豹的影子。你明明觉得三眼豹就在厅里，却看不到它，一颗心越发悬着放不下。这时，一个背着旅行袋，蓬头垢面，满脸胡子的流浪汉，不知为何径直向你走来。你无意识地瞟了那人一眼，这一眼瞟去，猛地看到一头豹子就蹲在那个流浪汉的肩膀上，你不由得睁大了眼睛。可眼前一花，豹子不见了，原来豹子只是那流浪汉头上的一蓬黑气，刚刚让风吹歪了。如果是在灯光下，背景墙壁又是白色的，那就不难在一些倒霉蛋的头上，看到那一蓬蓬的、时隐时现的黑气。你看到那朝你走来的流浪汉脸面有点熟，边走还边对你笑，露出两排雪白的牙齿，你再一看，原来，这流浪汉不是别人，正是萧雄。萧雄本来个子高大壮实，十几天不见，却瘦得像个大骨架，晃晃荡荡地让穿堂风吹着在那里走。一个宽大脸庞，也一下子成了个刀削长脸，面颊、眼睛都凹了进去，眼眶两个黑圈，显得眼睛特别大。两眼布满了血丝，看人的目光又直又亮。

你第一次遇见萧雄，就在他头顶上看到过一团黑气，后来，那团黑气消失了，没想到，一些天没见，一大团比以前更浓更密的黑气又出现在他头顶！

"你是不是和三眼豹在一起？"你问萧雄道，看到萧雄人忽地变了个样，头顶上又黑雾笼罩，你更不放心了，一开口，竟问起萧雄三眼豹来。

"三眼豹？"他一脸糊涂，扭着脖子往两边一看，反问你道："什么三眼豹？哪里有三眼豹？"

"哦，看我这脑子，想哪儿去了，"你用手敲了敲脑袋掩饰自己，又问他："你出什么事了？怎么成了这样子？"

"我出什么事？什么样子不样子的？我挺好的嘛。"他见你还在不停地拿目光上下打量他，眼光一斜："你今天怎么了，一见面就怪怪的。"

你还是有点怀疑那头三眼豹就躲在萧雄的身子里，这种事它可不是没做过，但看来看去又不大像，心想，只怕是自己心里作怪吧，于是声音平和下来问道："这些天你都去哪儿啦？"

他嘿嘿一笑说："回去再谈，回去再谈。"

一路上两人没再说什么。到了我那儿，进得门来，林杉早热了几盘剩菜，烧了一锅汤等在那里。她见萧雄进门，吓了一跳，身子直往后退，把身后的椅子掀翻了，差点没摔着。

我赶上一步扶住她，说："他是萧雄。"

她傻了一样用手捂着嘴，眼睛直直地瞪着萧雄，突然又"扑哧"一声笑了："看你个鬼样子！我还以为是街上来的流浪汉呢。"

林杉张罗着给萧雄端汤盛饭，我却要萧雄先去洗澡再吃，一路上，他那一身味道，早熏得我受不了啦。

萧雄说他也不知几天几夜没吃没喝没睡了，他要先吃了再洗。

他肩膀一斜，旅行袋从肩上溜下来，"噗"地一声落在地上。他走到饭桌前，一屁股坐下，端起菜汤就喝，咕噜咕噜几口喝完了，把碗往林杉那边一递，还要。

林杉给他又舀了一碗汤来，他咕噜咕噜喝了几口，把碗往桌上一放，打了一个响嗝说："累坏了，累坏了。"

"你去哪儿啦？"我问。

"去大西洋赌城了。"

"去赌城了？"

"我还赢了好几百万呢！"

我眼睛一眯。他蓬头垢面，一身脏兮兮、臭烘烘的，实在不像发了横财的样子，但他说话的声音和语气，说话时亮得发光的眼睛，又不像是说着好玩。

"真的呀？"林杉问。她给萧雄打了两碗汤后，本来都走到一边去了，听萧雄这么一说，又走近来了。

"你听他说，他都不知道他在说什么呢。"你带点嘲讽地说。刚和萧雄碰面时，你就疑心三眼豹躲到萧雄身体里了，可和他说了几句话，他表现得还正常，你的疑心就淡了，但听到萧雄说他去了大西洋赌城，还赢了几百万，你就断定原来三眼豹还真躲在萧雄身子里，它把萧雄迷住了，来和你搞鬼。

我走到萧雄背后，捏了捏他的肩膀说："你这家伙，好久不见了，见面就要我，想要我可没那么容易。"

"我要你干什么，我赢了几百万就是赢了几百万！"萧雄脸上的表情越发像是真的。

你这老豹头还想骗我？我照着萧雄的肩膀狠狠地就是一巴掌，大喝一声：

"你跟我出来！"

"哎哟！"萧雄大叫，像一头受惊的豹子般跳起来，又落到椅子上，右肩膀马上塌了。他苦着脸，左手在前脖子上绕了半个圈，探到背后，揉着右肩膀说："哎哟哟！你这家伙下手这么重！出来？出什么来呀？你别急嘛，听我慢慢说啊。哎哟哟，啧啧啧。"

"你干嘛呀，"身边的林杉见我高高扬起手臂，又要向萧雄的左肩膀砸去，便瞪了我一眼，使劲扯住我的手臂说，"你听他说嘛！"

我心里一团疑云，也只好走到萧雄前面，先听他怎么说吧。

萧雄一边揉着肩膀，一边对我说："我的车不是被人偷了吗？不瞒你说，当时我心里都是空的。后来，我找你借钱，我是想翻本，在哪里跌倒了，就在哪里爬起来。但我把你借给我的支票存入银行后，我就琢磨开了。我觉得我不能再做买卖旧车的生意，我得另找门道。"

"另找门道？你不是说买卖旧车可以赚大钱嘛？"

"赚大钱呢，也不是不能赚。你像我，第一部车，头天上午我把车开回来，第二天下午一转手就卖了出去，一天就赚了一千块。但也不是部部车都能这样。第二次我进了两部车，车搁在路边一个多星期也没卖出去，没办法了我只好降价出手，把赚来的一千块钱全贴了进去。第三次，你也是知道的，车被人偷了。"

"看来，"我笑着说，"要办成一个垄断全球旧车买卖的连锁店还不是那么容易啊。"

"不那么容易，不那么容易。"他连连点头赞成，像是一点也没感觉到我在和他打趣，又仿佛他从来也没夸过口，要办一个旧车买卖的连锁店，还要很快先垄断奥尔本尼，再垄断全球。他用一种过来人的口气说："做买卖旧车的生意能不能赚大钱是次要的，最主要的还是要耐得烦，要耐着性子与人打交道，你待在家里，一下子电话铃响了，一下子电话铃又响了，烦死了。他来看车了，毛病挑了一大堆，讨价还价的，好不容易你以为他要买了，哎，他一拍屁股走人，车他不要了，你说气人不气人？我这人性子急，不适合干这个，没那个耐心。"

他头一扬，接着说："我想了想，像我们这种读书人，做生意要发挥我们的长处，避开自己的短处。什么是我们的长处？说穿了还是智力，我们要靠智力发财。买卖旧车的事，谁不能做？"

他瞪着眼问我，我耸了耸肩膀。

"所以，"他咽了口口水说，"我把银行里的几千块钱都换成了钞票，去公共汽车站买了长途车票，一下就坐到了大西洋赌城。"

"你去赌城干什么？"

"赌啊，那还能干什么别的。"

"这就是你的靠智力发财？"

"是啊。"

"嗨！你这是靠什么智力发财，谁到赌场不都是个输吗？"我这下有点急了，心里也像是跑幻灯片，这眼前的萧雄，一下子是三眼豹，一下子又是萧雄。

"这你就不清楚了。这去赌场赌博不是买彩券，买彩券讲的是无条件概率，中一次彩比当美国总统还难。赌场可不一样，这赌场讲的是条件概率。一般老百姓去赌场当然是输的多，他哪懂得什么无条件概率有条件概率。我们是什么人？读书人啊，读书都读到博士了，当然和他们不一样。"

"你……"我正想插嘴，林杉又拉了拉我的衣袖说："你别打岔好不好？听他说嘛。"

"好好好，我听他说，听他说。"

"我先在赌场里看，看别人赌，老虎机、轮盘赌、21点，什么都看，一边看一边在心里琢磨。但看了半天，也没看出个名堂来，心里那个发痒，就想试。这赌博啊是有门道，但还是要亲自动手试一试，不亲自动手没那个感觉。"

"慢点慢点，你赌的时候是靠感觉还是靠琢磨出了个什么条件概率？"

"怎么说呢，这条件概率是有的，譬如说 21 点，桌上摊了几张牌，你手上有几张牌，别人要什么牌，不要什么牌，手中会是几张什么牌，还可能有几张牌，这些就是条件概率。但你得玩得熟，我是边干边学，那就不行，人一坐在牌桌前就懵了，怎么也算不清，只好全凭运气。靠的都是那一瞬间的手气。"

我摇了摇头。

"赌到第三天半晚十二点，我什么赌都玩了，你能够说出的任何一种赌法，只要是赌场有的，我都赌了。不信，你考考我。"

他看看林杉又看看我，等了一会儿，看到我们谁也没有考他的意思，就又接着说："几天下来，我手中的几千块钱全输了，只剩下三块一块钱一个的赌场的硬币。我想，再最后赌它一把。"

我嘿嘿冷笑。

"我记得那时我站在一个老虎机前，抬头一看，赌场的墙壁上挂着个大闹钟，闹钟上的时间是十一点五十五分。我心里有一种强烈的冲动，就觉得那一把有戏，但我忍着、忍着，一直等到墙壁上大闹钟的秒钟跳在十二点上，就在那一眨眼的工夫把那三个硬币投进了老虎机，左手再用劲一拉，就看着那转盘转啊转，先是左边那个七停在机子中间，再是右边那个七停在机子中间，然后才是中间那个七，在中间晃了好几下，终于停住了。机子突然大唱起来，灯光大闪大亮，围着老虎机跑，那个硬币呀哗啦哗啦地就往下流，停不住啊，而且，整个赌场的灯都亮了，一下子围过来好多人，我站在那里发愣，不知该

路过牛

255

怎么办，那硬币把盒子装满了，又往地上流，流得满地都是，捡都没法捡。七八个赌场的服务员挤进来，牵着手把我和那台机子围在中间，他们是保护我和硬币，怕那些围观的赌客抢。你知道那一下子掉下来多少硬币？猜猜看，猜猜看嘛，五十三万五千八百多块！还不算我给那些保护我的赌场服务员的小费。人家保护了你，你是要给人家小费的。小费我一把把给，到了那个时候，那硬币看起来都不是钱了，就是圆圆的硬纸板，我高兴得都疯了！"

说到这里，萧雄不说了，两眼直直瞪着前方，眼光像是两道不会转弯的探照灯光，亮得怕人，脸上的肌肉跳个不停，嘴角两堆白色的唾沫。

"我把那些硬币全部换成了一百美元一张的票子，一叠叠装了一大旅行袋，提在手里，又重又沉，这辈子我还从没见过这么多钱，心里那个高兴，嘻嘻嘻！"

我和林杉的目光一起落到他随手扔在地上的旅行袋上。那个旅行袋很普通，看起来比萧雄的衣服也干净不到哪里去，袋子松松垮垮，一点也看不出装了几百万。不过，话得说回来，那旅行袋的拉链封了口，要是里面装的真是钱，一叠叠百元美钞，分量肯定不轻。

没料到林杉起身向那旅行袋走去，走到跟前，探了探手，想去摸那旅行袋，却又胆怯起来，不放心，正在那里犹豫，忽地她提起脚，照着那旅行袋就是一脚，只听"蓬"地一声响，那袋子飞起来，"噗"地一声撞在对面墙壁上，又"啪"地一声掉落到地上。显然，那袋子里除了几件衣服，剩下的就是空气了。

我看得哈哈大笑。

林杉不好意思了，灯光下一脸红红的走回来，有点忸怩，又有点孩子气地问萧雄："钱呢？"

"你听他的！"我抢着回答，"钱？钱他个哈欠！他哪里赢什么钱。他现在连自己是谁都不清楚。他是让三眼豹迷了心窍，不不不，他就是三眼豹。三眼豹在找乐呢。它哄得了你，可骗不了我。"

你一听就知道萧雄在闭着眼睛胡吹。世上哪有这么巧的事，几千块钱都输光了，一直等到最后只剩下三块钱，就玩最后一把了，还看着那时间，一分一秒地卡着，结果呢？就那么巧，就那么幸运，不仅中了彩，还一下子赢了几十万美元，这怎么可能呢？又不是写小说！写小说还差不多。但要说真有这种可能性，那肯定就是三眼豹在捣鬼。可是，就你对三眼豹的了解，就你俩多年的老交情，说老豹拿萧雄开心你会相信，但要说老豹会帮萧雄赢几十万美元，那是无论如何你都不会相信的。

我说得够明白的了，可林杉一点也没听懂，还更糊涂了，把眼睛瞪得大大地看着我。萧雄却嚷起来：

"我早就知道你不会相信的，当然，你说给我听我也不会相信，但我告诉你，我说的一切都是真的。我还不只是赢了这几十万，说出来不怕吓着你，我赢过至少也有四五百万！我被三眼豹迷了心窍？根本没那事，我是被老虎迷了心窍，还被老虎吃了呢。老虎机？不不不，不是老虎机，是母老虎，两头年轻漂亮的母老虎，挨着我一边一个，陪了我十几天！你别老是什么三眼豹三眼豹的，听我说吧！

"我本来是提着一大袋子美元就要回来的。可那赌场管事的人对我说，（我中彩后他就来了，一直陪着我），我在他们赌场中了彩，是他们赌场的光荣和骄傲。因此，他们赌场给我安排了一套高级房间，我可以在那里免费住半个月，还可以在赌场的餐厅免费就餐。在这期间我想赌就赌，不想赌就不赌，随时可以离开。我一听还有这样的好事，心想我就住一晚再说吧，我也实在是有点累了。于是，我就和他一起去了他们给我安排的赌场大楼里的高级套间。

"赌场经理给我开的门，我走进那房间，就见客厅里站着两个白人姑娘，正对我笑着。那两个女的真漂亮，才二十来岁，蓝眼睛，金色的头发，身材又好，个子高高的，又苗条又丰满，皮肤倒不白，就像一首诗里写的，"太阳的瀑布，洗黑了她们的皮肤"，洗得还真干净，一点杂色都没有，光溜溜的像是橄榄油里浸过。我眼睛一花，还以为两人什么也没穿，其实，两人都穿着比基尼，只是那比基尼太小，看起来穿了等于没穿。我一眼就看呆了，傻子一样站在那里，连眼珠子都动不了啦。这时，那两个白人姑娘已走到我身边，好家伙，我还来不及反应，一个腰一弯屁股一拱，就去抢我那装了几十万美元的袋子，另一个长腿一跷，我眼一眨，一只光脚丫早落到我肩膀上压在那里不动了，她还双手往腰上一叉，望着我嘻嘻地笑。我吃了一惊，大喝一声：'嘿！漂漂亮亮的，还想抢钱！'我左手往上一抬，一把抓住了左肩膀上的光脚丫，用劲一掀，那脚把我的肩膀当单杠的女的就飞到空中去了，跌了个四脚朝天；我右手再使劲一拽，那屁股翘在天上，正埋头干苦工抢钱的女的脑袋往前一栽，一个狗吃屎就跌在我脚前。我双手紧紧护着那满袋子美元，往后一扭头去找赌场经理，只见他早已退到房门口，眼睛看都不看那两个跌在地上爬不起来的女的，对我弓了弓腰，眨眼一笑，把门关住了。"

这时，我看到萧雄的眼睛又直了，又成了不会拐弯的探照灯，他脸上的肌肉又一跳一跳，跳得更疯狂了，先头用舌头舔干净了的嘴角，又堆起了两团白色的唾沫。

"等到那两个女的从地上哎哟哎哟地爬起来，我才知道，她们两个不是女强盗，是赌场派来服侍我的，一个叫玛丽，一个叫伊丽莎白，你说，"萧雄十分得意地问我，"我是不是碰到母老虎了？是不是年轻漂亮的母老虎？我还能逃得了？还能不被她俩给吃掉？"

你觉得你的手又痒起来，你再要下手，就不是什么肩膀，照着他的豹子嘴脸一巴掌掴去就是。萧雄是越说越玄乎，越说越荒唐，荒唐得更不着边际，更让你没法相信。可不知怎么地，你内心里却产生了一种感觉，那就是不管是不是三眼豹在搞鬼，萧雄说的这一切，恐怕真是发生了。这种感觉还越来越强烈，还在你胸膛里生发出越来越抑制不住的冲动，那就是要狠狠地再给萧雄来那么一下，把三眼豹从他的七窍里打将出来。于是，你那只痒痒的手掌就像蒲扇一样张开了。

这时，林杉的身子靠过来一贴，软软的、热乎乎的身子贴到我身上了，她还把一只手搭在我左肩上。我侧过脸去看她，她眼睛一眯，对我撒娇地一笑，头一偏靠在我右肩上，一只手顺势抓住了我那只正在发痒的像蒲扇一样张开了的右手。

当着萧雄的面，林杉好像从没对我这么亲热过，我心里一软，一个什么念头飞出，还没来得及留住，又飞走了。我心一软，一走神，那只暴力的凶恶的手掌跟着就松弛下来。

"你就这样留下来了？"我问。

"那还能不留？"

"留下来干了什么呢？"

"废话！赌呗！"

"这些天那两个白人姑娘一直陪着你？"

"那还用说。"他头一昂，"我开始手气好极了，赌什么赢什么，怎么赌怎么赢。小费随便给，哄得那两个姑娘要她们干什么就干什么，甚至你还没想到要她干什么，俩人就争着先干起来了，一个比一个主动。那叫伊丽莎白的好说话，声音特嗲，我一下注她就用舌头舔我的耳朵，直痒到我脚板心里去。那个叫玛丽的，话不多，就喜欢咯咯地笑，动不动就把腿翘起来，把一只光脚丫搁在我肩膀上练功。开始我还没留意，以为她是想跷腿就跷腿，想不跷就不跷。后来才发现不是的，她是我赢了她就跷腿，就把脚搁在我肩膀上，我输了她就不跷腿，就不把脚搁在我肩膀上。头几天我老赢，她就老跷腿，累得她腿都肿了，都跷不起来了。也幸好是她的腿肿了跷不起来，要是她的腿不肿一直翘得起来，那我的肩膀就吃大亏了。我的肩膀早酸了，快驮不起她的那只光脚丫了，要不是怕摔痛她的腿，我肩膀一歪早就卸肩膀了。结果我们仨风风光光成了赌场的流动景观，走到哪里，人们的眼光就跟到哪里。我和玛丽、伊丽莎白在一起赌只是为了好玩，人家看的也只是觉得好玩，没想到却惹恼了一个台湾来的赌客。那台湾赌客是个商人，在一个赌桌上和赌场的庄家作对打百家乐，我在那赌桌上下注，押谁谁赢。没想到这家伙开口就说粗话，他说我带着两个女的来赌，女人的光屁股分了他的心，女人的晦气冲了他的财运。他要赶玛丽、伊丽莎白走。我火起来了，就和他干了起来。他妈的这么没教养，一把年纪了连女人都不知道尊重！我嚷着公开和那家伙作对，专门押庄家赢，押他输。他还嘴硬，说：好！就要你这句话！你有多少赌本？老子光现金就有三百八十万，你有多少？哟哟哟，比我还牛气。好，我跟你拼！拼个你死我活！我们俩卯上了，连庄家都成了陪客，也不知赌了几天几夜，不吃不喝不睡觉，我还有玛丽、伊丽莎白陪着，不时给我舔舔耳朵，翘翘腿，给我提神，他是光棍一条，可怜兮兮的。赌到后来，我都云里雾里了，他就更不用说了。他输得光光的，把股票和地契都押给了赌场，更是只剩下光棍一条，裤子都没有穿的。他走的时候脸都灰了，眼里暗得一点光都没有，嘴里叽里咕噜不知说些什么，我怕他自杀，就开导了他几句。这可怜虫还恶狠狠地用乌鸡眼瞪我，像是一口吃得我下去。我只好耸了耸肩膀走开了，我是一片好心，赌嘛，还不是图个好玩痛快？你要敢拿命根子来赌，就得想得开，要输得起。我想他怕是自杀死了，也不知死在哪儿，是谁收的尸。不过，话又说回来，咱也怪不了那台湾赌客对咱一肚子火哇，要是那时候我把钱兑现了收摊走人，我起码也赢了好几百万，捏在我手里的大多数是他的苦命根子。"

"后来呢？"

"后来？后来我就成了神仙，边上陪着两个女妖精。我人都飘起来了，眼睛里看什么都是金光闪耀的，连人的样子都看不清楚了，只有影子在那里飘，就觉得上天入地，没什么是我不能的。人到了那份上，钱就什么也不值了，赌起来圆板一把把地撒，一把把地扔，出手全凭心血来潮，就图个当下痛快，赢了，不放在眼里，又输了？更不往心里去，那才真叫个痛快呀，哈哈哈！"

"你干嘛乱搞呢，你这样会输的。"林杉半是埋怨，半是担心地说。

"输？你还真没说错！还真是输了，输了个精光！"萧雄眼睛一瞪林杉，仿佛惊讶她怎么会知道结局似的，"我一提旅行袋，怎么轻飘飘的了？开始沉得提都提不起，要玛丽和伊丽莎白两人抬着走，再一摸里面，空荡荡的一个圆板都没了，我拍一拍上衣口袋，又摸了摸裤子荷包，都光光的，完完全全一个圆板都没了，我抬头一看，怎么搞的，我又看到了挂在赌场墙壁上的大闹钟，那赌场的大闹钟的秒针又正好跳在十二点上，我就顺手在那老虎机上狠狠拽了两把，他妈的，这回一个子儿都没拽下来。"

"那两个白人女的呢？叫什么玛丽、伊丽莎白的。"林杉问道。

"那两个女妖精哦，你们说奇不奇怪，我当时一点也不清楚两人哪儿去了。我只是记得耳朵眼里好久没痒了，肩膀上也好久没又沉又酸的了。我两边一看，没见到两个女人的人影儿，也不知是刚离开，还是几天前走的，反正连个招呼都没打就不见了，把我一个人丢在那里，真是不像话。我在赌场里找了几圈，也没找见她们，心里一不耐烦，就从赌场出来了，我懒得去管她俩去哪儿了。"

"你就这样赌光了？"

"是啊，赌光了，赌光了。"

"然后就回来了？"

"那倒还没有。我出了赌场，人还云里雾里的，分不清东南西北，哪里还回得来？想都没去想回来的事。用头重脚轻形容我当时的状态，真是一点都没错。我就那么头重脚轻地走啊走的，就走到了海边。我看到了海水，就想洗澡，我就下到海里去了。可不知怎么搞的，我明明记得我是下海洗澡的，可一看身上，衣服也没脱，湿淋淋的，沉甸甸的，一摸上衣口袋，摸出一张回程票来，仔细一看，票上写着奥尔本尼几个字，就想起林杉和你来，这时，我人才清醒了，才想起要回来。我又四下一看，我怎么就站在一块礁石上呢，四面都是海水，水都淹到腰上来了，耳边"轰轰轰"的尽是浪潮声，再一看，远远的那边灯光一片，我猜那边肯定是海岸，就朝那一片灯光游去，我在海里游得快极了，比豹子在非洲平原上跑得还快，一眨眼工夫，我就在岸上了。"

我和林杉，你看我，我看你，又看看两个手臂撑在桌上，却只用一个大拇指托着下巴的萧雄，一句话都说不出来。

"要不是在海里，我看到去大西洋赌城时买的回程票，我怕是回不来了。"萧雄拖长了声音说，声音拖到后面，就只剩下游丝一样的气了。气还没断，他头一栽，头搁在桌面上就不动了。

我和林杉呆在那里。

262

他突然身子一挺，眼睛半睁半闭，手向空中一挥，说："你放心好了。不瞒你说，回来的一路上，我又想了个绝妙的好主意，钱，要多少有多少，根本不当数，保证又刺激又好玩。"

说完，他对我鬼里鬼气一笑，就像一头恶作剧的三眼豹，我不由得一惊，正要细看，他又一头栽在桌子上，再也起不来了。就那样，他半边脸枕着一双他刚夹过饭菜的筷子，屁股搭在椅子上，身子悬空，两手向下垂吊，"呼呼"地打起呼噜来。

"你说，他说的是真的吗?"过了好一会儿，林杉问我，又像是在自言自语。

"我倒希望他说的是真的呢。"我说。

她没回应我，站在那里，目光落在萧雄身上离不开。她皱着眉头，仿佛有什么心思，像是在回想先头萧雄说的话，又像是在琢磨眼前萧雄这个人，目光中不加掩饰地流露出对他的关心和担忧，仿佛身边没我这个人了。

我拿起她的一只手，她也毫无反应，她的手湿湿的，像刚在冰凉的井水里浸过。

"你怎么啦?"

她浑身一颤，受了惊吓似地看着我，随即眯了眯眼一笑，目光闪闪烁烁的，显得从没有过的陌生。

她抱住我，把头埋在我胸前。

你拥住她，拍拍她的肩膀安慰她，眼睛看着趴在桌上睡死了的萧雄，心里莫名其妙地很有点失落感。心里还担忧着，要是三眼豹捣鬼，事情还没有个完呢，可怕的恐怕还在后面。

三十一

　　星期五上午，外校著名经济学家米勒教授来我系举办一场专题讨论会，波尔教授到我办公室来，通知我去。

　　外校教授来系里举办专题讲座或讨论会，每两星期至少有一次。刚来奥尔本尼教课时，只要有空我一般都会参加，听一听别人在做些什么，了解一下经济学界的研究动态。但去了几次后，就不大去了。讨论会的题目虽然五花八门，可是，自从波尔教授说豹子捉马鹿后，会上别人一开口，听在我耳朵里不知怎么的就成了豹子捉兔子，或者捉老鼠的故事，一走神，脑子就转到小头和三眼豹那里去了，听了也是白听。我宁愿去图书馆翻杂志、查资料。后来，我迷上了诗歌，就更没兴趣去听讲座了，能不去就不去。可是，波尔教授特地叮嘱了我，我只好去了。

　　米勒教授是名教授，他的专题讲座就不一样。一进教室，就见里面挤得满满的，研究生们、教授们都来了，有的教授上午本来有课，与讨论会冲突，也临时把课调开了，只为了听一听米勒教授的专题讲座。

　　讲座会开得很热闹，大笑声、掌声几乎把教室的屋顶都抬了起来。我坐在教室里，觉得奇怪，不明白米勒教授到底说了些什么，竟然令在座的听众们一个个情绪热烈，显得那般可爱。我心里十分别扭，那些笑声和掌声太过分，把米勒教授说的话都冲没了，听得我稀里糊涂。

我冷眼看去，讲座会上，明里暗里，有两人闹得特别起劲，一个就是波尔教授，一个就是女助理教授多尔蒂。米勒教授每说三五句话，波尔教授就扭着身子满教室看，他的目光落在谁身上，谁要么就起笑，要么就笑得更厉害。而坐在波尔教授身边的女助理教授多尔蒂，波尔教授的目光走到哪里，她的目光就跟到哪里，于是感染了每个人的笑声，咯咯地笑得浑身发抖，像个讨人喜欢的小姑娘。波尔教授颇有些欣赏我，当我是捉马鹿的豹子，和我有论文合作。平时我去他办公室，常在那里见到多尔蒂助理教授。她是个老姑娘，系里正在鉴评她的副教授职称，而波尔教授是系学术评定委员会主席。

助理教授科尔提问道："米勒教授，有个问题令我很困惑。您新开创的经济计量预测方法，与史迪威教授提倡的方法是相互对立，相互矛盾的，你们各说各有理，而您和史迪威教授都是这方面的学术权威，那么，我们到底应该跟谁走呢？"

大伙又是"轰"地一声笑开了。多尔蒂助理教授一边咯咯地笑，一边嚷嚷道："正是的！正是的！"

米勒教授竟有些尴尬了，一时不知怎样回答才好。他用手摸着下巴，沉吟了一会儿，说："我想，就这个问题来说，你们可能从我这里听到的答案，和可能从史迪威教授那里听到的答案，也将是肯定不同的。"

米勒教授的机智自然又引起一片笑声，但笑声被教室后面传来的说话声打断了："我可以从数学上证明，史迪威教授的方法是错的！"

那声音不大，又尖又细，可每个人都听得清清楚楚。大伙都转过身去寻找说话的人。

说话的是巴丝克教授，就坐在离我不远的地方。

台上的米勒教授用好奇的目光打量他，大伙的目光也都集中在他身上。巴丝克教授却谁也不看，眼皮低垂，嘴唇颤动着，一向苍白的脸也有些红了。那神态显得有点孩子气，仿佛硬要别人开口请，他才肯上台，从数学上证明，史迪威教授的方法是错的！

来奥尔本尼大半学期了，我还没和巴丝克教授接触过。只是听波尔教授说，巴丝克教授是个怪人，多少年来，每天中午吃饭时，都可以看到他坐在系办公室外的候客厅里，吃一盘相同的沙拉。波尔教授还说，巴丝克教授拿了终身副教授职称后，就再也没有发表过一篇研究论文。言语间，波尔教授很看不起巴丝克教授这种人。

不过，我也听说，巴丝克教授的课极受学生们的欢迎，学生们对他不发表论文有着和系里教授们不同的看法，学生们相信他是躲在一边写一部经济学巨著，死前肯定会出版，引起轰动。

这时，波尔教授站起来，冷眼瞟了一下巴丝克教授说："今天的专题讨论会开得很好，米勒教授的报告十分精彩。讨论会就此结束。下面我给大家宣布一个好消息。"

好消息是，吃完中饭后，从下午两点到五点，米勒教授要单独约见系里的教授和博士研究生，每人十分钟到十五分钟，和米勒教授谈一谈自己的研究工作和正在写作的论文。

原来，米勒教授是我们经济学界一份重要学术杂志的主编，据说那份杂志的投稿采用率只有百分之五，论文能在那份杂志上发表，学术分量自然就重了。

教室里响起掌声和欢呼声。

我想，大伙真能凑趣，明明不会去，当着波尔教授的面，却要装模作样地拍手和欢呼，真是连奉承当头的，美国佬都比中国人直截了当。

我知道，在中国是说你行，你就行，不行也行；说你不行，你就不行，行也不行，咱中国人治，当头的开了口，人熟，关系硬扎，事情就好商量，就好办多了，出版界恐怕也难免俗。可在美国发表专业论文，需要请三位专家匿名审稿，人家捏着你的命根子，你还不知道人家是谁，一个个蒙着脸呢。三位专家全部同意了，才有可能发表，也就是说，后门给堵啦，从制度上给堵住啦。想想看吧，三条凶猛的看家狗，嗅觉灵敏，尖牙利齿，看护着学术界一片净土，守卫着学术研究园地的纯粹性，权力？人事关系？看着也心虚呀，怕给咬了。波尔教授在美国多年，还是颇有名气的学者，不可能不知道这点，他却安排系里的教授和博士们与米勒教授面谈他们的研究课题，时间不过十到十五分钟，又能谈得了什么？无非是套一套近乎罢了。可是，如果套了近乎不过是白套，谁还会去？行就行，不行就不行，人家美国法治，一是一，二是二，哪来那么多废话。

真想波尔教授不通，来美国多年，东方的习俗还随身带着，舍不得扔呢。

散会后，波尔教授把我拉到一边说，要我下午和米勒教授谈一谈我和他合作的一篇论文。他要我午饭前去系办公室外的候客厅看一看约谈时间表，他叮嘱了秘书，把我排在约谈名单的前面。

我自然不想去，正要对波尔教授明说，波尔教授却得意地说："这是我给大家找来的机会，米勒教授完全是看在我的面子上。"他摇摇头，仿佛暗地里竟有人不领他的情。

我不便开口拒绝波尔教授了，心里结了个疙瘩，转念一想：去就去吧，来美国后忍着性子，迁就他人，早不是什么新鲜事了。

午饭期间，我去了系办公室外候客厅。走进门，一眼看到，巴丝克教授坐在候客厅里，胸前放着一盘沙拉，正在用午餐。我看到墙上贴着约谈时间表，就走过去看了看。

一看，我的名字果然排在第一个，再一看，噫，后面还排着一大串呢！

出于好奇，我用目光在约谈表上扫了扫，只见系里在职教授的名字几乎都列在表上，不禁大感意外。还真有套近乎的呢，人还不少，说套还真套。可这是美国学术界呀，我怎么又看走眼了。

看来，面谈是教授们主动要求的，至少是征求意见后同意了的，波尔教授和巴丝克教授的名字就没在面谈名单上。

站在那里，想了想。唉，世上哪有什么净土？又哪有什么不食人间烟火的人。不就是套个近乎吗，碰碰运气，又能失去什么？美国佬心里通亮，想得开。虽说在美国能当上主编，学术上就不是吃素的，可真要让主编看上了，审稿的专家能不给面子？专家跟论文作者蒙面，跟主编可不蒙面，他还指望主编发审稿费呢。

一时想起讲座会上多尔蒂助理教授的笑声，什么时候老姑娘变得逗人喜欢起来，简直小姑娘似的？若她的副教授职称批准下来后，她的表情和笑声，会不会变回脾气古怪的老姑娘本色？一时还想起助理教授科尔对大名鼎鼎的米勒教授的奉承，听他说的！哪还像个有独立思考精神的学者？还想起刚来奥尔本尼大学任教时，波尔教授说搞研究也是做生意，豹子不捉兔子捉马鹿，心里不由得感叹，你还是门外汉啦！美国学术界的门道，波尔教授和系里的同行们，可比你摸得清多了！

可巴丝克教授到底是巴丝克教授，他就不搞这一套！可敬呀，可敬。

只是一想起巴丝克教授，他那口头禅似的"我可以从数学上证明"，他那又尖又细的嗓音，就在耳边响起，听到了就没法不好笑，我有意无意，向不远处埋头用餐的巴丝克教授看了一眼。

可就那么一眼，巴丝克教授吃沙拉的独特方式立刻引起了我的注意。

他吃的是一盘沙拉。

沙拉，谁都知道，是将切成了碎片的各种生蔬菜与调汁搅和在一起的一种健康食品。

他桌上摆的正是这样一盘搅和好了的沙拉。

一般的人吃沙拉，无非是用叉子把沙拉一叉叉送到嘴里去，咬一咬，嚼一嚼，然后吞下去就是。

可是，巴丝克教授不是这样的。

他在那盘沙拉的边上放了另一个盘子和一个小碟子。他用叉子将沾满了调汁的一片蔬菜挑起来，翘着兰花指，把调汁小心翼翼地抖在小碟子里，然后，把那片菜叶放入另一个盘子。不同的蔬菜，放在盘子里不同的地方。他那沙拉盘子里有六种蔬菜，一种调汁，本来是搅和在一起的，在他的努力下，正在逐渐成为一小碟调汁和一盘分开置放的六种蔬菜碎片的拼盘。他仿佛要让那盘复杂的沙拉回到沙拉在成为沙拉前的原始状态。

他吃沙拉时，就是埋头干着这样一件事，那认真细心而又陶醉的样子，几乎到了忘我的境界。他不时会将一片调汁抖得差不多干净了的青绿色的蔬菜片放入嘴里，眯着眼睛，细细品尝。

我明白看别人吃东西的样子是不礼貌的，我已知道我的约谈时间，应先离去，待会儿吃过午饭再来，但我忍不住站在那里不动了，眼睛死死地盯着巴丝克教授的嘴巴看。"一个人，

路过纽约

269

怎么能用这样的方式吃沙拉?"我问自己,实在是弄不明白。心里一阵阵冲动,就想去纠正巴丝克教授吃沙拉的方式,我担心没有一下午的工夫,巴丝克教授怎么也吃不完那盘沙拉。

进来几个系里的教授和博士生,也是来看约谈时间表的。大家互相打了招呼,看一眼时间表就走了。可谁也不主动和巴丝克教授说话,仿佛他不存在,也许是见多了,见怪不怪。巴丝克教授更是不搭理任何人,沉浸在享用沙拉的神奇世界里。

巴丝克教授坐在那里吃沙拉,我站在边上看着他吃。我心里有什么东西被触动了,似乎很重要,可那是什么?我怎么也想不出。内心的感觉,像是走在刀刃上,要掉没掉下去;又像是一张薄纸,要捅没捅破。站在那里,浑身不自在,心里不禁烦躁起来,一生气:巴丝克教授长期以来,在相同的地点,相同的时间,用相同的古怪方式吃沙拉,我还怎么好意思为了发表论文,和米勒教授套近乎,拉关系呢!

哦,原来是这么回事。我走过去,把约谈表上自己的名字划掉了,心里其实并不明白道理到底在哪里,可是,做了就做了。

在路上开着车,巴丝克教授翘着兰花指小心翼翼抖动调汁的手势,他的嘴唇微微蠕动,陶醉在一片青绿菜叶的美味中的神情,不时映在车的前窗玻璃上,分散着我的注意力。我闯了一次红灯,还在一次拐弯时差点撞在一部警车的屁股上。

我吓了一跳,突地脑袋开窍,恍然大悟,我意识到巴丝克教授很可能是一个行为艺术家。他长年累月在特定的时间和特定的地点重复一种吃沙拉的独特方式,是为了向那些走入了歧途的,从数学模型到数学模型的经济学家们,向那些好奇的经济学后来者们,展示经济学研究的传统思维方式的精髓。我们只需要把一盘沙拉,巴丝克教授每天中午吃的,看成一大堆平常日子中的经济现象,那日子人们天天在那里过,而把巴丝克教授年复一年，日复一日吃沙拉的不厌其烦的方式，看作是经济学家对经济现象的痴迷和热爱，以及以理性分析为特点的从现象到达真理的思考途径。

而他的不发表论文，也可能是一种行为艺术，是无声对废话的抗议。

这是深刻的哲思啊！我想起一位伟大哲人对思考的启迪：一切真正的思考，要回到现象，回到事物本身，回到人本身。思，一切思，从存在重新出发。

这是真正浪漫的诗情啊！诗歌写作不应也是这样吗？任何时候，警觉和拒绝诗歌语言的诱惑，诗歌，从人的生存环境开始，从人本身开始。

我明白了，巴丝克教授简直就是传说中身剑合一、隐身江湖的武林高手，我心里顿时充满了对巴丝克教授的敬意。

第二天，我带着那篇原准备向米勒教授自荐的论文，去巴丝克教授的办公室向他请教。他有点吃惊地看着我，大概是没想到敲门的人是我。待我说明来意，他的眼皮就垂了下来，一直等我离开，眼皮再也没抬起过，也就是说，他再也没多看我一眼。他说他要先读一读论文。他的声音尖细，像个小女人，却不大柔和。听到男人嗓子里发出这种声音来，忍不住要去同情他可怜他，当然，有谁真敢去同情和可怜巴丝克教授，那一定会自讨没趣。他客气得冷淡，又像是害羞，可我还是从不时浮现在他嘴角的一丝微笑感觉到，他对我的登门求教，还是有那么一点高兴的。

过了几天，我又去找他。他显得自然多了，不时看我一眼。他说，他读了我和波尔教授合作的论文，认为没什么意义，说完，就不再往下说了。

我有些失望，可身剑合一的高人说了没意义就是没意义，我小心翼翼地问他具体的看法。

这就是看法呀。他说了一句，又不再往下说。

想起我和波尔教授还是费了不少心血的，忍不住向他介绍我和波尔教授的想法。他头一歪，垂着眼皮听，脸上没一点表情，一声不做。他那里越沉得住气，越不动声色，我这里越急于表白自己，我引用了另一位经济学家发表了的论文中的观点给自己壮胆。

他昂起头来，冷冷打断我说，"我可以从数学上证明，他论文中的观点是错的。"

我吃惊地看着他，他一脸的自信和决断。我只好继续引用其他经济学家的论文，其中还包括一篇著名经济学家发表在重要杂志上的引起过广泛讨论的论文来支持自己的观点。

没想到，巴丝克教授对我涉及的领域十分熟悉，我引用的每一篇论文他都读过，而且，似乎都有透彻的研究。他用一种毋庸置疑的口气说，他可以从数学上证明，那些论文中的观点都是错的。

虽然在我眼里，巴丝克教授是身剑合一的高人，我是来向他躬身求教的，可是，听到几乎无论我说什么，他都说能从数学上证明是错的，心里一急，心底积压多年的问题忽地脱口而出："非洲最高峰乞力马扎罗，冰天雪地，豹子到那里寻找什么？"

我的问话又急又快，放连珠炮似的，巴丝克教授可能没听清楚，也急了，眉毛一扬，扯着嗓子尖声叫道："我可以从数学上证明……"

巴丝克教授苍白的脸上飞起一片红晕，又尖又细的嗓音刺入半空中，断了。我忍不住呵呵笑了，说起海明威的《乞力马扎罗的雪》，巴丝克教授冷淡地说：他没读过，也不感兴趣。

本想和巴丝克教授谈一谈，我写作诗歌后对乞力马扎罗之谜的一些新的看法，可一看他那神态，话到嘴边又转了向，我问他能否给我看看他的有关那些经济学家错了的数学证明。

他矜持地笑了笑，不说行也不说不行。

"那么，什么是对的呢？"我问。

这时，他脸上显出一丝慌乱，耸了耸肩膀，什么也没说。

看来，巴丝克教授的乐趣全在于从印刷在纸上的论文中发现错误，数学证明错误，可是，对于经济学研究来说，最重要的不是从错综复杂的经济现象中，在存在中，发现真问题，并寻找出抵达真理的途径吗？显然，巴丝克教授为人行事全凭那古怪的兴趣，性情中人。我能想象他那孩子气的喜悦和得意，又证明了一个错误！在寻找星星的夜晚，探索之心在荒野中迷失，却在月亮里看到阴影时回家，睡个好觉。对于人性的丰富和微妙，我不该有所不满，我，还是走吧。

于是，我走了。

三十二

从巴丝克教授那里出来，心里还是有种说不出的失望。在政府部门工作时，我感觉就像螃蟹掉在蜘蛛网上了，有劲没处使；辞去政府部门工作，来到奥尔本尼大学教书，回到了学术界，心想我是回家了、归队了，可我却一直找不到那种融洽的感觉。周围的同事是大大小小的波尔教授，豹子不是捉兔子就是捉马鹿。好不容易遇到一位身剑合一的高人，巴丝克教授，一接触，连小头都不如，小头还能背诵《乞力马扎罗的雪》呢，他连听都没听说过，真令人扫兴。躺在床上，巴丝克教授吃沙拉的神态和他那"我可以从数学上证明……"的尖细嗓音，不时浮现在我脑子里，在里面打架，打得我睡不着。

正心烦着，忽地脚下波涛汹涌，吃了一惊，脑袋里"当"的一声响，一股金光从天门穴灌入，刷过全身，像是活见了鬼，骨头里被一把金光毛刷从头刷到手，再从手刷到脚，一看身边，竟是三眼豹，你和它在海上飞奔。

你和三眼豹从海上踏着波涛上了岸，来到一个与陆地相连的半岛。

那是一个风景迷人的半岛。海边是一大片沙滩。那沙是白色的细沙，海水清得透明，让阳光一照，微风一吹，近岸的水域就呈现出一条条一片片不同色彩的光带来，光带随着海浪起伏、飘动，"嗖"地一下纠缠在一起，"嗖"地一下又各自飘散，看得你眼花缭乱，以为到了仙境。

三眼豹在沙滩上急奔，你跟着猛跑，好几次在沙滩上看见有金红色花纹的大海螺，想顺便捡一个别在裤腰带上，可三眼豹实在跑得太快，你连弯一下腰的空挡都抽不出来，步子稍慢一点，三眼豹便如一股疾风裹着白色的沙雾蹿到前面老远去了。

你们奔过沙滩，穿过一片片树林，翻过一座座长满了野花和青草的小山，涉过一条条在岩石和鹅卵石上流过的小溪，一群鸟从树上惊起，一些小动物四处逃散，你看到躲藏在草丛下、躲藏在树根后的那些小动物的眼睛，那亮亮的、又好奇又有点害怕的眼睛，这让你一边跑，一边有点得意。

忽然，三眼豹的脚步放慢了，你也跟着慢下来。

你们像是来到了一片大墓地。墓地上看不到墓碑，但插满了各种奇形怪状的花圈。有的三角形，有的矩形，有的圆形，复杂的有流线型、马鞍形等等，再古怪的形状你连名字都叫不出。越往墓地中心走，花圈的形状越复杂，涂着五彩缤纷的颜色。

墓地里有很多上岸以前从没见过的一种小动物，那小家伙的脸像猫，也可以说有点像豹子，屁股却像猴子，红鲜鲜的，光光的没毛，肚子上还有一个肚囊，像是麝鹿一样。那些小动物在那里忙着，有的在打坐，有的托着腮帮子在想什么，有的嘴里念叨叨的，还有的从肚囊里掏出一小团黑糊糊的什么东西，放在嘴里嚼，嚼了一会儿吐出来，就成了一把黏糊糊的变成不同色彩的颜料般的液体，那小家伙就把那液体涂在花圈上。

275

刚进墓地时你就闻到空中有一股淡淡的有点刺鼻的气味，越往墓地深处走，那气味就越浓，也不知是臭，还是香，只是刺得鼻子里痒痒的老想打喷嚏。你想，这气味大概是那小动物肚囊里的分泌物的味道吧。

你见那些小动物见了你们一点都不怕，不受打扰，不像先前上岸后在草地树林，在山上见过的小动物那般，见了三眼豹就四处逃散，便问三眼豹：

"这些小动物，怎么见了你也不怕？"

"它们看不到我和你，也看不到周围的一切，除非涂了它们的肚香。"

"肚香？"

"也就是它们肚囊里的分泌物。"

"是吗？可是，我怎么好像在林子里见到过这些小动物？我看它们也和其他小动物一样一见你的影子就躲得远远的呀。"

"是啊，是啊。"三眼豹哈哈笑起来。

三眼豹告诉你，这些小动物长着两只不同的眼睛，一只就像你们的一样，可以看到外面的一切，一只却只能看见自己的肚香。林子里的小动物，两只眼都睁着，因此就能看到外面的世界，而那些到这里来的小动物，却只睁着那只只能看到自己肚香的眼睛，而闭着那只能看到外面世界的眼睛，因此它们就看不到你们了。

"这些家伙自称'睁一只眼闭一只眼'。"

你仔细一瞧，果然发现那些小动物，真的都是睁一只眼闭一只眼。

"你看那家伙。"

你顺着三眼豹爪指的方向看去，只见一只"睁一只眼闭一只眼"抬着下巴，把前腿弯在背后，后腿直立，在一个大花圈前走来走去，一副自我陶醉的模样。

"它有什么不一样？"

"身子大一点，其他就看不出来了。"

"仔细一点看。"

"好像那只闭着的眼睛半睁着。"

"不错不错。"

"它看得到你吗？"

"也看不到。"

三眼豹告诉你，这些"睁一只眼闭一只眼"到这里待久了，有少数会睁开那闭着的半只眼，但那睁开的半只眼什么也看不到，它们就管自己叫做"眼不见心不烦"。

"名字倒挺有趣。"你说。看到那只"眼不见心不烦"白睁着半只眼，在那里装模作样地走着，好像整个世界就它那只花圈大，心里很同情它，就说："这些小动物真可怜，到墓地里来做花圈，眼就瞎了。"

"墓地？花圈？听你说的！"三眼豹大笑着说，"哪是什么花圈！那是'睁一只眼闭一只眼'心中的灵树，它们管它叫做伊奎丽布瑞嫫的。墓地是它们的'真不真假不假'园林，它们叫做伊奎丽布瑞嫫'EQUILIBRIUM'园林。"

你吃惊了，弯下腰仔细去看那些花圈，果然那些花圈都是纸扎的树。只是那些树的树干、树枝、树叶的形状古里古怪，和平时看到的不一样，树便不像树了。那些纸树的树干、树枝、树叶的形状都是根据树的形状做的，如果树是三角形的，那树的树干、树枝、树叶就都是三角型的，如果树是马鞍型的，那些树的树干、树枝、树叶就都做成了马鞍形。

"可是，怎么把树，把树上的叶子也做成了马鞍形？看起来不像嘛。"也是一时好奇，你伸手便去摸那灵树。

"碰不得！"身边的三眼豹一爪挡住了你的手，它出爪那么快，吓了你一跳。

"那伊奎丽布瑞嫫是碰不得的！那是人家一辈子心血的宝贝，"三眼豹说，"你一碰，伊奎丽布瑞嫫沾了人的阳气就碎了，那'睁一只眼闭一只眼'还不和你拼命？"

你听了，直伸舌头。

这时，忽然一只"睁一只眼闭一只眼"蹽出景林，蹽到小路上来了，这家伙的身架子似乎比它的同类大一号。

三眼豹对你说："看到没有，这只'睁一只眼闭一只眼'的两眼都睁着。"

你隔远看去，果然，那只"睁一只眼闭一只眼"两眼瞪得大大地，还大摇大摆地向三眼豹和你走来。

"这只'睁一只眼闭一只眼'叫做'两眼一抹黑'，睁着两只眼睛也看不到外面的世界，是'睁一只眼闭一只眼'通过修行能够达到的最高境界，自称是'到伊奎丽布瑞嫫为止'。每一处景林顶多有一只'两眼一抹黑'。"

那只"两眼一抹黑"走到三眼豹脚前不动了，它围着三眼豹转了几个圈，用鼻子在三眼豹的屁股和后腿上嗅了嗅，又把身子在三眼豹的前腿上蹭了几蹭，然后，后腿一掀，就是一泡尿，全撒在三眼豹的前腿上。

你看着三眼豹，它站在那里一动不动。

"两眼一抹黑"撒完尿，舒舒服服地伸了个大懒腰，身子抖了好几抖，你以为它要走开了，谁知它却面对三眼豹坐了下来。它从肚囊里掏出一小团肚香，放在嘴里嚼，然后吐了一大口金色的液体在前爪心里。它把那金色的液体向三眼豹身上抹去。

眼见得那涂料就要抹到三眼豹身上了，三眼豹突然一声长啸，惊得那"两双眼一抹黑"浑身一抖，脚爪一趴，涂料全洒了，它就地打了个滚，一眨眼就蹿到伊奎丽布瑞嫫园林里不见了。

三眼豹长啸了一会儿，声音戛然而止。可伊奎丽布瑞嫫园林里已是一片混乱。园林里的"睁一只眼闭一只眼"都听到了三眼豹的啸鸣，有的冷不防吓得闭着的眼睛都睁开了，一眼看到三眼豹，拔腿就逃，胆小的还逃到伊奎丽布瑞嫫园林边的树林里去了。但大多数还沉得住气，一个个虽然吓得浑身哆嗦，身上的毛像是炸开了花，却缩着脖子，硬闭着那只能够看到外面世界的眼睛，双爪紧紧抱着灵树，像是要保护那棵灵树连命都不要了。你还看到，有几只"睁一只眼闭一只眼"往那自制的灵树上蹿，也不知是想逃命还是想干什么，可它们一蹿上灵树，刚爬到灵树的树枝上，那树枝就会折断，把它们从空中跌下来，这些"睁一只眼闭一只眼"不管那么多，摔下了又往那灵树上蹿，似乎不明白那灵树是做不了用的，最后一个个跌得血流满面，昏死过去了，原来，那是些寻死的。

你看着那些"睁一只眼闭一只眼"，大祸临头时一个个挺血性的，心里起了同情心，就责备三眼豹说，"犯得着吗?"三眼豹冷冷地说了一句："见了我的都再也不会回来。"

你看三眼豹是个狠心的家伙。

这时，忽然刮起了风，一阵狂风把那些伊奎丽布瑞嫫灵树连根拔起，吹到半天云里去了，那些"睁一只眼闭一只眼"开始还在狂风中呼天抢地，乱跑乱窜，可不一会儿就都给狂风吹得不见了踪影，眼前只剩下一大片空地，干干净净的仿佛那里不曾热闹过，不曾有过一群"睁一只眼闭一只眼"和它们的最高境界"两眼一抹黑"，也不曾有过它们苦心经营过的伊奎丽布瑞嫫园林。

一觉醒来，原来是场怪梦，把三眼豹梦进去了。在写诗以前，你见到三眼豹，不管是晚上还是白天，都是真的和它在一起，从没有在梦中见过它；而一写诗，三眼豹就跑到梦里去了，连你自己都难以相信，这一切竟然都实实在在发生了。不过，你也拿不准这是件好事，还是件坏事，只是心里有种赤脚站在山巅上眺望远景的感觉。

自从你遭遇诗歌，迷上诗歌后，你就动心了，想放弃经济学，一心一意去写作诗歌，只是心底有些犹豫，研究了多年的经济学，说放弃就放弃，还是真有点舍不得呢，下不了那个狠心。

此时此刻，从怪梦中醒来，不觉联想起美国经济学界，书斋里的学者们，越来越陷在数学模型的怪圈里，说车轱辘话，建车轱辘模型。走进经济学的学术研讨会，满耳朵里灌满了"我"的模型，"我"的模型的声音，而"他"的模型，从数学到数学，与现实生活、经济现象一点联系也没有，与社会群体的心理和行为更是毫不沾边，小聪明的机智向来是不缺乏的，却鲜有从存在出发的思考，因而从起步就堵塞了通向大智慧的思想之路，还一个个比那梦中的"睁一只眼闭一只眼"更神气，更盲目自大，还挺煞有介事的呢。

你听到的是空洞的声音泡沫，你看到的是泡沫上暗淡虚幻的色彩。

别忘了，在那些"我"的模型，"我"的模型的声音泡沫中，会冒出一声尖利的刺耳的声音，那是巴丝克教授的声音："我可以从数学上证明……"你会听到其他声音泡沫破裂的响声吗？放心好了，不会的，不会的，巴丝克教授的不谐音只是在拥挤的声音泡沫中寻找它生存的空隙，形成新的泡沫，一个，多个，也许是很多个呢，不起眼的更加滑稽的泡沫。

你一边看着，好玩极了，没劲透了，心里还犯糊涂：弄不清是自己，还是别人，到底吃错了什么药。

在现代经济学的数学模型泡沫中，历史被淹没了，现实被淹没了，人被淹没了，思想被淹没了，可是，在人类历史的进程中，作为大思想家的经济学大师们曾发出多么雄浑的声音：亚当斯密、李嘉图、凯恩斯……当然，还有马克思。

难怪三眼豹要去踢"睁一只眼闭一只眼"的场子，难怪一阵风就将"睁一只眼闭一只眼"们苦心经营的伊奎丽布瑞媖园林吹得不见了踪影，难道还有什么精神束缚，比纯粹的形式主义的形而上束缚，更让三眼豹看不上眼的？想到这些年来，自己也是在美国经济学界的界内界外，混迹其中，一步一步走向"两眼一抹黑"而不自知，你就脸上发烧，身上发冷，醒悟得早，还可自救，醒悟晚了，人，毕竟只有一辈子呀。

听说国内的经济学家们倒是与现实跟得紧，不时还挤到时代的前台唱先锋呢。在政府部门制定经济政策，进行事关国计民生的经济体制改革时，在时代前进的步伐中，你可以听到咱经济学家的声音。

在中国，经济学家成了时代的宠儿，经济学成了一时显学，真是令人羡慕呀。

千年难逢的大好机遇啊！

时代大变化，体制大变革，经济大发展，利益大分化，人心大动荡，新的经济现象如雨后的蘑菇……你失去机会啦！是啊，是啊，没遇到三眼豹以前，你不是板着蓝蓝不肯出国吗？

当新暴发户们两眼放光、满脸油汗地盯着眼前的第一桶金、第二桶金、第N桶金而忘乎所以时，你在遥远的美国，听到在国内揭开权力私有，权钱交易，肆意瓜分国有资产内幕的经济学家说，我们仰望星空。是啊，是啊，我们仰望星空，除了内心的钦佩，对这样的经济学家你还能说什么？可这样的声音，越来越少，越来越微弱，渐渐地消失了，再也听不到了。

此时此刻，你大梦初觉，恍如登高临远，眼前空旷辽阔，胸中大气通贯，心里一个声音说：是时候了，是离开奥尔本尼大学，离开经济学的时候了。

三十三

暑假到了。我同时接到我的离婚律师和蓝蓝的来信，律师的来信里是法庭批准了的我和蓝蓝的离婚协议书，而蓝蓝把我们的房子卖了，把属于我的财产用支票寄给了我。蓝蓝在信中说，她把工作辞了，不久将和一个慈善组织一道去以色列，先去耶路撒冷看看，然后去巴勒斯坦难民营。收到离婚协议书，又读了蓝蓝的来信，我没想到自己心里会有那么难受。我想，如果只是两人离婚，她还是像以前那样生活，一心进入美国的主流社会和上流社会，我会觉得心里好过些，我看她行，她是那种人。可是，两人离婚了，她把工作都辞了，去耶路撒冷，去巴勒斯坦，我心里就没主意了。开始，我以为她只是和我赌气，后来她真那么做，我又觉得不是，两人婚都离了还和我赌什么气？我想，她还是太好强。看来，离婚这事对她打击不小，她怕是没想到，内心里受不了，好起强来就连什么主流社会、上流社会都扔了，却想起早丢在脑后的刚来美国时发的心愿：有了钱就回馈社会，救济穷人，去做那些令人感动的事情。我想我能够理解她，我也同情她。可是，耶路撒冷、巴勒斯坦是能去的地方么？就在前不久，耶路撒冷发生了自杀爆

282

炸，炸翻了一部公共汽车，死伤了好几十人。那些巴勒斯坦的难民们和我们这些中国留学生可不一样，我们是巴不得离开自己的国家，他们却是被人赶出了自己的家园。在那种苦难深重的地方，什么恐怖可怕的事情不会发生？我真是担心蓝蓝，她要出了点什么事，我一辈子内心里都会过不去的。

蓝蓝没给我留下联系地址。我给她以前的公司打电话，给我们一些共同的朋友打电话，谁也不知道她的去向。我一连好些天，心里乱得很，情绪不好。林杉也察觉了我心里有事，好几次问我，我什么也没说，我没心情和她谈这些。她问我想不想和她一起出去旅游，她想去西海岸玩玩。我觉得出去旅游是个好主意，可我不想去大城市、风景区什么的，嫌那些地方人多吵闹，以前去得也多，正在那里犹豫，那天读地方日报，无意间看到一则乡间度假别墅出租的广告，说是别墅在黑湖边上的山林里，近处无人，环境优美等等，心里一动，便打了个电话去。接电话的是个老头，两人在电话里聊了几句，老头说他和老伴有事外出，别墅有一周空出，我问明了租金，当下就和老头谈妥了，把别墅租了下来。

七月的一天，我开车和林杉去了黑湖。黑湖在山里面，离奥尔本尼大约七八十英里，附近就是印第安人居留区。进山后不久就看不到多少住家建筑，沿途都是树林，不时看到几头梅花鹿，在林里吃草，一看到鹿，林杉就兴奋地喊起来，要我看。我开着车，哪能分心看路边的小鹿？公路很窄，在山林里上坡下坡，七弯八拐的，路标也不清楚，我的心一直提着，老以为迷了路，我们半下午动身的，到了黑湖，太阳都快落山了。

黑湖是个山中的小湖，到了那里才知道，湖边只有我们要去的那户人家，方圆好几英里没人居住。那租房子给我们的老头老太太在房里等我们，我们敲门进去，见面说了几句客气话，老太太给林杉介绍房内的厨房厕所家庭用具什么的，我和老头走到外面，站在凉台上说话。老头问我带鱼具鱼饵没有，我说带了，老头告诉我黑湖里的鱼多得不得了。

老太太是个急性子，和我们告别时，向那老头一挥手，自顾自就向汽车走去。老头和我说话时老拿眼光看林杉，临走时对我说："你挺运气的嘛，你妻子真漂亮。"说完，像电影里的绅士那样，笑眯眯地对林杉弯了弯腰，退着离开了。

我看着那老头上车，笑着对林杉说："那老头说你真漂亮。"

林杉把头凑到我耳边，轻轻吹了口气说："他说你运气，说我是你的妻子。"

我拿眼看她，她对我使了个媚眼，一扭头进屋去了。

我把行李拿进屋，就和林杉一道，走下山坡，来到湖边。

这家主人在湖边修了一片白沙滩，从岸上建了一个伸向水面的木桥，桥头是一个浮在水面上的平台。

我们走过木桥，走上桥头的平台。

太阳正慢慢落山，湖边的山头上到处响着归林的鸟叫声。湖水看起来有点脏，显出稠汤般的墨绿色，像是湖水太肥沃，肥沃得水都脏了。可仔细一看，却看到水深处一群群小鱼在蔓长的水草间游动，一只小乌龟从水草丛中钻出来，摇摇摆摆往上游，浮在水面就不动了。一只扁平的小龟头悄悄探出水面，露出黑亮的小眼睛，机灵地打量着我们。原来，水很清澈，只是四周山上长满了浓密的树林，倒映在湖水中，一湖清水看起来也就成了一湖墨绿色的稠汤了。林杉拉住我的手，指着那小乌龟让我看，眼里的神情惊奇得什么似的。一阵轻风吹过，那小乌龟受了惊吓，就听"啵"地一声水响，小龟头向水下一沉，水面上起了一个小漩涡，那小乌龟箭一样向水底射去，沉落在水草深处就看不见了。林杉两手一摊，叹了口气，一副无辜失望的样子惹得我发笑。

我用手围着嘴做了个喇叭，向湖对面山上喊了声"噢"，一会儿，回音远远传回来，滚过湖面，滚过我们的头顶，消失在我们身后的山林里。

她碰了碰我的手，我搂住她的腰，两人依偎着站在桥头的平台上。

刚刚还看着一抹夕阳光，逗留在对面的山顶上，迟迟不肯离去，一眨眼却滑过山头，再也不见了影子，暮色忽地笼罩了黑湖和周围的山林，湖边一下子宁静得让人惊讶。我和林杉回到湖边山坡上的房子里。

我们一起做饭，吃饭，收洗碗筷。

林杉去洗澡间洗澡，我打开侧门，走到后院。

后院就连着山林，门一开，"轰"地一下，山林里各种虫鸣声、蛙鸣声像热雾一样迎头罩来，我随手把门一关，灯光被关在身后，我同时又被黑暗罩住了。

好一阵子眼睛才适应屋外的黑暗。这山林里的夏夜也太黑了，只是近处几棵大树的树干、枝杈和树叶的阴影还依稀可辨，再远处除了黑暗中一蓬蓬令人产生可怕联想的黑影，那就什么也看不清了。我抬起头来，天空也被树叶的阴影遮住，没有月亮，星光也漏不下来，黑暗笼罩了一切。

在黑暗里，虫鸣声、蛙鸣声听起来更清晰，更响亮，也更凶猛。那些虫子和山蛙，仿佛是受了黑夜的神秘诱惑，约好了从近处和远处的山林里赶来，一起赶到这处山林里用鸣叫来斗狠。各种各样的鸣叫声，尖利的，低沉的，响亮的，嘶哑的，短促的，悠长的，有些听到过，有些没听到过，杀仗一样在山林的黑暗里拼斗，谁也不让谁，谁也不服谁。

我站在黑暗里，听到那么多虫子山蛙一起鸣叫，忽然感到孤单，还有点怕，本来是想看看山林的夜景的，一时夜景也不想看了，就想回房间里去。可就在我转身的一刹那间，前方黑

路过纽约

285

暗里忽然出现了两个亮点，小灯笼一样一闪一闪，发出黄绿色的荧光。紧接着，在那两个小灯笼边上又出现了另外两个小灯笼，再等我一眨眼，十几个小灯笼同时涌现在我不远处山林的黑暗里，无声无息，惨惨然然，向我飘浮过来。

狼！

我的头发刷地根根竖起，一股生物电流从头顶灌下，漫过全身，惊恐的感觉一直麻到脚板心里。我转身就逃，三步两步到了房里，砰地一声，将房门关在身后。靠在门上喘气，腿还在发软，直打哆嗦，心"怦怦"地跳。

刚立起身来想定下神，却想着没闩门，连忙三下两下将房门闩了，又跑到前门去看，看看还好，门早锁了，再往其他房间跑，把房间的灯光一一打开，等到把所有房间的灯光都打开了，才想起得找一找打狼的家伙，不然，狼闯进门来，没家伙去打还不让狼给吃了？

我满屋子手忙脚乱找打狼的家伙，忽地一想：那是狼吗？是吗？不对呀，这一带没听说过有狼啊。这才想起，那黑暗里发出黄绿色荧光的眼睛是野鹿，平时开夜车走高速公路时也见过的。

我提着的心一下子放下来，垂手站在房间的灯光里，摇摇头觉得自己好笑。嘿嘿嘿，还说什么时候要到深山老林里隐居呢。我又到各个房间里将刚刚扯亮的灯都扯熄了。

我到了主卧室，听到卧室里面浴室里传出的水声，知道林杉还在里面洗澡。我把灯扯熄，走到窗前，把窗户打开了，向山林的黑夜挑战似地站在窗前。

一会儿，卧房内浴室的门开了，我一回头，只见林杉裹着毛巾站在浴室门口的灯光里。

我向她走去，刚走到她面前，她一伸手将浴室的灯光熄了，我猛地将她横抱起来，她身上的毛巾从我手臂间滑落，她搂住我，"咯咯"地笑起来。

我抱着她走到窗户前。

"你想干什么？"她的乳房温软地贴在我胸脯上，赤裸的身子散发出刚刚洗浴后潮湿的热乎乎的香味。

"我想和你在树林里干。"

"哼！"

"你怕不怕？"

她扭过头去看窗外。纱窗之外，山林的黑影里，无数的夏虫和山蛙还在杀伐，杀声一片，杀得不可开交。

"你不怕我就不怕。"

"我可把你扔下去了。"

她的身子忽地僵硬了，"那是什么？"她惊恐地叫起来，双臂紧紧箍住了我。

窗外的黑暗里，十几盏发出黄绿色荧光的小灯笼，成双成对，上上下下，还漂浮在屋外不远处的山林里。

我哈哈大笑起来。

我把她抛在床上，扑上去，轻轻咬着她的嘴唇说，"那是山林里的豹子，来吃你的。"

"真是豹子呀？"

"我才是豹子呢，是我要吃你。"

我把头埋在她的双腿间，我闻到了带着泥土气的草根的香味。那是一片生命的沼泽地，长满了青草，开着生命的野花，诱惑我陷下去，再也别想逃脱。我喜欢亲吻她那里，在那里贪婪地吮吸。我用舌头一遍遍耕耘我心爱的沼泽地，同时品尝到野草的青涩和山花的芳香。她喘息着，呻吟着，声音从她的丹田深处发出，像是抑制不了，也顾不上好听不好听，她的身体扭动着，挣扎着，隆起来又跌下去，她把双腿放肆地高高翘在空中。她是又喜欢又受不了，她人变得又美又野。我感到大地的颤抖，有一股一股的泉水从地下、从石缝里冒涌出来，我听到生命之泉的歌唱。

今夜，我是山林里的豹子，凶猛无情，夏虫和山蛙为我呐喊助威，一群野鹿睁大了眼睛，躲在林边好奇地看着我们，突然受了惊吓，"噗噗噗"地腾空而起，蹿入黑林深处不见了。

那天晚上，她也特来劲，到了后来，两人都有些晕了。

她说，你坏嘛。

一连几天，我们在树林里散步，在湖边的桥头钓鱼，在沙滩上晒太阳，随时随地，想做爱就做爱，没过几天，就像神仙样过了一辈子，整个世界就剩那山，那水，就剩两人了。

那天下午，我们决定划船到湖对岸去钓鱼。回来时，太阳快落山了，我们将钓的鱼用尼龙绳穿过鱼鳃拴在船尾，林杉斜倚在船头，我在船尾操桨，也没什么好着急的，划着船在湖上随意往回漂。

划着划着，忽听背后一阵水响，我没怎么在意，林杉却坐了起来。

"那是什么！"林杉吃惊地指着我身后的水面喊。

我停了桨，回头一看，只见靠近船尾的水面上水花翻滚，水声"哗啦啦"，"泼剌剌"，响成一片，那十几尾鱼把尼龙绳拉直绷紧了，在水面上横蹿乱跳。

"乌龟！大乌龟！"林杉喊。

我再一看，果然，在靠近水面的水里有一只脸盆大的青色乌龟，正在追着那十几尾鱼咬。

"快打，快打，用桨打！"林杉从船头弓身站起来。

我用桨去捅那只乌龟，想把它拨开，船桨戳在乌龟的背上、头上，这畜生竟不怕痛，张牙舞爪，不躲不闪，使蛮劲往前冲，扑向那些逃命的鱼。

我只好拿桨去砍那只蛮横的乌龟，前后左右乱砍一气，砍得水面上水花四溅，也不知砍到乌龟没有，倒是砍得那十几尾鱼合力一蹦，全数蹦跃在空中，那乌龟竟从水面上站立起来，舞动两只前爪，张开大嘴，追到空中去咬那些鱼。我脚下的船摇晃起来，把林杉一屁股跌到船舱里。

林杉从船舱里爬起，随手递给我一支舀鱼的长把网兜："给！用渔网舀。"

我用长把网兜去舀那只乌龟，那乌龟眼里只剩下鼻子尖前的鱼了，不晓得网兜的厉害，还不肯逃命，于是被我一网兜网了个实在，舀了上来。

好大一只湖龟！长圆型，脸盆般大，怕有二十来磅，到了船上还不老实，嘴里呼呼喘着粗气，几只利爪挣扎着从网眼里伸出来，在船底板上又划又刨，发出刺耳的声音，不一会儿，就在那坚硬的船底板上刨划出好几道深深的印痕来。更吓人的是，那乌龟的龟背上靠尾巴的下半部，长满了绿茵茵的苔毛，长的有两三寸，乌龟还瞪着两只贼亮的眼睛看人，活像是一只老妖怪。林杉坐在船头，眼盯着那只老妖怪，吓得手抱着腿，脚缩起来都不敢伸直了。

我把船划到岸边，从船尾解下那串鱼，提着网兜里的乌龟，上了岸。

我把乌龟扔在远离水边的沙滩上，把那一大串鱼解下几尾准备做晚餐，其余的仍然串在尼龙绳上放入水里，尼龙绳的另一头就拴在桥头的柱子上。

我把鱼在水边剖了，洗干净，端在手里，走上沙滩。见林杉还站在那里看那只网兜里的大乌龟，便走了过去。

乌龟此时倒是安静了，缩着脖子趴在那里，一动不动，露着两只眼睛在外面看我们，没一点脾气的样子，晚风一吹，龟背上细长的绿毛微微飘动，抖个不停。

我对林杉说："你把鱼拿回去做吧，我把乌龟杀了，今天晚上炖一锅浓汤喝。"

"杀不得，杀不得。"林杉连连摇头。

"怎么啦？"

"你看它背上，长了那么长的绿毛，只怕都成精了，杀了它还得了。"

"有什么得了不得了的。乌龟肉大补，我这几天亏了身子，就靠它成了精的老人家来补了。"我没怀好心地对林杉使了个眼神。

"去你的！"林杉笑着从我手里接过鱼，她走了好远还回过头来对我喊道："说了别杀就别杀啊！"

我也想放乌龟的生，只是有点舍不得，想了想，去房里拿了个木盆来，把乌龟连着网兜扣在盆里，还在盆上压了块大石头。走时，我用脚轻轻踢了踢木盆说："乌龟呀乌龟，要在国内，你还想活过今晚？"

木盆里的乌龟一点动静都没有。

那天晚上我没睡好觉。明天下午房主回来，我们要走了，很有点舍不得离开，可躺在床上睡不着，那只老乌龟背上细长细长的绿毛老在眼前飘来飘去，就想爬起来写诗。

上半夜，窗外蛙声一片，虫鸣声却弱多了，山风把树叶筛洗后的月光，碎银一样从窗外"呜呜"地洒进卧室里，林杉早睡熟了，我听到她平静的呼吸声。到了下半夜，窗外下起雨来，慢慢地我也在那淅淅沥沥的雨声中睡着了。

好像听到谁在唱歌，歌声很好听，睁开眼睛，阳光从窗外照进来，摸了摸身边，林杉不在，只听到树林里各种鸟儿的叫声。

我下了床，走出卧室，下楼，又听到歌声了，是林杉的歌声，不知她在屋外树林里还是在湖边唱歌。好久没听她唱歌了，我走出房门，歌声又没了，消失在晨风里，消失在山林的

290

空气里。

雨后的清晨，山林里空气新鲜、潮润，带着树林的清香，还掺和了一点点湖水的腥气，呼吸着山林里清晨的空气，人刚刚还迷迷糊糊，一下子就清醒了。

我走过屋前的地坪，走到通向湖边的下坡口，林杉的歌声又随风飘了过来，山林里的鸟儿刚歇口气，像是跟着歌声赶热闹似的，一时鸟叫声又大起，我忽然看到，林杉就站在坡下不远处桥头的平台上，让我惊讶的是，她身上什么也没穿，赤身裸体，背向岸，面向湖水，站在那里。

我在下坡口停下来，隔着坡下的沙滩，向林杉看去。

清晨的阳光，照着湖水和山林，照着湖边的桥头，照着桥头上的她。

湖上有点雾，比轻纱还要稀薄，在湖面上飘拂。一有雾，湖边景色就显得比实际的要远，还有点虚幻。她站在桥头平台上，看去就像站在水面上，水中是山林的倒影，水面上五光十色的。她像是刚从水里出来，青黑的长发从肩背上滑下，身上水迹未干，让阳光一照，皮肤显得光溜溜的，发出玉白色的光泽，她的裸体周围仿佛有一圈若有若无的光晕。

隔着晨雾看她的裸体，她的歌声也像是从远处传来，一时融入林中的鸟叫声，一时又从鸟叫声中飘出，别有一种和谐得怪怪的趣味。

我站在下坡口的大树下，看入了神，不知怎么搞的，一下子冲动了，短裤衩前面隆起一座山。我想象着一串串水珠从她光溜溜的裸体上滚落，滴在水面上，发出清晰而细微的响声，这时，一阵微风吹过，悬在我头顶上的树叶上的雨珠掉下来，滴落在我颈脖里，冰凉冰凉的，我浑身一颤，她的歌声也被那风忽地吹断了。

我浑身燥热，三步两步，连跳带走下了山坡，到了沙滩

291

上，边走边脱，汗衫脱了，随手就是一扔，扔在沙滩上。

我忽然发现，沙滩上，扣着乌龟的木盆掀翻了，压着木盆的石头滚落一边，舀鱼的网兜也离木盆好几步远。乌龟呢，那只龟背上长了绿毛的乌龟呢。

我走过去拿起网兜一看，网兜破了，破得稀烂。难道乌龟撕破了网兜，掀翻木盆和压在上面的石头逃了？网兜是尼龙绳做的，都破得这样了，那么大的石头都压它不住，看来这家伙要逃命，昨天晚上在木盆里怕是很费了一番功夫的。

湖边的路，条条通向乌龟的自由王国，有点诗的意境，我笑了笑，扔了网兜，把裤子也脱了一扔。湖边的雾说散就散了，阳光火辣辣的，湖风吹来，我挺着昂昂然勃起的阳物，赤条条走上木桥。

木桥轻微摇晃起来，发出"吱吱"的响声。她肯定能感觉到有人上桥了，她光裸的身子也在诱惑我似的随着脚下的平台摇摇晃晃，她却头都不回，就那样站在那里，故意装样，等着我去恶作剧。

桥头的水面上漂着一根红尼龙绳，似乎提醒着我什么，我用目光瞟了瞟，没怎么在意。

我走到她背后，那么近，我的脸都快蹭着她的头发了，我不动，她也不动。

我吹她的头发，她颈后的细发飘起来，她还不动。

我前身一贴，双臂从她身后围过去，想去捂她胸前的双乳。

可我一触着她的身子就感到有什么不对，她身上的皮肤被夏天早上的阳光晒暖了，挨着就来电，很舒服，可她的身子却在风中颤抖。我连忙缩回手，把她车过身来一看，吃了一大惊，我看到她泪流满面，正在不出声地哭泣。

"怎么啦，林杉。"我一下子慌了。

"我们之间，是，是爱吗？一点点，一点点……"她一口气没接上，大声喘息着，胸脯急剧起伏，"还有爱情吗，世界上？"

话音一落，她"哇"地一声扑在我怀里，抱住我放声大哭。

我搂着她，不知出了什么事，都有点吓坏了，使坏的念头也早飞得没影了。

认识林杉的第一天，我就知道她一心想的就是嫁人，结婚，至于爱情，对她来说似乎很简单，那就是看想不想结婚，而男人爱不爱她，自然也就是想不想和她结婚了。我当然不这样看，只当她是孩子气。她心里也清楚我不这样看，但两人都不说，一说就会尴尬，就不大好相处了。可她今天怎么了，不提结婚，不提嫁人，却问起爱情来了。

"这几天，我好，好……好喜欢啊！"她哭着说，哭得那样伤心，我用手在她头发上、后背上轻轻抚摸着。

"爱情还是有的，世界上。"

她的哭声小了些。

"我们其实……"我停了一下，她忍住哭，一时僵在我怀里，"我们之间，其实是爱情，我们，我们，"我决然地说："就是爱情！"

她抬起头来，眼泪汪汪看着我，忽地嫣然一笑，眼泪跟着往下掉落，她有点不好意思了，又把头埋入我怀里。她不再哭，身子还是忍不住一抽一搐的。

"我和蓝蓝，"我斟酌着怎么说，我和蓝蓝离婚了，可蓝蓝去了巴勒斯坦难民营，找不到她的人了，我心里很难受……没等我说，她又抬起头来，一只手捂住我的嘴，说：

"别说别说，什么也别说，你刚刚说的就够了。其实我对你，只有对你，我什么要求都没有。"

路过

293

我看着她，看着她含着泪水的闪闪发亮的眼睛，心里一阵阵感动，就想一条腿跪下去，对她说，我爱她，就想对她说，我一直不知道，我离开政府部门，离开蓝蓝，不只是为了寻找自己，也是为了寻找她，寻找我这辈子的她，我还想告诉她，她是我生命里真正的诗歌，最美、最动人的诗歌。可我的喉咙堵住了，哽咽着发不出声音来。我猛地抱住她，抱得紧紧的，抱了又吻，吻她的嘴，吻她含泪的眼睛，还不够，就将她一把抱了起来，端抱在手上看个不够，又去吻她的胸脯，吻她的……她不让我说，我发不出声音来，我想说的话也一句都没说。

她挣扎着想站起来，我不依，她说："你听我说，听我说。"

"怎么啦？"

"你知道吗，那只长了毛的大乌龟昨天晚上逃跑了。"

"是吗。"

"它还把我们穿在绳子上放在水里的鱼都吃光了！"

"真的呀！"这倒没想到，我吃惊了，忽地记起先头看到的那根漂在水面上的红尼龙绳。

她咯咯地笑起来，开心得像个小孩子，好像不是那只龟背上长满了绿毛，成了精的老乌龟，而是她捉弄了我，捉弄了我们似的。

她趁机双手箍着我的颈脖，站了起来。

这时，忽听到有人在远处喊："嗨！嗨！"

我回头一看，只见坡岸上站着房主老头、老太太，摇着手喊我们，他们提前回来了。

我忘了自己赤条条的没穿衣服，嘴里喊着"嗨！嗨！"挥手回应山坡上的老头、老太太。

忽听身边"扑通"一声巨响，水花溅我一身，回过头来，林杉已跃入水中，她像一条鱼，一条受了惊吓的、浑身雪白光溜溜的美人鱼，向暗绿的湖水深处潜游而去。

那天下午，我们回到了奥尔本尼，谁会想到，一回去，就见到萧雄出事了。

三十四

"哈罗。"

"哈罗。"

电话里传来的是一个年轻女人的声音，林杉犹豫了一下。

"哈罗，谁呀？"

"请问萧雄在吗？"

"他不在。"电话里的声音马上变得冷冰冰的。

"他不在？"林杉一点都没料到，失态得几乎叫起来。

"你是谁？找他有什么事？"

"我……"林杉的心往下沉落，老天爷，我怎么办呀？她拿不定主意要不要往下说，这时，只听电话里"咔嚓"一声响，她心里一抖，以为电话那头的女人把电话挂了，这时，却听到电话里响起一个男人的声音："哈罗，找谁呀？"

似乎是有人拿起了另一个电话。

"我，我找萧雄。"

"我就是萧雄，你是谁？"电话里又传来轻微的"咔嚓"一声响，大概是先前说萧雄不在家的女人把电话悄悄挂了。

"我，我是林杉，对不起，对不起，"林杉带着哭腔说。听说萧雄不在，她的心顿时沉落，都快掉进漆黑一团的冰窖底下去了，一听对方说是萧雄，眼前忽地火光一亮，原来没落进冰窖，只是虚惊一场。她心里一阵激荡，几乎都要哭了，可她刚一开口又觉得不妥，两人都谈不上认识呢，还刚见面就害得人家丢了工作，以后好几个月都没联系，而一打电话就是找人家帮忙的，这怎么好意思开口？心里一犹豫，嘴里就连声道歉，这时，一阵寒风吹来，吹得电话亭里里外外一片响，她身上冷得一阵阵发抖，想到今晚连个住处都没了，人都要冻死，还有什么不好意思求人的？于是又往下说："你可能不记得我了，我们见过面的，在龙园，你记得吗？王老板，对不起对不起，你送外卖，哦，不是的，是在溪湾区，你在那里送外卖，我在路上走，拖着箱子，对不起对不起，你把车一停，要我上车，我也是北京人，你记得吗，我们去了龙园，对不起对不起，你还……"

林杉生怕萧雄不记得自己，把电话挂了，心里一急，话就说不清楚了，话是说得又急又快，却说得东一句，西一句的，还连带着一串串的"对不起对不起"。

"哈哈哈！"电话里萧雄大笑，"你是林杉，学音乐的，家里是北师大的，怎么样？我说的没错吧。"

"没错没错。"林杉也嘿嘿地笑了。

林杉缩着脖子，双臂抱胸，站在电话亭外的街道边不停地跺脚，一边瞪大眼睛向街道深处张望。夜深了，几乎没有车往来，寒风呜呜地吹，她冻得直打哆嗦，心想，他再不来，我就要冻死了。

一部车呼啸着亮着大灯疾驶过来，在街道上打了个一百八十度急弯，一个急刹车，随着轮胎摩擦地面的刺耳声音，车子猛地停在林杉身边。

"出什么事了？"萧雄从车上跳下来。

"上车说好吗？我有点冻的不行了。"

萧雄伸出手臂，大包大揽地搂着林杉，给她打开车门，林杉也由着他搂，进了车，萧雄"砰"地一声关门，从车头前跑过去，脚下一滑，他身子一歪扑在车灯上，可他也不停步，就半扶着车身，歪着身子，一只脚挑在空中，一只脚跳着绕过车头，到了车子的另一边，打开门，头一低进去，他人还没坐好，猛地一踩油门，车子"呜"地一声向前蹿出。

"出什么事了？"萧雄又问。

"你可以把暖气打大点吗？我，我还是好冷。"

萧雄开大暖气。

"出什么事了？"

"你车是往哪儿开？"林杉觉得方向似乎不对。

"去我那儿，到我那儿去说。"

"不不不，对不起对不起，你把车停在路边，我们还是就在车里说吧。"林杉想起先头接电话的那个女人，她是谁？林杉是被王老板赶出来的，就觉得这是件丢脸的事，她不想弄得谁都看她的笑话。

车子在路边停下来。

"王老板把我赶出来了。"林杉难为情地说。

"是吗，这家伙，怎么回事？"

林杉简单地说了说事情的经过，说话间，她的身子慢慢暖过气来。

"这家伙，也他妈的太不是东西。"萧雄说，"你别说，在电话里你不肯细说，又是这么个大冷天，你晚上一个人走到下城黑人区边上来了，一路上我就想，肯定是王老板这家伙没安好心。我倒没想到他是逼你唱歌卖钱，你不肯，他就往外赶你。这可是美国呀，自由世界，我爱干不干，你管得着吗！"

他眼瞪着林杉，仿佛林杉惹毛了他。他一捋袖子，大声说：“你想怎么办？你说，我帮你！”

可林杉不说。她说不出来。她被感动了。来美国后，她心里有很多委屈，这天晚上，王老板在圣诞节前的大冬夜把她赶出门，她更是觉得没路可走了，沿途走着就想有个人依靠多好，可以帮帮自己。萧雄一句“你说，我帮你！”，落在她心坎上，她听了就想哭，话就说不出来了。

她低下头好一会儿，萧雄都有点奇怪了，她才抬起头来，对萧雄不好意思地一笑，揉了揉眼角说：“对不起，对不起，谢谢，谢谢。我有点，嗯，也不知怎么办才好。我的东西都在他家，这个月的房租我也交了，可他还是赶我走，还把我的箱子、被子都扔了出来。我是想呢，你能不能和我一起去他家一趟，跟他说一说，讲一讲道理，这几天我会找房子的，一住完这个月我就搬出去。”

“没问题。我帮你去说。你找房子的事也包在我身上，过几天和我一起租房的就搬出去了，我正要找室友，你搬到我那里去，不就省事了吗。”

“真的呀，”林杉高兴了，忽然有点神经质地咯咯笑起来，“那我就搬你那儿去吧。”没想到她是他室友，他的室友是个女的呀。

林杉从王老板家出来，在路上走了一两个小时，可开车回去，十几分钟就到了。一路上，也不知是太亢奋还是怎么的，萧雄开车像个猛子，闯了三次红灯，对路边的停车牌更是不管，稍一减速，“嗖”地一声就过去了，一次，还差点撞着了一部过路车。那车上的司机为了躲萧雄的车子，猛地一刹车，车子在路中间打了个转圈才停下来。等萧雄的车过去了老远，林杉回头一看，那过路车还停在路中间，司机先下车检查了车子，回到车里后也不开车，坐在那里使劲按喇叭发脾气，过路车的司机怕是给吓坏了，也气坏了。

299

"你开车这么野呀，警察见了会罚款的。"林杉小心劝道，詹姆士和王老板开车可都不像他，上次坐他的车，他好像也没这么开。

"没事，警察都睡了。这么晚了，天气又冷，警察也是人。"

"去了王老板家，你就好好跟他说啊，别和他生气。"见萧雄开起车来这么猛，不管交通规则，不怕警察，林杉有点担心了，他不会和王老板打起来吧。

"你放心好了。"萧雄满不在乎地说。

到了王老板家，客厅的灯还亮着，灯光从窗子里透出来，照在院子里，林杉的衣服、被子、箱子还扔在地上，东一件西一件，上面蒙了薄薄的一层雪。

萧雄走在前面按门铃，林杉跟在他身后。

王老板正坐在沙发上打瞌睡，听到门铃响，他从沙发上蹦起来，三步并作两步向大门走去，仿佛他一直在等着开门似地。走到门口，他用手背使劲擦了擦眼睛，口里大声说："还是晓得要回来！"边伸手打开了门。

他抬头一看，见进来的是萧雄，不禁一愣，还没来得及阻拦，萧雄也不和他打招呼，昂着头就从他身边大步走过，进了客厅。林杉跟在萧雄身后，她看了王老板一眼，头一低，也走了进来。

"你，你来干什么？"王老板赶上几步，堵住了萧雄说。他看看萧雄，又看看林杉，脸上怪不自在的。

"王老板，你房子不小啊。"萧雄扭着头四面看，蛮有兴趣地看了看客厅，又探探头，看看客厅对过的厨房，还有那边的起居室。

"你要干什么？"

"哦，和你好好谈谈。"萧雄挤了挤眉毛鼻子，他对屋里的摆设有不少建议。

"我和你有什么好谈的。"

"听你的口气，你好像还不知道自己犯了法呀，王老板。"

"犯法？犯什么法？"

"你真不知道啊，王老板？"萧雄睁大眼睛看着王老板，"美国私房出租法第一百三十三条。"

"什么狗屁，胡扯！"王老板手向门外一指，"你给我出去！"

"哟，你还挺凶的啊。"

"跟你有什么客气好讲？我说呢，"王老板侧头扫了林杉一眼，林杉的目光躲开了，"林杉本来一直好好的，怎么突然一下子就不肯去唐人街唱歌了？我今天在餐馆里想了一整天也没想通。晚上回来后，林杉走了，你以为我在干什么？我坐在沙发上动都没动，一直在那里想，想了好几个小时还是想不通，闹了半天原来是你在后面搞鬼！"

王老板火来了，冲上前去，一把揪住萧雄的胸领就往外推。可王老板个子矮小，萧雄块头大，王老板推萧雄不动。萧雄手一格，再一搡，王老板连退了好几步。

"我在后面搞鬼？他是什么意思？"萧雄扭头问林杉。

林杉耸了耸肩膀。王老板的话，她常常闹不明白。

王老板又冲向萧雄，可他还没抓住萧雄的胸领，自己的脚就踮了起来，因为他的胸领先让萧雄揪在手里了，身子也随着被提了起来。萧雄一手提着王老板，"蹭蹭蹭"往前急冲了几步，"砰"地一声响，王老板的身子撞在墙上了。

眼见萧雄右手握拳，照着王老板头上狠狠砸去，林杉急得大喊一声："啊！别打！"

萧雄那只大拳头，带着劲风，生生地停在王老板的眼角边上。王老板倒也不怕，眼瞪着那只拳头砸来，头也不躲闪，眼睛眨都没眨。

"别打呀别打，和他讲道理。"林杉急得顿脚。

"对对对，你说的对，我不打，我是来讲道理的。"萧雄左手一松，半举着双手，脑袋连着脖子扭了扭，往后退开了。

"我和林杉的事，是我们两人的事，干你什么事，还要你来多屁事！"萧雄的手一松，王老板的脚就落了地，他整了整衣领，双手一叉腰，向萧雄吼道。

"你犯法了，王老板。"萧雄又来了。

"我到底什么时候在哪里犯了什么法！"王老板又吼。

"美国私房出租法第一百三十三条。"

"什么鬼法一百三十三条？"

"不是鬼法，是保护房客权利的法律。根据美国私房出租法第一百三十三条，房主不能强行驱赶房客，不管房客是否根据合同交纳租金，一切需由法庭裁决定夺。"萧雄咬文嚼字地说。

"真有这样的法律？我怎么没听说过？"王老板开始有点心慌。

王老板刚从大陆偷渡来美国时，就在纽约市唐人街黑社会圈子里混。一次出了事，他给逮进了警察局。但他不过是个跑腿的，又没让人抓到什么把柄，警察局也就没怎么太难为他。但他既然进了局子，那时又连一句英语都听不懂，就得先吃点苦头再放出去。从那次以后，他尝到了美国警察的厉害，就再也不敢在唐人街黑社会圈子里混，也不再干那些让他一天到晚提心吊胆的事。后来，他干脆离开了纽约市唐人街，到奥尔本尼附近来开餐馆了，成了个好人。但像他这种有过前科的，听到自己又触犯了美国的法律，就不大能沉得住气。

"你没听说过的事情多了去啦，王老板。"

"这法律也太没道理呀，要依你说的，房客不交租金，房主也不能赶房客走，那房客就钻法律的空子，他撒赖，就是住着不走，也不交房租，那你有什么办法？”王老板以为戳着了法律的痛处，肚子一挺，要看萧雄再怎么说。

“法律就是法律，是没什么道理好讲的，”萧雄手一甩，一副不耐烦的教训人的样子，“你个人一点办法都没有。”

“再说，法律也没你想的那么傻，”他又说，“你可以向民事法庭起诉，你起诉后，一切由法庭说了算，谁吃不了，谁兜着走！”

萧雄说话的那口气，那神态，一下子把王老板震住了。

“在美国办事就是麻烦，”王老板嘀咕道，“我自己的房子，想让谁住就让谁住，不想让谁住就不让谁住嘛，怎么这也是犯了法，还要上法庭。”

“法制社会嘛，一切都得按法律办事，王老板，”萧雄拖长声调说，“你违犯的是美国房客权利保护法第一百三十一条，轻一点要罚你的款，弄得不好，还得坐牢。”

“是美国私房出租法第一百三十三条。”林杉压低声音纠正萧雄。开始萧雄说王老板触犯了“美国私房出租法第一百三十三条”时，她就在心里想，没想到萧雄记性这么好。她在心里反复念了好几遍，就也把这“美国私房出租法第一百三十三条”记清楚了。当听到萧雄又说出个“美国房客权利保护法第一百三十一条”时，她以为萧雄说错了，想都没想，就脱口插嘴纠正他。

进屋后，这还是林杉说的头句话。

可萧雄是胡诌的。他不知什么时候听什么人说过似乎有那么条内容相似的法律，至于到底是什么法的多少条，鬼才记得住。他信口胡诌只是要吓唬吓唬王老板，可他说着说着却忘了他开始说的是什么，就把先头说的“美国私房出租法第一百三十三条”说成了“美国房客权利保护法第一百三十一条”，好在王老板在意的只是自己犯了法，至于到底犯的是什么法的多少条，也没怎么往心里去。

"你别吓我，你以为我怕？"王老板还想硬撑，脸上却又露出半是不放心，半是讨好的笑容说，"我哪有那么严重，萧雄，嘿嘿嘿。"

"还真有那么严重，你还'嘿嘿嘿'，"萧雄一瞪眼睛，提高了嗓音，"你犯的不是轻罪，是重罪！"

"重罪？怎么我犯的就是重罪？别人犯的就是轻罪？"王老板不服气，脖子一拧，脸都涨红了，好在灯光下还不大看得出，只是那嗓门又急又粗，像是又要吵架。

"不是你犯的就是重罪，而是你犯的本来就是重罪。至于别人嘛，是轻是重我都不管，"萧雄纠正王老板，"你把房间出租给了林杉是不？只要你出租给了她，她又住进去了，那么，根据出租法，她没交房租你都不能赶她走。你要上法庭告她？好！一切由法庭说了算。何况她是交了房租的。可你不仅赶她走，还把她的衣服、被子、箱子什么的，都丢了出去，侵犯了她人私人财产，你的罪不重，谁的重？"

听萧雄越说越在理，王老板这才软下来，泄气地说："我又不是真要赶林杉走，我是和她赌气，哪想到她会真跑出去？她跑出去了，我心里也不好受，一直坐在客厅里等她回来。说实在话，我还走出门好几次，外面在下小雪，冷得要命，我没走多远就回来了。她要是再不回来，我都准备开车出去找她了。"

王老板一屁股跌坐在沙发上，用手抱住了头。

304

这边王老板泄了气，那边萧雄却更来劲了，他得理不饶人，还大声教训王老板："你早就不该那样做！"说完，得意洋洋地瞧了林杉一眼。

林杉向他摇头使眼色，示意他别再往下说。

"你要回来就回来吧，唉，"王老板不再搭理萧雄，他抬起头来对林杉说，"你也太任性了！其实，嗯，在我这里，你想住多久就住多久。"

"王老板，我只住几天，月底或下月初我就搬出去。"林杉说。

"你还是要搬出去？"王老板吃惊地看着林杉，"我不是说了吗，你想住多久就……"

"不不不，"林杉急忙摇手打断王老板，"我过几天就搬走，萧雄那里有房间空出来。"

听王老板说他一直在等她回来，还去外面找了她，林杉就被感动了，在外面冻了几小时对王老板积的怨气马上也消了，可她却认定，不管怎样，她都不能在王老板家里再待下去。

"是你自己要搬走哦，"王老板很是失望，他站起身来，眼盯着林杉好一会儿，却不看萧雄一眼，末了，苦笑了一下说："你要跟他这种人嘛，那我还有什么好说的。"

看得出来王老板伤了心，他低着头，甩下林杉就向自己寝室走去，走到门口了，忍不住转身喊了声"萧雄！"然后，嗓音低哑地说："我放得过你，二哥也放不过你！"

"好说，好说。"萧雄一点也不在意，他还不知道二哥是谁。

萧雄和林杉出门来到院子里，两人去收捡散落在雪地里林杉的衣服。萧雄从地上捡起一件衣服，抖了几下，瞧了瞧冻结在衣服上的冰雪说："操，都冻住了，抖都抖不落。"

林杉从萧雄手里拿过衣服，往箱子里一扔，活泼地一笑，说："没事。"

她也没料到，她一想到过几天就要从王老板家搬出去，搬到萧雄那里去住，心里会那样轻松和快活，仿佛一只笼子里囚了许久的小鸟，忽然看见笼门开了，它能飞出去，还有好玩的新同伴在门口召唤它，来美国后郁结在心里的烦闷、苦恼、孤独，等等坏心情，一下子全都消失了。

萧雄拾起扔在雪地上的被子两角，他示意林杉去另一头将被子抬起，林杉走过去拾起被子的另外两角，正要使劲，脚下一滑，她就势故意扑在被子上，另一头的萧雄没提防，被子没提起，自己也一屁股跌在地上。

林杉趴在被子上，顽皮地望着萧雄笑，她的眼睛在雪地的反光里闪亮，萧雄也坐在地上哈哈大笑。

笑过了，林杉忽然说："你那同宿舍的真有点意思。"

"怎么，你认识他？"

"不不不，我开始给你打电话时，她说你没在家，好像还有点，咯咯咯，有点不高兴呢。"

"不会吧，你来电话时我正在他房里和他聊天，他没接……哦，你说的她哟，她不是我同宿舍的。"

"哦，那她是谁？一个女的。"

"她是我前妻。"

"你前妻？"林杉一怔，声音里流露出没顾上掩饰的失望："你结过婚？"

"结过，又离了。"

林杉从雪地的被子上爬起来，和萧雄一起将被子提起，两人使劲抖被子上的冰雪，被子抖得呜呜响，冰雪纷纷掉下，两人一时都没说话。

"你离婚了，你前妻还来找你啊？"林杉忍不住又问。

"唉！她和她丈夫吵架了，跑来诉苦，我劝她想开点。"

林杉心里忽地就乱了，乱糟糟的，可又一想，我搬到他那里去，是租房子住，他有前妻关我什么事？她隔着被子，望着萧雄眯眼一笑。

"从王老板家搬出来，你就搬到萧雄那里去了？"我问林杉。

"是啊。"

林杉和我谈起她从王老板家搬出来，搬到萧雄那里去住的事，还是萧雄出事之后。在那以前，就像我和萧雄在一起时从不谈论我和林杉或者他和林杉的话题一样，林杉也从没当着我的面说起过她和萧雄的故事。林杉有点刻意回避，我猜想萧雄是不大在意的，可我自己呢，我也说不清楚。

萧雄死了，林杉精神上受了刺激，情绪不时失控，一伤感起来，就专门好和我谈她和萧雄的那点故事。

"你们好了？"

"是啊。"

"怎么后来你们又没好下去？"

"萧雄这人你又不是不知道，我和他好的时候，他前妻还不时来找他，她还对我没鼻子没眼的，你说奇怪不奇怪？他还有好几个其他女人，真让人受不了。"

我笑了笑。

"不过，我当时还是想嫁给他。"

"是吗？"

"就是！他这人是毛病多，乱七八糟的事也多，真让人受不了。可他特想得开，什么事都不放在心上，一天到晚穷快活，我和他在一起还是很开心。我还觉得呀，我和他有缘，我一没路走了，他就出现了，就来帮我，我以为过不去的，就都过去了。所以我跟他说，想和他结婚。可我怎么也没想到，他一点都不想和我结婚，也不想和任何人结婚，他说他这辈子再也过不了小家庭日子。"

"他说的倒是实话，他就那种人。"我宽容地说。

"是倒是，可我不这样想。我认为他是不爱我，还和他吵架，吵了好几次架，一点用都没有，他还是不肯娶我，我一生气，就从他那里搬出去了。"

"后来呢？"

"后来我就无所谓了。"

"无所谓？"

"就是无所谓，对谁也不在乎。"她眉毛一挑看着我，我微微一笑。

"那时候我又伤心又自卑，觉得自己是长得丑，丑死了，丑八怪。不然，怎么没人要我呢？谁都不肯和我结婚，连萧雄也不肯。我真是好想结婚，好想嫁人啊，都快想疯了。可是，想到今天还是没把自己嫁出去，还碰上了你。"

"我也是那无所谓中的一个吧？是那不在乎的吧？"

"本来就是！"她接口说，还狠狠地瞪了我一眼，把头扭开了。

我有些尴尬。我并无冒犯她的意思，就想开开玩笑，使谈话的气氛轻松点。可萧雄死后，她陷在悲伤中，一时拔不出来，脾气一点就着，坏情绪都冲着我来。我不知怎样安慰她。其实，我哪会去在意她和萧雄过去的情感纠葛？我在意的是，还活着的我和她啊。

可萧雄死了，我还活着，这就是我的罪过。

过了好一会儿，她眼帘低垂，不看我，那声音却要哭了："以后你别说那样狠心的话，连你都那样说我，我一辈子活着还有什么意思。"

我抓住她的手，她呜咽着说："我是爱他，爱过他，可我也爱你啊！"

我捏她的手，使劲捏啊捏，不放松，好久没说话。我把她捏痛了，她身子发抖，但一声不吭，也不讨饶。

三十五

下午，我和林杉回到家里。路上，我们还聊起萧雄，从大西洋赌城回来的那天晚上，他住在我那里，第二天一大早他就走了，从那以后我和林杉都没再见到他，也不知这些天来，他在干些什么。

回到我住的地方，进门我就把电视机打开了，说："在黑湖这么多天没看电视，我都没注意，一回来看到电视机，倒想起那老头老太太家里好像没有电视机。"

"我倒注意到了。不过，黑湖在大山里面，有电视机恐怕也收不到什么。"

电视机里正在播放地方新闻，荧屏上警灯闪烁，宽阔的停车场里，十几辆警车围住了一辆银灰色小轿车。播音员说，一个多月来连续持枪抢劫了五所银行的大盗已被警车包围。

我和林杉立刻被新闻吸引住了，就站在客厅里看。

有的警察在疏散商场顾客，有的在设置路障，更多的躲在警车后面，用枪对准了那辆银灰色的小轿车。一个当官模样的警察，拿着话筒对那躲在轿车里的强盗喊话，要他把枪放下出来。原来，那强盗抢劫了一所银行后，开车正想逃走，却被在附近执勤接到通报后赶来的警车盯住了，沿途追赶，那强盗把车开到沃尔玛商场的停车场，被包围在那里。正好那天地方电视台有人在沃尔玛商场采访，于是就来了个现场直播。

在美国，这种场面电影里倒是常见，但现场直播可不容易看到，来美国多年，我还是头次看到这种事，后来也没见过。

一会儿，那强盗的车门打开了，先出来一条腿，再出来一只手，举着一个面具，然后是留着黑色长发的后脑勺和整个身子，那头长发和背影是那么熟悉，我的心跳起来。最后出来的是一只举起的手，手中是一把手枪。

电视机里传来警察的喊叫声，大概是要那强盗把枪放下，趴下去。那强盗没放下枪，也没趴下去，却慢慢地转过身来。

"啊！萧雄！"林杉惊叫起来。

荧屏上出现了萧雄笑呵呵的面孔，在警察一声比一声严厉的"扔枪"的喊声中，他不扔枪，还像是开玩笑似的对警察舞着手中的枪，咧开大嘴笑着，说着什么，这时，枪声响了，一阵乱枪声，夹着身边林杉的又一声惊呼，萧雄像是吃了一惊，脸上的笑容在一刹那间凝固了，胸中开了几朵红花，手中的枪飞向天空，人随即向后倒去。这时，荧屏上的图像忽地消失，出现了一片空白，紧接着，荧屏上又现出图像来，却是播音员的面孔。

我愣在那里，眼盯着荧屏，可播音员在说什么，一句也没听进耳朵里，这时，听到身边"扑通"一声响，回头一看，只见林杉倒在地上，晕了过去。

我赶忙跑过去，半蹲着把林杉扶起来，她一脸惨白，牙关紧紧咬着，我大声喊她，摇晃她的身子，她一点知觉也没有，我只好用大拇指掐她的人中，她哼了一声，翻着白眼醒过来。

她一醒来，就用手指着电视机，嘴张了张想说什么，却什么也没说出，心里一急，眼泪就出来了，一颗颗沿着眼角往下掉。我抱着她，她手脚冰凉，浑身瘫软，躺在我怀里起不来。

荧屏回到了沃尔玛停车场，警灯闪个不停，远镜头里，几个警察七手八脚将躺在地上的萧雄抬进担架，蒙上布，推入救护车，救护车鸣叫着闪着红灯开走了。现场采访的记者在荧屏上说，抢劫银行的嫌犯可能已死，没救了。他还听到警察私下议论，那嫌犯的手枪是假的。

林杉横躺在地上，我把她的头抱在怀里，也一屁股坐在地上，直到天黑。她一直在流泪，不说话，我也不想说，电视机一直开着，播放着不同的节目，说话声、欢笑声，音乐声，仿佛刚刚什么也没发生，我真想将电视机砸了。

你是第二天在奥尔本尼中心医院停尸房见到萧雄的尸体的。林杉本来想和你一起去，你坚持不肯，也幸好她没来，她要见了萧雄的尸体会更受不了。萧雄赤身裸体躺在尸床上，没盖尸布，胸脯上中了几十枪，成了个大蜂窝，一只耳朵也给打飞了。除了少一只耳朵，他的脸看起来和平时倒没什么两样，像是睡着了，眼睛闭着，嘴角有点歪，仿佛在梦里嘲笑谁似的。

你一走近萧雄，他的眼睛就睁开了，身子一挺坐了起来。医院里带你进来的看护说："你两个聊吧，我先出去一下。"说完，他转身刚要离开，忽然想起有什么不对头，回过身来用手指了指萧雄，嘴啊了几啊，翻着白眼倒下去，大概是吓死了。

"你来了。"萧雄微笑着说。

"你到底搞什么鬼名堂啊，一把假枪就去抢银行。"

"不拿假枪还拿真枪不成？我只是抢银行闹着好玩，又不想伤着谁。"

"闹着好玩？这种事还好玩！"

"那你就不清楚了。"他得意地摇晃着脑袋，"抢银行时，我脸上戴着个面套，手里晃着把手枪，小腿肚子上还别了把小

311

的，冲进银行里，大喝一声：'抢银行的来了！都给我趴下！'
那些存钱的、取钱的，银行里的经理、职员，就都吓得什么似
的，乖乖地趴到地上去了。我把袋子扔过去，话都不用说，收
银员就乖乖地把一叠叠的钞票装在袋子里，还拉好拉链递给
我。头几次我觉得挺刺激，挺好玩的，你想想看，我的枪是假
的，他们都上了我的当。可抢了几次银行后，我在电视里看
到，那些在抢劫现场的银行职员和顾客，被采访的时候都把我
说得比真强盗还真强盗，一个女的一边说还一边哭，好像是那
天走运捡了一条命回来似的，一点都不知道自己是上了当，我
就觉得没意思了，这对我太不公平。我私下里就琢磨着要让那
些人知道是上了当才好。最后那次，我提着装钱的袋子准备出
去时，正好看到银行里有个五、六岁的小孩，跟他妈妈一样趴
在地板上，他妈妈，另外几个大人都头埋在胳膊里趴着，哪儿
都不敢看，只有那小孩抬着头眼珠子骨碌碌地围着我转。我灵
机一动，打了个手势要那小孩过来，那小孩就爬起身跑了过
来。我蹲在小孩面前问他怕不怕，他一边摇头一边说，不怕。
我说不怕好，这不是真的抢银行，是好玩，演电影。那小孩看
着我，有点不相信的样子。我把枪递给小孩说，你摸摸，枪是
假的。没想到那小孩手快，一把将枪拿了过去，对准我一扣扳
机，'叭'地就是一枪。那枪要是真的，不等警察来抓我，我
早就没命了。我假装中了枪，往后一倒，逗得那孩子哈哈笑。
那小孩提着枪就往他妈妈那里跑，边跑边喊，妈妈，不是真
的，是演电影，枪是假的。那小孩的话银行里的人都听到了，
晓得上了我的当，几个人连忙从地上爬起来，恶狠狠地就向我
扑过来，收银员也拿起电话来拨号。没想到我往地下一蹲，一
捋裤脚，从裤脚里掏出那把小手枪来，我大吼一声：'都给我
趴下！真家伙在这里！'那几个人都冲到我面前来了，见我从
裤脚下又掏出了一把枪来比划，就又吓了一大跳，以为这次肯

定是真家伙了，连忙刹住了脚往后退，没等我再多废话又都趴了下去，我看见一个不服气的，人趴下去了屁股还翘得高高的，暗地里打主意想找机会扑过来呢，我走过去就是一脚踩下去，那屁股马上塌了。只有那收银员还拿着电话筒呆在那里，我就用枪一指，隔远点了几点，那收银员像触了电一样把电话扔了，还连连摇着手说，'别开枪别开枪，我没打电话，没打电话。'头一缩，缩到柜子底下去了。他们没想到又都上了我的当。其实，我裤脚下绑的那支枪也是假的。倒是那小孩子鬼气，他走到我面前假装来还枪，等到我把那把枪拿了过来，他又要看我的小手枪，我说，不。他不甘心，又问我小手枪是真的还是假的。我说，偏不告诉你。那小家伙竟说，他才不稀罕呢，他知道那小枪也是假的。我拍了拍那鬼机灵小孩子的头，提着满袋子票子大摇大摆地走出银行的大门，也没一个大人敢追出来，哈哈哈，我想起来就要笑，哈哈哈，咳咳咳……"

萧雄哈哈大笑，可他一笑，就猛地咳嗽起来，咳得喘不过气，乌黑的血从他的嘴角冒出来直往下流。

"他妈的，咳咳咳！老子笑不得了，肺给警察打了几十个透明的眼，又透风又漏水的，盛不了气了。"

"我在电视里看到警察喊你把枪扔下，你怎么不听？你把枪扔了不就没事了。"

"我对那些警察喊，枪不是真的，是假的，我是闹着好玩的，我还对天空扣了几次扳机给他们看。哪晓得那些警察混蛋，他们不听我的，还真开枪打我，你看我的胸脯，他们当作靶子打，打了几十个洞，哪还像个人的胸脯？还有我的一只耳朵也给他们打飞了，满地找都找不到。"

"唉！怎么说你呢，"你摇了摇头说，"我不怪你，我知道你是被三眼豹迷了心窍，人不清楚，脑子出了毛病。"

"你又来了，又是什么三眼豹不三眼豹的。我萧雄什么人，还能让三眼豹迷了心窍？我是好汉做事好汉当，扯上三眼豹干什么。"

"是吗，"你皱着眉头说，"难怪我一直纳闷，怎么就没看到三眼豹呢。按说，三眼豹钻到你脑子里去了，我应该会看到它的，你可能不知道我和它熟。你出事前，我一直想逮着见它一面，不让它为难你，现在说什么都晚了。可真要是三眼豹在搞鬼，下次见了它的面，我可没好颜色给它看。"

萧雄鬼里鬼气一笑，把嘴张得比豹子嘴还大地打了个哈欠说："说了那么多，我也累了，得走了。你给我找床被单来盖一下，到了阴间还犯感冒就说不过去了。"说着，他闭上眼睛，往后一倒，仰面躺在那里不动了。你从邻床上拖了一张盖着另一个女尸的被单，把萧雄的尸体盖了。

你在萧雄的尸体前又站了一会儿，你还是不甘心，想再等一等，说不定三眼豹会从萧雄的脑门溜出来。你左等右等，萧雄一脸死相躺在那里，一点动静都没有。他的灵魂出了窍，消失在冥空中，可三眼豹一点踪影都不见，你只好走了。

你看到那看护还躺在地板上不知是死是活，临走前在他屁股上踢了一脚，见他动了几动，没什么要紧，就跨过他的身体，走出了停尸房。心里想，看来这事与三眼豹无关，可他为什么鬼里鬼气地对你一笑，笑得像个使坏的三眼豹？

没过几天，我和林杉都被警察局传讯，在警察局待了一天。

我和林杉都是作为萧雄的同伙，也就是抢劫银行的同案嫌疑犯被警察局传讯的。其原因是这样的。警察局在搜索萧雄的住处时，发现萧雄把他从银行抢来的钱分成了三份，一大份装在一个旅行袋里，另外两份装在两个大牛皮纸袋里，一个纸袋上写着我的名字和住址，另一个写着林杉的名字和住址。

警察有他们的道理把我和林杉抓起来。

我在警察局是这样回答警察的问讯的。我承认我和萧雄是经常往来的朋友，但我一点也不知道他抢银行的事，也根本没有参与他抢银行。

　　可他把从银行抢来的钱，一部分放在一个纸袋里，纸袋上面写着你的名字和地址。警察说。

　　他借了我几千元钱做生意，可能想还给我。我回答道，并报了个数目。

　　可是，那信袋里装的钱可远不止这个数呢。那警察又说。

　　这我倒没料到，一时竟愕住了。

　　借钱还钱倒是人之常情，警察微笑着说，可是，一个人总不会把自己冒着生命危险从银行抢来的钱无缘无故地多给你吧。说着，警察的眼睛眯起来，脸上还要笑不笑的。

　　警察以为抓住了我什么辫子，可我一听，就知道警察误会了。警察把拿把假枪抢银行看作是"冒着生命危险"，那是他太不了解萧雄了。我在停尸房见了萧雄的尸体，萧雄的尸体坐起来亲口告诉我说，他只是闹着好玩。根据我对萧雄的了解，他只想到这事有多好玩，就想都没去想这事首先是件要命的事。再说，三眼豹是不是干预了这事也还是个疑案。从这个角度来看，萧雄把他闹着好玩轻轻松松弄来的钱扔一部分在给我的纸袋里，那就没什么不好理解的了，我们是好朋友嘛。不过，我没把这些话对警察说，说了他也不会相信，还会认为我是狡辩。

　　我保持了沉默。

　　我是被波尔教授担保出来的。他看新闻时在电视里看到了我和林杉的照片，知道了这件事。地方新闻台把我和林杉当做抢劫银行嫌疑犯做了新闻报道，还打出了我和林杉在警察局里拍的照片。

　　林杉在警察局里给詹姆士打了电话，希望他能将她担保出去。可詹姆士要参加今年下半年的州议员选举，他说他不能过问这事，怕给竞选对手知道了，拿这事对他造谣，影响选举结果。我从警察局里出来后，去银行取了些钱，将林杉担保出来了。林杉说，她再也不理詹姆士了。

当然，我和林杉与萧雄抢银行的事一点干系都没有，不久警察局就销案了。

可林杉从警察局一回来就病倒了。她低烧了一个多月，不停地咳嗽，吃什么药都不管用。她一天到晚窝在房里，不肯出门，怕见人。她说她进了监狱，嫌疑犯的照片还上了电视，脸都丢尽了。我也对嫌疑犯照片上电视的事很恼火，没经过法院定罪，怎能就在电视里播放犯人照呢，弄得谁都把你当罪犯看。可你有什么办法，这就是美国，新闻自由啊。林杉晚上也睡不好，不时从恶梦中惊醒，又哭又叫的，有时还大喊"萧雄"。她人也一时清醒，一时糊涂，像是得了妄想症。一天，她跟我说，萧雄是为了她去抢银行的，是为了她去死的。我说怎么可能呢。她说，当然可能。萧雄是想在海边上买一栋别墅，然后和她结婚。我说，萧雄就是用从银行抢来的钱在海边买了一栋别墅，也不会和你结婚呀。她说，当然会。她都知道那栋别墅是什么样子，萧雄亲口对她说过。那是一栋面向海洋的高级别墅，面向海洋的整个一面墙，门和窗户都是用水晶玻璃做的，早上起来，看着太阳从海上升起，把别墅里照得一片金光，晚上又看着太阳落到海里去，听着海潮的声音入睡。说着说着，她的眼泪就流了下来。我劝她说，她是病了，要好好休息，别想那么多。她却对我大喊大叫，她没病，没病！都是我不好。我心里只有我自己，从来就没有她。

我只好不做声了。

快开学了，林杉的病才渐渐地好了。

林杉病好后，她就不肯待在奥尔本尼了，她要去纽约城的百老汇寻找演唱歌剧的机会。我知道她的音乐教育硕士课程都已修完，就剩下毕业论文了，我劝她还是把论文写完，拿了学位再走，她不肯，我也没强劝她。

她走之前我和她一同去萧雄的坟墓看了看。萧雄埋在奥尔本尼城郊的一片公墓里。

那是九月中旬的一天。天气很晴朗，地面上吹着秋风。林杉把一大把鲜花放在萧雄的墓碑前。阳光照在鲜花上，照在新坟上刚刚出土的青草上，林杉默默地流泪。我看着刻在墓碑上我写下的萧雄说过的话，"其他一切都可以不要，诗歌还是要的。"心想，再也不会有人和我一起喝酒谈诗了，心里也很难过，想哭一场。

离开时，林杉说："我恨死奥尔本尼了，一辈子再也不会回来。"

路过

三十六

我是当年圣诞节前一天离开奥尔本尼的。

我去波尔教授家向他辞行。波尔教授对我的辞职很不以为然，甚至有点气愤。他认为我和他的合作很有成效，我来了刚一年，和他合作的三篇论文就都被专业杂志接受了，不久就会发表。他说，如果我能在两三年内再发表两三篇更有分量的研究论文，就可能拿到终身副教授的职位，为什么要放弃呢。再说，巴丝克教授退休了，他的职位空了下来，系里已决定延聘我，我却要回到政府部门，那不是白白浪费自己的生命吗。

在波尔教授眼里，一个人要是在政府部门工作，那就等于是白活了。

我没告诉他，我想当个诗人。我知道，在今天这个世界，诗人已是一个尴尬的、令人难堪的称呼，诗人，已与什么穷酸相啊，神经兮兮啊，搞怪啊，连在一起了。诗人啊，诗人。可以想象，诗人，比起政府工作人员，更入不了波尔教授的法眼。诗人，连个职业都不是！我仿佛听到奚落和鄙薄的尖叫声。

可是，诗歌的写作，让我在生活中重新体验到充实和快乐，使我摆脱了长期折磨我的低落沮丧的情绪，也摆脱了各种幻觉无休无止的纠缠。我恢复了正常，成了一个快活的、真实的普通人。当我在诗歌的写作中产生了一种找到了自我的感觉时，我明白，我再也不能像以前那样去思考和研究经济学问题，我必须重新开始，一切从零开始。我不想对生活、对眼前的世界"睁一只眼，闭一只眼"，然后，成为一个"两眼一抹黑"似的经济学家。可是，要我重做新人，在我追求了多年的经济学真理和诗歌的新天地之间进行选择，那我就选择诗歌吧。诗歌给予我的，哪是我这辈子偿还得了的？我当然知道，这次离开大学，离开经济学界，在专业上我就是一个半途而废的失败者。可是，有什么关系呢？我是一个普通人，我就情愿去过一个普通人的日子；我爱好诗歌，我就诚心诚意去做一个诗人好了。我生活得快乐和充实，在干自己喜欢干的事，一辈子就够了。再说，生命的真相，存在的真相，凭什么就不可以通过诗歌的途径去抵达呢？

是的，诗人不是职业，因为，诗歌不是生存的必要，但诗歌，却可以是生存的奢侈、生命的奢侈。诗人，用他的诗歌给生命，给他，给人类的生命，赋予意义，独特的生存的意义。诗，诗人，因而存在，因而将与人类长存。可是，当诗人不是职业，在这个像生铁一样冰冷的充分职业化的社会，一个立志于诗的诗人，就有必要找到一个可以安身立命的职业，这是他的责任，是诗人作为一个人，作为家庭的一员，作为社会的一员的责任，不可推卸。

责任？听起来有点像说教了。

向诗人说教？谁耐烦听？

可是，当人面临着生存问题：死亡或活下去，那一切言说，包括诗歌，都是多余的，无意义的，或者说，死亡才是最美的言说，才是最震撼人心的诗歌。在这样的处境下，人，别无选择。只有在生存之上，才有言说之美的可能，诗人，诗，也才有成为生命的可能。唯有生存之上，才是人的独立意志与自由选择的空间。对人生而言，真正有意义的选择，不是死亡，或者活下去；而是活一辈子，或者，一辈子活得很自我。

我挺怀念过去我在政府部门的工作。想一想吧，工作轻松，生活稳定，假期还不少，没有比过这种清闲日子更适合思考和写作的了。这么一想，就越想越觉得是那么回事儿，奥尔本尼再也待不住，巴不得明天一大早就赶回政府部门。当然，回了政府部门，工作是轻松，没事可干的空余时间是多，但可能还是少不了会碰到那么一个不怎么招人喜欢的小头，一门心思惦记我，一双眼睛罩严了我。可是，没事干胡思乱想也不行？他还能像头三眼豹一样钻进我脑袋里去？我对波尔教授说：我很感谢他的帮助，但我的心意已定。他伸出粗壮的手臂拥抱了我，不再多说。

回到家里，我收到了两封信。拿起信封一看，上面那封信上的笔迹跳进我眼里，很眼熟，再一细看，认出是蓝蓝的。我和蓝蓝离婚后，自从她来信告诉我她要去以色列和巴勒斯坦难民营，我就一直没有她的消息。可一看来信地址，却是从尼泊尔的什么地方寄来的。撕信封时，我心急得差点把整个信封撕碎。信封里除了厚厚的几页信，还有一张照片。拿起照片一看，是一张山区的雪景照。照片上，蓝蓝穿着翻毛皮大衣骑在一头叫不出名字的长着一对驴一样的长耳朵又全身披着长毛的动物身上，那"长毛驴"的肚子两边还驮挂着满满两篓子书。蓝蓝微笑着，两眼闪闪发亮地看着远方。驾驭那头"长毛驴"的缰绳握在一个面色红润身材高大的白人手里。那白人大约三十多岁，也穿着翻毛皮大衣，身子前伏，牵着"长毛驴"在雪地上走，却满脸含笑地回头看着"长毛驴"上的蓝蓝，那神态像个热恋中的情人。

那白人头顶上隐隐有一圈光环，在雪地的反光中本来就不容易看出来，又是在照片上，但我还是一眼就认出来了，那是一个见过三眼豹的人。

这让我觉得奇怪，就去读信。

蓝蓝的信密密麻麻写了六页纸，却没怎么谈到她自己，只是说她在巴勒斯坦难民营遇到了约翰，也就是那位在照片上牵"长毛驴"的白人，就跟他一起去了尼泊尔。她的来信，通篇都是"约翰""约翰"的，再就是"我们"的"尼泊尔贫穷儿童援助队"。约翰是一个美国人，一个年轻的富翁，曾经拥有一家软件公司。一次，他参加一支百万富翁业余登山队，去尼泊尔攀登喜马拉雅山的珠穆朗玛峰。在尼泊尔的雪山山区，他看到在艰难恶劣的生存环境中，牧民们生活在穷困中，天真可爱的孩子们没机会上学，心灵受了震撼，下决心要帮助那些雪山山区牧民的孩子。回美国后，他变卖了自己的软件公司，成立了一个慈善基金会，然后，在尼泊尔的雪山山区建了很多学校，为山区的贫困儿童提供免费就学的机会。不仅如此，约翰还离开了美国，和他组织成立的"尼泊尔贫穷儿童援助队"的其他队员一起，在尼泊尔定居下来。他还经常自己骑着雪山驴，去雪山山区走访牧民，给在他建办的学校读书的孩子们送书本和教学用品。蓝蓝说，约翰不仅是个心里充满了同情和爱，没有自己，只有别人的人，他还是个快活的人，特别喜欢说豹子的笑话。人家问他，跟他一个登山队的人为什么都没爬上珠穆朗玛峰，最后和他一起攀登顶峰的三个人，还一个冻死了，一个摔死了，就他一人在暴风雪的夜里爬上了山顶。他竟开玩笑说是一头豹子帮了他的忙。他说，那天傍晚，狂风暴雪的，他离峰顶还差四五十英尺，可他两三个小时才往峰顶挪了一两步远，后来实在爬不动了，倒在那里又冻又累，以为是死定了，没想到跑来一头巨大的雪豹，蹲在他面前。他抓住那头雪豹的尾巴，被那雪豹拖到峰顶上去了。那天晚上，那头雪豹偎着他，给他遮风挡雪，他才没冻死。第二天早上，出了大太阳，豹子也不见了，他才晃晃悠悠地下了山。（读信读到这里，你知道约翰不是在开玩笑，他说的是真话。据你所知，雪山之巅本来就是三眼豹的归宿，约翰在珠穆朗玛峰遇到豹子了，一点都没什么好奇怪的。）蓝蓝说，她和约翰在一起时，有时会想起我，我和约翰明明长得一点都不像，但她也说不清为什么就觉得约翰和我哪一点很像。（那当然，你有点得意地想，都是见过三眼豹的嘛。）

　　读了蓝蓝的信，可以看出，约翰是一个找到了自我的人，他明白他这辈子要的是什么。不过，他的自我，似乎和一般人不一样，他心里充满了对人类的同情和热爱，心里没多少自己，有的尽是别人。可见在这个世界上，各有各的自我，人不同，自我也不同。

　　人的变化真大。从蓝蓝的来信看来，她几乎变了一个人，她还是那样自信和好强，但平和和宽容多了，不再是那个我熟悉的喜欢把美国主流社会挂在嘴边的蓝蓝了。离婚后失去了她的消息，我暗地里很为她担忧。读了她的来信，我的心放了下来。我不知道她在那条路上能走多远，可我想，即使她从那条路返回来，她也会变得不一样。我为她高兴，想到她曾经是我的妻子，我有些自豪。

　　第二封信是林杉来的。她寄的是一张明信片。林杉去纽约市后，我们一直通过电话联系。她刚去纽约市时，在唐人街的餐馆里打工，情绪不大稳定，常来电话哭。我还去纽约市看过她两次。后来，我在纽约市的一个朋友帮她找了一个经纪人，在那经纪人的帮助下，她很快在百老汇找到了在两个歌剧里演小角色的工作，她辞了餐馆工，心情慢慢好多了。

　　在明信片里她说，她爱我，想我。

我把蓝蓝和林杉的来信放进箱子里，提着箱子出了门。我准备去纽约市见林杉一面，也许两人一起在纽约市度过圣诞节和新年，然后，回国看一看。我以后的去向，还是从中国回来后再作打算吧。

过去有人说，留学生是一群无根的人，这是说到根子上去了，对这一点，我没什么更多的好说。可是，就我看来，我们这一辈留学生更是一群不曾有过自我，或者失去了自我的人。从踏上异国他乡的那一刻起，我们就在寻找，有的人心里明白在寻找什么，有的人心里不大明白；有的人找到了，有的人还没找到。但找来找去，一个人能够找到的，都不过是他或她的自我而已，而找到没找到，人生的路还是都得往前走啊。

你把行李箱放在车子的后箱里，关了后箱门。有寒意扑洒在你脸上，冰凉的盐沙般的雪粉。你抬头一看，灰蒙蒙的天空在前方裂开了，露出一小片朦胧的天蓝，阳光如金箭般穿过，你心里一动，有了预感，似乎不久又会见到三眼豹。

可是，世上真有三眼豹吗？